L'Affaire Sombrero

Du même auteur :

Oslovik fait la bombe, Éditions du Jour, 1980.

Jean-Marie Roy

L'Affaire Sombrero

LES INTOUCHABLES

Les Éditions des Intouchables bénéficient du soutien financier du gouvernement du Québec (SODEC) et du gouvernement du Canada (CAC et PADIÉ).

LES ÉDITIONS DES INTOUCHABLES
4649, rue Garnier
Montréal, Québec
H2J 3S6
Téléphone : (514) 992-7533
Télécopieur : (514) 529-7780
intouchables@yahoo.com

DISTRIBUTION : DIFFUSION DIMEDIA
539, boulevard Lebeau
Ville Saint-Laurent, Québec
H4N 1S2
Téléphone : (514) 336-3941
Télécopieur : (514) 331-3916

Impression : Veilleux Impression à demande
Infographie : Hernan Viscasillas
Illustration de la couverture : Vincent Desruisseaux

Dépôt légal : 1999
Bibliothèque nationale du Québec
Bibliothèque nationale du Canada

ISBN 2-921775-65-4

1

Le capitaine Martin Landreville regarda d'un air écœuré le cadavre qui gisait sur le sol. D'innombrables mouches, attirées par l'odeur du sang, tourbillonnaient autour du crâne défoncé. Un peu plus loin, dans le champ voisin, on entendait le croassement des corneilles qui avaient découvert le mort les premières. À les voir voltiger en rase-mottes à si faible distance, il ne faisait aucun doute qu'elles avaient commencé leur macabre repas avant l'arrivée des policiers. Jalouses de leur trouvaille, elles semblaient impatientes de voir les humains quitter les lieux.

— Qui est-ce qui a fait cette découverte ? demanda Landreville.

— C'est le couple dans notre voiture. La fille est en état de choc. Elle n'a pas cessé de pleurer depuis une heure. Je présume qu'elle s'attendait à autre chose.

Landreville ne releva pas l'insinuation du policier. Cet endroit retiré avait la faveur des couples à la recherche d'une certaine intimité. Probablement que celui-là était du nombre. Il revint vers le cadavre. Il ne put réprimer un haut-le-cœur. L'homme n'avait, pour ainsi dire, plus de tête. On l'avait vraisemblablement frappé plusieurs fois avec un objet qui avait défoncé le visage. Il ne restait de l'ossature que l'arrière du crâne. Tout l'intérieur, tant la cervelle que des lambeaux de chair, était répandu à même le sol. Landreville aperçut, non sans dégoût, trois dents qui pointaient de façon ridicule vers le soleil. L'acharnement dont on avait fait preuve dépassait l'entendement. La signature de ce crime ne faisait aucun mystère pour le capitaine. Depuis deux mois, tous les règlements de comptes portaient la même marque de commerce : la sauvagerie et la barbarie. Jamais les corps policiers n'avaient assisté à autant de violence gratuite. La Rive-Sud n'avait-elle pas été secouée, à peine deux semaines auparavant, par la découverte du corps de Bonito Lassorda, un délateur bien vu des policiers ? On lui avait amputé les deux jambes à la tronçonneuse et on en avait envoyé une à sa femme et l'autre à sa maîtresse. Dans chaque cas, une carte accompagnait le diabolique colis. On pouvait y lire : « Trahir ne marche pas ». Inutile de dire que le jeu de mots avait fait la manchette des médias.

— Capitaine, venez par là. Mes hommes viennent de trouver quelque chose. Il suivit le sergent vers un fourré qui camouflait une petite clairière. Deux policiers, genoux à terre, examinaient un objet qui luisait au soleil. Landreville s'approcha. C'étaient deux bouts de chaîne en métal, maculés de sang. Ils mesuraient environ un mètre chacun. Les meurtriers avaient entouré les derniers maillons de ruban adhésif noir pour faire une poignée. Ils n'avaient pas lésiné. Comme les joueurs de hockey, ils avaient fabriqué un pommeau au bout de leur outil afin d'éviter de l'échapper en pleine manœuvre. Décidément, l'imagination de ces tueurs ne connaissait pas de limite. « La prochaine fois, ironisa Landreville, ils passeront leur victime au robot culinaire. » On était loin des bons vieux règlements à l'italienne. Au moins, avec la mafia traditionnelle, les règles du jeu étaient connues de tous. Mais, depuis l'entrée en scène de différents groupes de motards criminalisés, tout avait basculé dans une sorte d'absurdité. Une seule constante : le contrôle absolu de la drogue. Les guerres de tranchées devenaient chaque jour plus âpres et les cadavres s'accumulaient à la morgue à une vitesse folle.

— Sergent, faites le nécessaire. Labo, autopsie, enfin, tout le bazar habituel. Dès que la victime est identifiée, je veux l'histoire de sa vie sur mon bureau. Ne permettez à aucun journaliste de pénétrer dans le périmètre de sécurité. Je ne veux pas que les vautours de la presse à sensation profitent de la nuit pour mettre le bordel dans nos recherches.

Il allait quitter les lieux lorsqu'il se ravisa. Il s'approcha de l'auto-patrouille où était gardé le couple qui avait découvert le mort. La fille ne pleurait plus. Les yeux rougis par les larmes, elle fixait l'horizon dans l'attente d'un impossible secours. Quant à l'homme, un monsieur d'un certain âge, il aurait payé une fortune pour se retrouver ailleurs. Il appréhendait l'interrogatoire, les convocations et les manchettes juteuses dont sont friands plusieurs journaux. Beau joueur, et sachant fort bien qu'il n'apprendrait rien en les cuisinant, Landreville les autorisa à partir, non sans s'être assuré qu'on avait noté leurs identités et leurs coordonnées. Le malheureux n'en espérait pas tant. C'est à deux mains qu'il le remercia. Suivi de sa compagne, il quitta l'endroit presque en courant, soulagé de ne pas voir de caméras dans les environs.

Martin Landreville ne retourna pas tout de suite au bureau. Il revint vers le boulevard Métropolitain. Il s'y engagea à contrecœur. Il détestait cette autoroute, surtout en fin d'après-midi. Il sortit à l'Acadie et prit la direction nord. Boulevard Gouin, juste en face du centre de détention de Bordeaux, il gara sa voiture devant l'hôpital Notre-Dame-du-Secours. Chaque fois qu'il passait près de cet endroit, une grande tristesse l'envahissait. Peut-être était-ce un fond de remords. C'est là que son père et sa mère étaient morts à deux semaines d'intervalle. Les pauvres vieux n'avaient pu compter sur la présence de leur unique enfant, trop occupé à courir le pays à la poursuite de criminels.

En entrant, il tomba nez à nez avec le directeur général.

— Tiens, bonjour, capitaine ! Vous vouliez me voir ?

— Non, ne vous dérangez pas. J'allais juste saluer notre pensionnaire. Au fait, il ne vous cause pas trop de problèmes ? s'informa Landreville.

— Pour être franc, le personnel féminin trouve que le monsieur a les mains un peu trop vagabondes. À votre requête, j'ai réduit au minimum les personnes ayant accès à sa chambre. S'il ne se calme pas, je devrai songer à remplacer les deux dames par des hommes. Je ne voulais pas le faire sans vous en parler.

— Vous avez bien fait, répondit le policier. Si vos deux employées pouvaient tenir encore un peu, ça m'arrangerait. En attendant, je vais essayer de calmer mon chaud lapin.

Landreville monte jusqu'au dernier étage. En débouchant dans le corridor, il est saisi par le silence qui règne dans ce service des soins palliatifs. C'est ici que les malades en phase terminale viennent finir leurs jours, entourés d'infirmières toutes plus silencieuses les unes que les autres. Ici, on ne parle pas, on chuchote.

— Monsieur, ce n'est pas l'heure des visites. Vous ne devez pas déranger nos malades.

— Calmez-vous, il ne s'agit pas d'une invasion. Je viens rendre visite à votre patient du 402.

— Oh ! celui-là, j'ai hâte qu'il débarrasse le plancher. Avec ce garde à la porte, ce n'est guère rassurant.

L'infirmière parlait un peu trop comme une mère supérieure. Il n'attendit pas la suite de ses récriminations. Il se dirigea vers la chambre 402 en souriant. C'est lui qui avait eu l'idée de planquer Joe Laruso dans cet hôpital pour malades chroniques. Son chef n'avait pas été facile à convaincre, mais à la fin, probablement excédé par l'entêtement de Landreville, il avait accepté en grommelant.

— Sale tête de cochon ! Il vaudrait mieux qu'il n'arrive rien à Laruso avant qu'il n'ait craché le morceau. Tu m'entends ?

— Soyez sans crainte, je me porte garant de notre oiseau.

Le pauvre Laruso avait eu une veine de cocu. Lui et son ami Alberto Tomassini revenaient d'un week-end dans les Laurentides. Sur une bretelle déserte d'autoroute, la voiture avait explosé. On avait ramassé le pauvre Alberto à la cuillère, tellement le choc avait été violent. C'est cette même violence qui avait sauvé la vie de Laruso. Selon les experts de la Sûreté du Québec, le passager de droite n'avait pas attaché sa ceinture de sécurité. De plus, sa portière n'était pas bien fermée. Comme si tout cela n'était pas suffisant, il se trouve que notre homme était ivre. La violence de l'explosion l'avait carrément éjecté de la voiture. Les secouristes l'avaient retrouvé, endormi comme un chérubin, en pleine nature.

Dès qu'il avait été au fait de ce nouvel attentat, Landreville, qui connaissait fort bien Laruso, s'était rué à l'hôpital. Les médecins avaient confirmé qu'il ne souffrait que de légères contusions. L'idée de son hospitalisation à Notre-Dame-du-Secours avait alors surgi comme un geyser dans l'esprit de Landreville. Comme le blessé était encore dans les vignes du Seigneur, cela avait été un jeu d'enfant que de le conduire dans ce lieu discret. Perfide, le capitaine avait laissé entendre aux journalistes que le pauvre Joe luttait courageusement contre la mort. À sa grande satisfaction, les journaux titraient à la une le lendemain : « Encore deux victimes dans le milieu. »

Le garde de faction s'ennuyait à cent sous de l'heure. C'était un gros bonhomme trapu, gauche en apparence, mais qui faisait preuve d'une intelligence et d'une ruse maintes fois éprouvées par Landreville au cours de missions antérieures. Ce genre de travail lui allait comme un gant. Pour cette raison, le capitaine faisait toujours appel à ses services lorsqu'il fallait faire le guet quelque part ou filer le train à un suspect. Dès qu'il aperçut son supérieur, le brave policier se mit au garde-à-vous, mais il manquait d'entrain.

— Vous êtes malade, mon cher Dubé, vous êtes tout pâle ?

— Mon capitaine, sortez-moi d'ici. Je n'en peux plus. Je pense que je vais faire une dépression si je passe encore une journée dans ce cimetière, répondit-il.

Landreville sourit. Il se doutait bien des raisons du malaise dont souffrait le gros policier.

— Quatre morts en deux jours. Sans parler du silence lugubre qui règne dans cet endroit. J'en ai la chair de poule. Je préfère affronter cent motards bien armés que de rester ici bien au chaud.

— Ce ne sera plus long. Nous vous sortirons d'ici demain au plus tard. Soyez patient. Comment va notre pensionnaire ?

Dubé grogna sa réponse plus qu'il ne l'articula.

— S'il continue à lever les jupes des filles qui

apportent ses repas, je pense que je vais l'assommer. Sauf ce problème, rien à signaler.

Landreville se fit ouvrir la porte de la chambre. Laruso dormait à poings fermés.

« Comment un criminel de cet acabit peut-il dormir sans plus de problèmes alors qu'il a sur la conscience autant de meurtres crapuleux et qu'il sait que sa tête est mise à prix ? » pensa-t-il.

— Allez, debout, gros malin ! Il faut qu'on cause, lança Landreville d'une voix impatiente.

L'autre mit une éternité à ouvrir les yeux. Il bâilla à s'en décrocher les mâchoires. Enfin, il regarda le capitaine d'un air moqueur.

— Tiens, tiens, la vedette de l'escouade antigang en personne. Mais pourquoi tant de sollicitude ?

Martin Landreville pouvait devenir méchamment cynique par moments. Plus souvent qu'autrement, lorsqu'il voulait coincer un criminel, il n'hésitait pas à prendre beaucoup de liberté avec la vérité. Il se disait que ses adversaires en faisaient tout autant, ce qui l'autorisait à jouer selon les mêmes règles qu'eux. Maintes fois, les faits qu'il avait cachés à ses supérieurs sur certains de ses agissements lui avaient attiré quelques ennuis, mais, l'un dans l'autre, il évaluait son bilan comme très positif.

— Mon cher Joe, demain je te relâche. Tu es content ?

— Je n'ai pas à être content, pauvre flic de mes deux. Tu ne peux faire autrement parce que tu n'as rien contre moi. Alors…

Landreville ne le laissa pas continuer. Sa suffisance l'agaçait.

— Oui, mon chérubin, je n'ai rien contre toi. Mille fois rien. Je n'ai aucune preuve sur ton commerce de came dans la rue Beaubien, alors que tu complotais avec ton ancien copain Gino. Tu te souviens de lui, mon petit Joe ? Tu sais bien, le Gino qui tient toujours cette salle de billard si réputée. C'est là qu'il prête de l'argent sur gages aux jeunes pour qu'ils achètent la merdouilleuse drogue. Il continue toujours de bosser, le pauvre, mais il a dû se trouver un autre fournisseur depuis que tu es parti vers d'autres cieux plus payants. Rien que pour cela, je pourrais te faire coffrer pour dix ans. Je ne détiens pas de preuves, hein mon gros loup ? Des preuves j'en ai assez pour tapisser les murs de cette chambre.

— Alors, qu'est-ce que tu attends ?

— Vois-tu, Joe, ce qu'il y a de bête avec toi, c'est que, pour l'intelligence, tu n'es pas inscrit à l'annuaire. Ta force, c'est ta grande gueule. Alors, je t'en prie, fais un effort pour me suivre. Je vais t'expliquer mon plan avec des mots très simples que même une andouille dans ton genre devrait comprendre.

Landreville éprouvait une haine dévorante pour tous ces criminels de quelque appartenance qu'ils fussent. Mafia italienne, russe ou asiatique, motards à moto ou à pied, ils représentaient l'ennemi à abattre. Toute sa carrière se résumait à ce long combat sans cesse recommencé. Il avait depuis longtemps la réputation d'être sans pitié, non seulement pour les truands, mais aussi pour ses collègues qui montraient moins de zèle que lui au travail. Il ne se gênait pas pour écorcher au passage les sentences trop molles que certains magistrats réservaient aux malfrats. Joe Laruso sentit cette haine qui enflammait les yeux du policier. Il se redressa dans son lit et, inquiet, attendit la suite.

— Demain, j'ai convoqué quelques journalistes bien choisis à un point de presse. Oui, mon ami, je vais leur annoncer que je te dois des excuses officielles. Je vais admettre publiquement que j'ai abusé de mon autorité à ton endroit en te gardant ici contre ton gré. Que penses-tu de mon idée ?

Laruso ne répondit pas, sentant bien le piège que lui tendait le policier.

— D'abord, nous corrigerons la fausse nouvelle sur ton état de santé. On prendra des photos de ta belle personne et la télé te demandera de sourire pour la caméra. Alors, le soir même, tout Montréal saura que tu es libéré des griffes du méchant Landreville. Aussi, je prendrai soin d'ajouter que mon copain Laruso s'est montré très gentil avec les forces de l'ordre pendant les longues conversations précédant son congé.

— Salaud ! Tu n'es qu'un maudit salaud !

Cette fois, Laruso avait perdu sa suffisance. Le visage pâle, il haletait de rage.

— Tu n'as pas le droit de faire cette mascarade. Je vais porter plainte. Mon avocat va te poursuivre. J'ai des droits, je les connais…

— Ta gueule ! Tu m'entends, ta gueule ou je t'assomme. Ne me parle pas de droits. Tu ne sais pas ce que c'est. Tu resteras toujours un minable jobard au service du plus payant. Au fait, petit futé, pour qui travailles-tu maintenant que tu as trahi la bande de Ferrara ? Ce qu'il doit t'aimer, le bon Ferrara, depuis ton abandon. J'imagine qu'il n'est pas étranger au dernier feu d'artifice auquel tu as échappé par miracle, n'est-ce pas ? Tu veux parier avec moi, Joe ? Tu aimes parier ? À dix contre un, que dis-je, à cent contre un, je te parie que tu ne vis pas plus de vingt-quatre heures après ta libération. Mais au plus profond de moi-même, je suis convaincu que tu n'arriveras même pas à ton appartement de la rue Jean-Talon. Mais, beau joueur, je t'accorde quelques heures de plus.

Livide, Laruso ne doutait aucunement que le policier irait au bout de son idée. Une solide

15

réputation le précédait à ce chapitre. Plus d'un se souvenait de la médecine qu'il servait à ses ennemis.

— Comme tu le constates, mon cher Joe, demain soir, tu deviendras plus populaire que le pape. Toute la colonie mafieuse voudra te faire un brin de causette. D'un côté, Ferrara possède certainement des pétards tout neufs qu'il aimerait te loger entre les oreilles et, de l'autre, tes nouveaux collègues ne vont certainement pas trouver très drôle que tu fraternises avec Landreville.

— Mais je ne fraternise pas avec toi, poulet de mon cul ! cria Laruso, fou de rage.

— Moi je le sais, mon ami, mais eux vont penser le contraire. Alors, avant que tu n'aies eu le temps de les convaincre, ils t'auront farci la panse de tellement de plomb qu'il faudra ajouter deux porteurs à ton enterrement. À moins que...

Il laissa flotter le début de phrase un instant dans l'air lourd de la chambre. Comme un chat sûr de sa proie, il s'amusait avec une joie évidente.

— À moins que quoi ? hasarda le malheureux.

Landreville ne répondit pas. Il s'avança vers la fenêtre, regardant la prison de l'autre côté de la rue.

— Peut-être as-tu des amis qui logent en face ? Cette prison est un peu le Ritz des tôles du Québec. Celle que je te réserve, si jamais tu sors vivant de cette aventure, est à sécurité maximum et surtout peuplée de nombreux truands qui se feront un plaisir de t'accueillir. Tu sais combien ils sont chaleureux envers les traîtres dans ton genre qui changent de camp comme de caleçon ?

— Qu'est-ce que tu veux, fils de pute ? De l'argent ? Combien ?

— Pauvre Joe ! Mets ton fric là où je pense. Ton sale argent me dégoûte.

— Tu veux que je parle ? risqua-t-il.

— Ta voix est si douce. Ton exotique accent italien

me fait rêver. Si j'étais dans la jaquette flottante, tu serais mon genre, mon mignon.

Landreville le regarda avec méchanceté. Il ouvrit sa serviette de cuir tout usé, la même qu'il utilisait depuis plus de vingt ans au criminel. Il en sortit un cahier qu'il lança sur le lit.

— Tu prends un stylo et tu m'écris ta biographie. Tu peux omettre les trente premières années. Je les connais par cœur. Ce que je veux savoir, c'est l'histoire des six derniers mois, depuis ton départ de chez Ferrara. Je veux tout savoir. Et quand je dis tout, je dis tout. C'est bien clair ?

Le ton de sa voix ne laissait aucun doute sur ses intentions.

— Tu vas me dire pour qui tu travailles maintenant. Qui est venu te chercher chez Ferrara et pourquoi ? Tu vas me donner des noms, beaucoup de noms. Tu vas me donner des adresses. Tu vas me parler des activités de ta bande sans rien cacher à ton ami policier. Tout, je te dis. Je veux tout ce que tu sais. Demain matin, je passerai prendre ton roman. Si tu es régulier, je le serai aussi. Sinon, ce sera ta fête, crois-moi.

Sans attendre sa réaction, il sortit de la chambre.

2

Lorsque Landreville arriva au bureau, Marc Gagné, son adjoint, l'attendait.

— Tu as le rapport préliminaire sur ton bureau. C'est du menu fretin comme je l'imaginais.

— Nous le connaissons ?

— De nom seulement. Il s'agit d'un petit revendeur qui possède déjà, malgré son jeune âge, un dossier assez épais. Philippe Van Houtten. C'est d'origine flamande. Ses parents habitent dans l'est, presque au bout de l'île. Tu veux que j'aille les prévenir et que je procède à l'identification avec eux ?

— Non, laisse, je m'en occupe. Ta femme et les enfants t'attendent. Pour une fois que tu peux rentrer à une heure décente, tu ferais mieux d'en profiter. Ce ne sera pas Noël tous les jours, crois-moi. Embrasse Élise. Dis-lui que je m'arrêterai un de ces soirs. Rien qu'à penser à son merveilleux poulet cacciatore, j'en ai l'eau à la bouche.

Pour ce célibataire endurci, mariage et vie de policier demeuraient inconciliables. De nombreux collègues, aux prises avec de douleureuses situations conjugales, conséquences d'absences prolongées, avaient quitté le service afin de sauver leur union.

Dans son entourage professionnel, on ne savait rien sur sa vie affective. Seul Gagné, son adjoint, mais surtout son ami, savait qu'il avait renoncé à l'amour d'une femme au début de sa carrière, justement pour éviter de connaître ce genre de difficultés. Malgré sa cinquantaine bien sonnée, les femmes se retournaient encore sur son passage. Toujours vêtu comme une carte de mode, ce qui cadrait mal avec l'image qu'on se fait d'un policier, il en imposait par son assurance et son extrême politesse envers ses collègues. Les femmes du service auraient déplacé mer et monde pour répondre à ses requêtes. On se doutait bien qu'il n'avait pas prononcé le vœu de chasteté, mais personne ne pouvait mettre de noms sur ses conquêtes.

Landreville monta dans sa voiture. Il détestait les autos de service, préférant le confort de la sienne qui lui permettait d'écouter ses classiques. Les trajets devenaient ainsi moins pénibles. Cette ambiance feutrée l'aidait à faire le point sur les situations difficiles auxquelles il était confronté.

Il trouva, non sans peine, la rue Hogan où habitaient les Van Houtten. L'endroit affichait la désolation. Le paysage se résumait aux énormes citernes de la Shell, située plus bas vers l'est. La maison ne fut pas difficile à repérer, puisqu'il n'y en avait que deux dans la rue. La première tombait en ruine. Les oiseaux, ravis de l'aubaine, volaient par centaines au-dessus, dans un vacarme assourdissant. Cent mètres plus bas, vers le sud, la deuxième maison, guère plus reluisante, semblait se battre contre le vent pour rester debout.

Le policier descendit de voiture et marcha lentement vers la maison. Un homme sans âge l'attendait sur une galerie dont le bois avait mal résisté aux ravages des intempéries.

— Monsieur Van Houtten ?

— Qu'est-ce que vous voulez ?

On aurait dit la voix rauque d'un fumeur invétéré dont la gorge aurait été attaquée par le cancer. Les yeux tristes, il regardait le visiteur comme s'il ne le voyait pas.

— Je suis le capitaine Landreville de l'escouade antigang, dit le policier en montrant son insigne. J'ai bien peur d'avoir une très mauvaise nouvelle pour vous.

— Ici, les nouvelles sont toujours mauvaises. Alors, une de plus...

La remarque trahissait la résignation de quelqu'un qui n'avait plus rien à espérer de la vie. Landreville sentit comme un vide qui happait un peu plus chaque jour cet homme dépassé par les événements. Il sortit une photo de sa poche.

— Vous connaissez ce garçon ?

— J'aimerais pouvoir dire non, mais malheureusement je ne le peux pas.

La réponse tomba, glaciale.

— C'est mon fils, Philippe.

Landreville se racla la gorge, mal à l'aise. Il allait parler lorsque l'homme reprit la parole.

— J'imagine facilement que si vous vous êtes déplacé jusqu'ici, ce n'est pas sans raisons sérieuses. Il est encore en prison ?

— Non. Il est mort.

Il n'y eut pas de réaction apparente chez l'homme. Peut-être une légère contraction des muscles du visage, à peine perceptible. Landreville avait maintenant hâte d'en finir.

— Il a été assassiné. Nous avons retrouvé son corps ce matin. Je comprends que le moment est mal choisi, mais j'aimerais vous parler quelques minutes ainsi qu'à votre épouse.

L'homme recula d'un pas et ouvrit la porte moustiquaire. En entrant, Landreville aperçut la silhouette d'une femme appuyée au mur du salon. Maigre, presque rachitique, les yeux éteints enfoncés dans la tête, elle regardait droit devant sans lui prêter la moindre attention.

— Ma femme est très malade, chuchota le mari, c'est le cancer.

La maison avait été vidée de ses meubles, si elle en avait seulement déjà eus. Dans ce qui avait dû être le salon, un petit téléviseur noir et blanc, posé à même le sol, perdait son image dans un bruit de friture agaçant. Le bulletin de nouvelles de Radio-Canada prenait des allures irréelles dans ce dénuement. Un vieux divan déchiré complétait l'ameublement.

— Sauf notre lit, la cuisinière et le frigo, voilà notre richesse. Notre fils a tout pris. Il a tout vendu.

Malgré l'immense détresse dans laquelle elle était plongée, la femme parlait d'une voix très douce. Elle tendit les mains. Le policier eut un pincement au cœur. Deux mains osseuses aux veines bleuies par la maladie qui la rongeait.

— Voyez, il a même pris mes alliances pour les vendre. Tous mes bijoux. Il ne me reste qu'une pierre à la place du cœur. Monsieur, ne me demandez pas de pleurer, je n'ai plus de larmes. Il a tari la source de l'amour que j'éprouvais pour lui. Ils l'auront finalement tué avec cette drogue infernale. Pourtant, il était si gentil.

— Ne parle pas tant, ma chérie, tu vas te fatiguer. Tu sais, le médecin dit que tu dois te reposer. Viens t'asseoir ici, tu seras mieux.

Van Houtten était maintenant chaleureux. Il guida sa femme vers le divan et s'assit à ses côtés en lui tenant la main. La scène avait quelque chose de pathétique. Ce couple, écrasé par la fatalité, représentait à la fois la fragilité et la force insoupçonnées de l'être humain.

— Je pense que ma femme a bien résumé notre vie avec Philippe depuis les dernières années. Je ne sais pas ce que vous voulez savoir, mais je n'ai rien à ajouter. Pour le corps, faites-en ce que vous voudrez. Donnez-le à la science s'il peut servir à quelque chose de bon une fois mort. Nous n'avons pas d'argent pour nous en occuper décemment.

— Je comprends, balbutia Landreville, mais avant de partir je voudrais vous poser quelques questions. Quand avez-vous vu votre fils pour la dernière fois ?

— La semaine dernière. Ma femme l'a reçu. Je travaillais.

— Il voulait encore de l'argent ?

— Curieusement, non. Pas cette fois. De toute façon, nous n'en avons plus. Non, ma femme m'a raconté qu'il s'est enfermé dans sa chambre pendant environ une heure. Lorsqu'il en est sorti, il lui a dit qu'il serait riche bientôt et qu'il nous achèterait des meubles. Puis il est reparti.

— C'est tout ?

— Non. Le lendemain, deux hommes sont venus. Des Asiatiques. Des Chinois.

— Comment savez-vous que ce sont des Chinois ?

— En Belgique, j'ai travaillé avec eux. Je connais un peu le mandarin. C'est la langue qu'ils parlaient. Ils ont été très brutaux. Ils cherchaient quelque chose. Ils pensaient que Philippe cachait cette chose ici. Ils ont tout bousculé dans la maison. Après une heure de recherche et de menaces, ils sont partis, nous prévenant qu'ils reviendraient s'ils ne trouvaient pas ce qu'ils cherchaient.

Landreville comprit tout de suite le mobile du crime. Sans l'ombre d'un doute, Van Houtten fils jouait double jeu avec ses patrons. Il espérait sans doute revendre lui-même la drogue volée et en retirer un profit substantiel. C'était sans compter sur la rapacité sanguinaire de ses comparses. Son ambition naïve l'avait perdu.

— Puis-je voir sa chambre ?

Van Houtten le conduisit vers une petite pièce située derrière la cuisine. Ce qui avait jadis servi de matelas, gisait sur le sol, éventré. Les planches mal jointes du parquet, arrachées ici et là, laissaient voir le bois pourri des solives. Les murs du placard présentaient des trous ouverts à coups de couteau. Une odeur d'humidité nauséabonde s'en dégageait. Le lustre du plafond pendouillait tristement, ne tenant plus que par un fil. Landreville revint vers le salon. Il s'adressa à la femme.

— Où étiez-vous quand votre fils est allé dans sa chambre ?

Elle sembla faire un effort surhumain pour s'en souvenir.

— Ici. Oui, ici dans le salon, répondit-elle.

— Votre fils est-il allé ailleurs que dans sa chambre ? Faites un effort. Est-il entré dans une autre pièce ? Est-il allé à l'extérieur ?

— Non, il est demeuré dans sa chambre.

— En arrivant, portait-il un sac, une valise ou quelque chose du genre ?

— Pas quand il est arrivé. Maintenant que vous en parlez, je me rappelle qu'il avait un sac en papier brun lorsqu'il m'a quittée. Il le tenait sous le bras. Je n'y ai pas prêté attention, j'avais tellement mal à la tête.

— Faites encore un effort, je vous en prie. Essayez de vous souvenir de tous les détails. Pensez-vous qu'il est venu chercher ce paquet qui était caché quelque part dans sa chambre ?

— C'est bien possible. Peut-être l'avait-il apporté lors d'une visite précédente sans que nous le remarquions, n'est-ce pas, Albert ?

Elle fixait maintenant son mari d'un regard intense.

— C'est bien possible, nous étions tellement perturbés chaque fois qu'il venait. Il était si violent que nous n'osions lui refuser l'argent qu'il exigeait.

— À quand remonte son avant-dernière visite ? insista Landreville.

— C'était il y a une dizaine de jours. Tu t'en souviens, Albert ? J'étais si nerveuse que je n'ai pas dormi de la nuit.

— Calme-toi, ma chérie ! Il ne faut pas que tu t'agites. Je vous en prie, monsieur l'agent, nous ne savons rien de plus, laissez ma femme en paix, elle est si malade, plaida Van Houtten.

— Je comprends. Tenez, voici ma carte. Si vous vous souvenez de quelque chose, téléphonez-moi. N'hésitez pas, même si vous pensez que c'est sans importance. Le moindre détail peut nous être utile pour retrouver l'assassin de votre fils.

— Nous n'y manquerons pas. Comptez sur nous.

En route vers son appartement, Landreville se sentait tiraillé par des sentiments contradictoires. Il revoyait ce couple écrasé par la vie. Le fils qui avait mal tourné, l'épouse luttant sans espoir contre un implacable cancer et le mari titubant dans cette grisaille pour essayer de survivre. Pourtant, il s'interrogeait sur la femme. Cachait-elle quelques bribes de vérité ? Dans son état, quel avantage aurait-elle eu à cacher quoi que ce soit ? Ce n'était pas le genre de personnes à jouer au chat et à la souris avec les forces de l'ordre. « Tout ce qu'ils veulent maintenant, c'est qu'on leur foute la paix », conclut-il.

En policier d'expérience, Landreville aurait dû se méfier de ses propres conclusions hâtives. À peine s'était-il éloigné de quelques kilomètres de la maison des Van Houtten que la vérité avait pris tout à coup une tournure bien différente.

— Albert, viens près de moi. Assieds-toi juste ici et regarde par la fenêtre, dit la femme. Dis-moi ce que tu vois.

— Mais à quoi veux-tu jouer ? s'inquiéta son mari.

— Allez ! dit-elle. Que vois-tu ?

— Je vois le ciel, des nuages, un champ avec de l'herbe haute et aussi un arbre, là, près du fossé.

— Très bien. Maintenant, marche jusqu'à l'arbre. Quand tu y seras, descends dans le fossé et contourne-le. Tu n'auras aucun problème, il est à sec. Penche-toi au pied de l'arbre à gauche de la pierre qui s'y trouve. Tu verras, il y a un trou dans le tronc. Glisse ta main à l'intérieur et, en la montant, tu vas toucher un sac en papier. Tire-le lentement vers le bas et sors-le. Avant de revenir à la maison, assure-toi qu'il n'y a personne sur la route.

— Mais qu'est-ce…

Il ne put terminer sa question. D'une voix autoritaire elle lança :

— Vas-y tout de suite ! Je t'expliquerai plus tard.

Docile, Van Houtten sortit de la maison. Il se dirigea lentement vers l'arbre. Il le contourna et s'agenouilla devant l'ouverture, au bas du tronc. Il glissa la main à l'intérieur. Il rencontra une résistance. Il tâta un bref instant la masse afin de trouver une prise qui lui permettrait de sortir le sac sans en perdre le contenu. Puis il le tira doucement vers le bas. Il parvint à le sortir sans difficulté. Il jeta un coup d'œil autour. Rien à l'horizon. Il revint à la maison, serrant bien le sac contre lui. Sa femme lui ouvrit non sans s'assurer, elle aussi, que personne ne les espionnait.

— Comment savais-tu que ce sac se trouvait là ? questionna le mari.

— C'est sans importance. Ouvre-le !

Fille de paysans, habituée dès son jeune âge aux durs travaux de la ferme, elle s'était forgé une force de caractère que son mari prenait pour de l'entêtement. Elle savait ce qu'elle voulait et prenait tous les moyens pour l'obtenir. Aussi, son mari ne discutait jamais ses demandes, sachant fort bien qu'il n'était pas de taille à lui tenir tête. Philippe, leur fils, tenait de sa mère à ce chapitre. Les affrontements entre la mère et le fils avaient débuté dès que celui-ci avait atteint l'adolescence et n'avaient cessé de s'aggraver avec le temps. Les timides interventions du père, homme pacifique s'il en fut, ne servaient qu'à exacerber la tension entre les deux. Sans jamais l'admettre, le père sentait confusément que cette relation difficile n'était pas étrangère à la mauvaise tangente qu'avait prise son fils dans la vie. Mais, en homme simple, il évitait même d'y penser. Avec une délicatesse infinie, il ouvrit le sac et posa minutieusement son contenu sur la table. Deux boîtes. La première, en métal, avait contenu, dans une vie antérieure, des biscuits importés de Hollande. L'autre, un coffre en bois teint noir, devait peser plus d'un kilo.

— Ouvre le coffre d'abord, dit la femme.

Son mari appuya sur un bouton, et un déclic se fit entendre. Le couvercle se souleva de quelques centimètres, débloquant ainsi le loqueteau qui le tenait fermé. Comme s'il craignait une explosion, Van Houtten souleva très lentement le couvercle. Une feutrine rouge vin recouvrait son contenu. D'un geste impatient, sa femme tira sur la pièce de tissu. Alors, Albert Van Houtten ne put retenir un exclamation de surprise.

— Merde ! C'est un Luger !

Les yeux rivés sur l'arme, il ne put ajouter un mot.

— Tu connais cette arme ? demanda madame Van Houtten, surprise.

— Tu oublies que j'ai fait mon service militaire. Même si je ne suis pas allé au front, on nous a appris à manier les armes que les Allemands utilisaient. Jamais je ne pourrai oublier les Luger, les meilleures armes à l'époque. Celle-ci est plus moderne mais de la même race.

Il prit l'arme dans sa main et la regarda avec admiration. Une petite plaque de laiton, était vissée au fond du coffret. Il mit ses lunettes et lut : *Parabellum Luger, 9 mm. Model P08.*

— Il y a même un silencieux, ajouta-t-il.

La femme eut une réaction qui étonna Van Houtten.

— Dieu ne nous a pas abandonnés, merci, mon Dieu ! s'exclama-t-elle. Allez, ouvre l'autre boîte !

Cette fois, le mari y alla plus carrément. D'une main ferme, il ouvrit le couvercle et laissa tomber négligemment le contenu sur la table. Des centaines de petits sachets en matière plastique s'entassaient les uns sur les autres. Chacun contenait une fine poudre blanche. Le couple regardait, hypnotisé, la pyramide. Si le dicton voulant qu'une image vaut mille mots est vrai, jamais preuve n'en fut plus flagrante que cette scène. Tous deux comprirent en même temps pourquoi leur fils avait été assassiné.

— C'est avec cette saloperie qu'il espérait devenir riche, balbutia la mère.

D'un geste furieux, le père prit une poignée de sacs qu'il lança violemment contre le mur.

3

Landreville se leva de mauvais poil. Sa soirée avait
connu plusieurs ratés. D'abord, il s'était arrêté dans
un petit restaurant français pour manger une
choucroute. Sauf le nom, rien ne lui rappelait ce plat
alsacien. Pendant plusieurs minutes, il avait tenté
d'expliquer au chef-proprio que son plat frôlait
l'imposture, mais aussi bien parler à un mur. Aussi
avait-il quitté l'endroit furieux, se jurant de ne plus y
remettre les pieds. À peine s'était-il assis dans sa
voiture que son cellulaire sonna. Gamache, son
patron, se mourait d'envie de savoir ce qu'il advenait
de Laruso. Landreville avait eu beau lui expliquer
l'essentiel de son plan avec la presse, il n'avait rien
voulu entendre. Le lendemain à midi, au plus tard,
Laruso devait être libre si rien ne pouvait justifier son
arrestation. Inutile de dire que sa nuit avait été assez
mouvementée. À six heures pile, le policier quittait
son appartement dans la circulation paresseuse du
matin.

À l'hôpital, l'infirmière de nuit ne le connaissait
pas. Elle menaça d'appeler le gardien s'il ne partait
pas immédiatement. Le temps qu'il perdit en
explications acheva de le mettre hors de lui. Aussi,

lorsqu'il entra dans la chambre du prisonnier, c'est sans gants blancs qu'il le réveilla.

— Debout, fainéant, j'ai du travail qui m'attend !

Laruso sursauta. Il faut dire que, de son côté, la nuit n'avait été guère meilleure. Hanté par sa conversation de la veille avec le policier, c'est en sautillant de cauchemar en cauchemar qu'il avait passé le temps.

— Où est ton cahier ? demanda Landreville, impatient.

— Ici, dans le tiroir. Il n'y a que l'essentiel, l'écriture n'est pas mon fort. Je vais te raconter ce que je sais, oralement.

Landreville prit le cahier. Des hiéroglyphes auraient été plus faciles à déchiffrer. Le pauvre Laruso devait certes être dans la rangée des cancres à l'école de son patelin sicilien. Non sans efforts, le policier réussit à lire quelques noms, tous italiens. Comme révélation, il avait vu mieux. Il les connaissait tous.

— Mais dis, mon coco, tu te fous de ma gueule ? Tu ne t'imagines tout de même pas que je vais te faire des faveurs en échange de ces informations ?

— Ne t'énerve pas. J'ai tout ici, fit-il en pointant l'index vers son cerveau.

Landreville devint ironique.

— Aussi bien dire que tu n'as rien, pauvre cloche.

— Écoute, si je n'ai presque rien écrit, c'est que je ne sais pas vraiment écrire. Même pas en italien. Alors, pour ce qui est du français, tu repasseras, avoua-t-il, gêné.

Cette révélation étonna grandement le policier. Qu'une personne soit analphabète dans notre monde moderne le dépassait. Il se fit plus conciliant.

— D'accord ! Cause, je t'écoute.

Il prit le cahier et, stylo en main, il attendit. Joe hésita un moment.

— Il y a six mois, j'ai reçu un appel d'un ancien copain de Bagheria.

— Et Bagheria, c'est le bled où tu es né ?

— Oui, une magnifique petite ville à l'est de Palerme, sur la face nord de l'île. Il s'appelle Enrico Casonato. La dernière fois que nous nous étions rencontrés, c'était à son arrivée au pays, il y a cinq ans Je l'avais présenté à Ferrara, mais Enrico a préféré Toronto. Il a travaillé avec la bande de DaCosta.

Landreville connaissait bien cette bande.

— Brave garçon, travailleur, débrouillard mais surtout ambitieux, Enrico a une belle gueule qui plaît aux femmes. Il sait s'en servir. Fier comme un paon, il parle beaucoup de sa personne et de ses talents. En un mot, il parle trop pour le travail qu'il fait. De passage à Montréal, il souhaitait me rencontrer. Nous avons dîné chez Da Carlo, un petit restaurant dont je connais le propriétaire. Évidemment, nous avons vidé plusieurs Brunello di Montalcino, un très bon vin de Toscane. Alors, sans réserve, il parlait sans arrêt. Il m'a raconté qu'il avait quitté DaCosta et qu'il travaillait maintenant à Montréal dans un nouveau gang. Tu parles si j'ai ouvert les oreilles.

Inutile de dire que Landreville écoutait religieusement le discours de Laruso comme une symphonie.

— Responsable d'une cellule à l'intérieur de cette bande, il faisait du recrutement. Il cherchait des hommes de confiance à qui il pourrait confier de grandes responsabilités. Lorsqu'il a parlé argent, j'en suis tombé sur le cul. Jamais, je n'aurais espéré faire chez Ferrara seulement la moitié de ce qu'il m'offrait. J'ai réfléchi à sa proposition pendant une semaine, puis j'ai accepté. J'ai entraîné Tomassini avec moi et nous avons discrètement commencé notre nouvelle carrière.

Laruso parlait de carrière sans même mesurer l'absurdité de ses propos. Pour lui, œuvrer dans ce domaine, égalait en valeur le travail d'un médecin sauvant des vies humaines.

— Ce que j'ai compris de son discours, se résume ainsi : cette nouvelle bande est en fait un regroupement de différents groupes existant au Québec. La tête dirigeante vient probablement du cartel de Mexico qui règne maintenant aux États-Unis et qui s'implante peu à peu au Canada. Ceux qui, comme Ferrara, ne veulent pas se joindre à cette force nouvelle, doivent disparaître. Tous les principaux groupes de motards s'y sont ralliés, sans parler des mafias russes, asiatiques et autres. L'organisation se compose d'une multitude de cellules ayant chacune une mission bien précise. Personne ne connaît ceux qui œuvrent dans la cellule voisine. Tout au plus peut-on deviner le rôle qu'elle joue. Par exemple, si tu as des comptes à régler avec une ou plusieurs personnes, tu passes la commande à ton supérieur qui, lui, la transmet à qui de droit. Les mandatés font le travail requis pour résoudre le problème. Dans le milieu, on reste convaincu que la cellule asiatique est responsable du sale boulot. Les derniers massacres te convaincront vite que ce n'est plus comme dans le temps. Les méthodes sont barbares. Peut-être qu'on veut montrer à ceux qui dérogent aux nouvelles lois comment ils risquent de finir. Prends Lassorda et le Belge, pas de pardon.

— Tu connaissais Van Houtten ?

— Pas vraiment. Je pense qu'il était avec les Jags, je veux dire les Jaguars. Ils bossent dans la distribution de l'héroïne et de la cocaïne. Ils approvisionnent les cellules chargées de vendre la drogue via les réseaux dont elles ont la responsabilté. La rumeur veut qu'il aurait oublié volontairement de remettre une partie du butin destiné à une cellule. C'est le genre de gaffe qui ne pardonne pas.

— Oui, je comprends, fit Landreville, songeur. Tu aurais des noms à me fournir ?

— Tous les noms que je connais, vous les avez dans vos fichiers. Si tu passes en revue ceux qui faisaient partie des Jaguars ou des Devil's Sons, sans parler des Russes, Roumains, Juifs ou Asiatiques, ils sont tous maintenant sous le chapiteau du Sombrero. C'est ainsi qu'on appelle ce nouveau groupe faute de le connaître davantage. C'est un cartel qui ne veut pas attirer l'attention en s'affublant d'un nom pompeux comme le font généralement les motards. Sa force réside dans l'organisation et la discrétion.

— C'est tout ?

— Peut-être une autre chose. En plus de parler, comme les entreprises, de regroupement et de rationalisation, nous sommes en pleine activité de diversification. Bientôt, tu retrouveras sur le marché, d'abord de Montréal, ensuite partout, de nouveaux produits. Nous avons investi les centres de conditionnement physique avec l'éphédrine. Au Canada, la distribution de ce produit est régie par la loi mais, dans plusieurs États américains, tu peux l'obtenir sans problème. Bientôt, nous aurons, dans les cellules responsables de la distribution, un nouveau produit. Il s'agit de la méthamphétamine, fabriquée à partir de l'éphédrine. D'après mes sources, elle serait fabriquée dans un laboratoire dans les Laurentides. Elle est dangereuse parce qu'elle crée une dépendance extrême très rapidement. Au début, nous la vendrons très bon marché et, aussitôt le client accroché, les prix augmenteront rapidement. Comme les distributeurs travaillent au rendement, tu peux imaginer qu'elle sera vite répandue.

Landreville écoutait son informateur avec un étonnement non dissimulé. Non pas que ce qu'il apprenait était inédit. Depuis plus de vingt ans dans le métier, il en avait entendu de toutes sortes. Non, ce qu'il ne parvenait toujours pas à comprendre après toutes ces années, c'était le détachement affiché par les criminels lorsqu'ils parlaient boulot. Pour eux, vendre des drogues, bien souvent mortelles, à des adolescents qui volaient pour s'en procurer devenait tout aussi normal que, pour un vendeur, raconter son boniment à une ménagère afin de lui vendre un aspirateur.

— Bon, voilà ! Je pense avoir raconté tout ce que je sais.

Calé dans le fauteuil réservé au visiteur, il ne savait trop que penser des révélations de Laruso. Le seul élément vraiment important, si Joe ne mentait pas, était ce regroupement de divers groupes de criminels. Toujours dans l'hypothèse que tout était vrai, une telle organisation devenait un ennemi extrêmement difficile à combattre à cause de son cloisonnement et de sa structure de fonctionnement très moderne. Rien à voir avec la mafia italienne qui opérait encore sur le même modèle depuis le début de son implantation en Amérique.

— Comment réagit Ferrara face à cette situation nouvelle ?

— Très mal, semble-t-il. Il a perdu plusieurs collaborateurs. Malgré sa faiblesse relative, il ne lâche pas. Casonato affirme qu'une alliance existe avec DaCosta afin de mieux mener la lutte serrée qui s'annonce. J'ai même appris à travers les branches que son père, Franco, a repris du service. Il veut mettre son expérience au service de fiston. C'est vrai que le vieux possède une vaste expérience, mais, cette fois, je doute qu'il puisse faire le poids.

— Jolie perpective, murmura le capitaine. Rien de plus ?

— Non, j'ai déballé tout le paquet. À ton tour maintenant, risqua Joe.

— O.K. Voilà ma première proposition. Tu ouvres la porte de cette chambre et tu quittes l'hôpital de ton propre chef. Tu es libre. Personne ne sait que tu es ici, tu disposes donc d'un bref délai pour t'organiser. Si tu veux quitter le pays, je ne t'en empêcherai pas. Par contre, si tu restes, à compter de demain, tu redeviens le Joe Laruso que je veux coffrer. Je t'assure que j'ai assez de preuves pour t'envoyer à l'ombre pendant vingt ans.

— Et la seconde ?

— Tu viens avec moi, et je te conduis dans un endroit sûr où tu resteras jusqu'à demain soir. Je t'aiderai à retirer de l'argent à la banque. Tu achèteras des vêtements sobres afin de ne pas éveiller l'attention. Puis, je te conduirai à Mirabel où je te remettrai un faux passeport avec une nouvelle identité ainsi qu'un billet pour Cuba. À La Havane, quelqu'un t'attendra et te conduira à Palma Soriano. C'est une ville au sud de l'île, près de Santiago de Cuba. Tu seras loin des yeux indiscrets qui te cherchent, et tu pourras recommencer ta vie. Avec le fric que tu possèdes, tu deviendras millionnaire là-bas. Et puis, les Cubaines sont très jolies et elles ont le sang chaud.

— Ouais, je m'attendais à mieux.

— Tu ne t'imagines tout de même pas que tous les pays du monde se battent pour t'accueillir ? s'impatienta Landreville. Tu veux retourner en Italie, au Mexique, en Colombie ? Tu sais bien que tu ne survivrais pas une semaine dans ces pays. À moins que tu ne préfères l'Afrique ?

— Tu es malade ? riposta Laruso. Je déteste les Noirs.

— Et raciste en plus, quelle réputation !

Landreville était assez fier de voir l'autre mariner ainsi dans la perplexité. Jamais le pauvre Laruso n'avait travaillé aussi fort du cerveau. Celui-ci sentait bien qu'il n'avait pas le choix. Même en retournant les propositions dans tous les sens, il ne lui restait que Cuba comme solution valable.

— Est-ce que je pourrai revenir au pays quand les choses seront plus calmes ?

— Écoute, Joe, tu as sur table mes deux propositions. Ne me demande pas en plus d'aller te border dans ton lit tous les soirs. Le retour au pays, c'est ton problème. Si tu optes pour Cuba, dès que l'avion aura décollé, j'oublierai jusqu'à ton nom. Je n'aurai rien eu à voir avec ton départ. Tu m'entends ? Je dirai à mes supérieurs que tu as disparu sans laisser de traces.

— Bon, j'accepte. Qu'est-ce qu'on fait maintenant ?

Landreville poussa intérieurement un soupir de soulagement. Pendant une minute, il avait eu peur que Laruso ne décide de retenter sa chance à Montréal malgré les dangers évidents que cela représentait pour sa peau. Il respirait maintenant plus à l'aise.

Il ouvrit la porte et donna congé au garde de faction. Il attendit que ce dernier ait disparu dans l'ascenseur avant de revenir dans la chambre.

— Ramasse tes guenilles, nous partons. Avant que je n'oublie, où crèche ton petit ami Casonato ?

— Il habite le penthouse du Langelier, au sud du Métropolitain. Tu ne peux pas le manquer, c'est le seul édifice en hauteur dans le coin.

— Ça va, allons-y !

4

À l'autre bout de la ville, la journée avait commencé sous le signe de la tension. Van Houtten avait très mal dormi à cause de la dispute de la veille avec sa femme au sujet des mensonges racontés au policier. Il avait tenté, sans succès, de savoir ce qu'elle mijotait. À sa grande surprise, le ton était monté, ce qui n'était pas dans les habitudes du couple. Aussi avait-il décidé ce matin-là de laisser sa femme prendre l'initiative de la conversation. Comme c'était samedi, il ne pouvait invoquer l'excuse de se rendre au garage où il travaillait comme mécanicien.

— Je suis désolée pour hier soir, dit sa femme faiblement. Je me sentais incapable de t'expliquer. J'ai réfléchi toute la nuit à mon plan. Je suis prête.

— Ton plan ! Quel plan ?

Mme Van Houtten but son café lentement. Elle ne regardait pas son mari. Ses yeux fixaient l'arbre à l'extérieur. Elle posa sa main sur le bras de son compagnon.

— Albert, la mort de Philippe m'a poussée à prendre une grave décision.

Il allait parler mais elle ne lui en laissa pas le temps. Autoritaire, elle lança :

— Écoute-moi. Une fois que je t'aurai expliqué, tu décideras ce que tu voudras, je comprendrai. Quant à moi, je ne changerai pas d'idée, j'irai jusqu'au bout.

Ces mots intriguèrent Van Houtten au plus haut point. Il en mit la responsabilité sur la nuit blanche que sa femme avait sans doute passée.

— Je vais venger la mort de mon fils.

Albert Van Houtten écarquilla les yeux.

— Quoi ? Qu'est-ce que tu dis ?

— Tu m'as bien comprise. Je vais tuer le responsable de sa mort.

— Tu connais l'assassin de Philippe ?

— Je les connais tous, fit-elle rageusement. Ce sont tous ces assassins qui vendent cette saloperie de drogue aux enfants, qui détruisent leur vie et celle des gens qui les aiment. Souviens-toi de Philippe lorsqu'il était jeune. Toujours gentil, toujours à son affaire à l'école. Puis, soudain, c'est le drame. Dès sa deuxième année du secondaire, tout est chambardé. On ne le reconnaît plus. Les études vont mal, il devient grossier, même violent. Pense à nous, quel calvaire n'avons-nous pas vécu tous les deux à essayer de trouver une solution à des problèmes qui nous dépassaient. Regarde-toi, Albert ! Tu as vieilli de vingt ans en quelques années. Je ne parle pas de moi. Ma vie est finie. Ce cancer me ronge. Je n'en ai plus plus pour longtemps, je le sais. Aussi, je vais profiter du peu de temps qu'il me reste pour régler mes comptes.

— Mais tu as perdu la raison. Arrêter ces criminels, c'est l'affaire de la police.

— Tu parles ! La police est impuissante. Pour un d'arrêté, dix courent les rues, tuant de plus en plus de jeunes. Je ne te demande qu'une chose. Montre-moi comment me servir de l'arme que nous avons trouvée. Je l'ai vérifiée cette nuit. Il y a un chargeur rempli de balles. Tout ce que je veux, c'est que tu m'expliques son fonctionnement et que tu installes le silencieux. Après, tu es libre de partir. Je me débrouillerai seule.

Van Houtten regardait sa femme avec stupeur : les yeux lui sortaient de la tête ; ses joues rougies par la fureur lui conféraient un air inquiétant.

— Calme-toi, je t'en supplie. Tu ne peux pas être sérieuse. Tu ne penses pas ce que tu dis.

— Bien au contraire, mon pauvre Albert. J'ai pesé chaque mot que j'ai prononcé. Dieu a mis cette arme sur notre route. Je sais exactement ce que je vais faire. Je vais tuer ce maudit Gino Riggi. Nous n'oublierons jamais ce bandit, n'est-ce pas, Albert ? C'est là que notre fils allait vendre notre bien qu'il nous arrachait sous les menaces. Tu te souviens lorsque nous sommes allés le supplier de ne plus vendre de drogue à Philippe ? Il nous a mis à la porte en se moquant de nous. Dis-moi que tu n'as pas oublié, dis-le-moi !

Elle criait de rage. D'une rage longtemps refoulée. De ces rages qui, lorsqu'elles se déchaînent, peuvent provoquer des malheurs. Elle était méconnaissable. Van Houtten fut pris de panique. Connaissant son entêtement, il ne savait trop comment se comporter. Une longue vie de couple lui avait appris que plus il essayait de la convaincre, plus elle s'ancrait dans ses convictions, même si elle sentait confusément qu'elle avait tort. Pour désamorcer la crise, il décida de jouer son jeu. Peut-être ainsi se rendrait-elle compte de l'absurdité de sa décision.

— Même si je t'apprends le fonctionnement du Luger, tu ne t'imagines tout de même pas que tu vas te présenter à la salle de billard, arme au poing, annonçant à tous que tu veux descendre Riggi. Ces gens savent se défendre. En moins de deux, c'est toi qui seras descendue.

— Mon chéri, tu es un homme d'un grande bonté. Le problème avec les gens comme toi, c'est votre naïveté. Tu as été un mari exemplaire en tous points. Seulement, si tu avais eu une plus grande force de caractère, je n'aurais pas eu à me battre à ta place lors des crises que nous avons traversées. Ne prends pas cela un reproche, mon amour. Je savais que tu étais ainsi fait, c'est probablement la raison pour laquelle je t'ai aimé.

Elle s'arrêta, essoufflée par la vitesse de son débit. Elle respira profondément.

— Avec le peu de temps qu'il me reste à vivre, j'en suis à l'heure du bilan. Malgré mon caractère quelquefois impossible, je sais reconnaître mes torts même si je déteste l'avouer. Plusieurs fois, tu m'as conseillée d'être plus tolérante avec Philippe. Malgré mon intransigeance, je ne lui voulais que du bonheur. En insistant si fort pour qu'il devienne quelqu'un de bien, je lui ai certes mis trop de pression sur les épaules. Comme il me ressemblait, il s'est rebiffé avec le résultat qu'on connaît.

— Mon amour, nous sommes tous un peu coupables. Moi, toi, la société tolérante dans laquelle nous vivons, les mauvaises influences. Qui peut t'accuser de quoi que ce soit ?

— Je veux que les derniers instants de ma vie soient une preuve d'amour pour notre fils. Pourquoi mourir si ma mort ne sert à rien ? Que puis-je perdre dans cette vie ? Alors autant utiliser les brèves heures qu'il me reste à réparer le mal que j'ai fait. Mon plan est au point, il me suffit seulement de régler quelques détails.

Van Houtten réalisait qu'il lui était inutile de discuter avec elle. Il sortit rapidement de la maison et se dirigea vers l'arbre où était caché le colis. Il fut stupéfait de ne pas le trouver. Debout, sur la galerie, sa femme le regardait avec une pitié évidente.

— Tu comprends pourquoi j'ai parlé de ta naïveté ? Tu ne changeras jamais, mon pauvre Albert.

Penaud, il revint vers la maison. Ils s'assirent tous les deux sur les marches de l'escalier.

— Albert, jure-moi sur la tête de Philippe que tu ne me trahiras pas, jure-le !

Van Houtten comprit alors que le projet de sa femme n'était pas une lubie. Quoi qu'il dise, elle irait de l'avant malgré tous les obstacles.

— Je le jure.

Il s'arrêta un long moment, comme s'il cherchait les mots pour exprimer ce qu'il ressentait.

— Je ne te laisserai pas agir seule, mon amour, il ne s'agit pas d'un travail de femme. Ce sont toujours les hommes qui tuent les autres. Il ne faudrait pas salir la réputation des femmes en débarrassant la société de cette vermine. Alors, ce plan ?

— Tu te souviens lorsque nous sommes allés voir ce Riggi, nous avons attendu qu'il n'y ait presque plus personne dans son salon de billard ? Ce moment pénible restera marqué à jamais dans ma mémoire. Nous sommes entrés vers une heure du matin. Pendant que deux jeunes finissaient leur partie, lui, il balayait entre les tables. Donc, premier point capital à retenir, il ferme son commerce vers une heure. Deuxième point important, aucun employé ne travaille avec lui. Alors, logiquement, lorsqu'il met la clef dans la porte, il est seul.

Albert Van Houtten n'en revenait pas. Plus rusé qu'elle, ça n'existait pas.

— Autre chose. Je me souviens que, ce soir-là, il faisait très chaud. Lorsque nous sommes entrés dans la salle, la chaleur qui y régnait m'a monté au visage. Tu sais comment je la tolère mal. J'ai constaté alors qu'il aérait la pièce par la porte arrière. Elle ouvre sur la ruelle où les commerçants déposent les déchets accumulés pendant la journée. Je les ai vus. Il nous suffit de savoir à quel jour de la semaine les éboueurs font la collecte des déchets et, surtout, à quelle heure. Si c'est la nuit, notre projet sera facilité d'autant, sinon nous surveillerons les habitudes de notre homme, et nous aviserons selon le résultat de nos observations. Dieu ne nous abandonnera pas.

— Tu as potassé ce plan toute la nuit ? Incroyable ! Si nous réussissons, jamais personne ne pourra savoir qui a fait le coup. Qui, pourrait soupçonner un couple aussi humble que nous ?

Les propos de sa femme, surtout ses allusions à Dieu, avaient enhardi le mari. Sa résistance du début se transformait peu à peu en enthousiasme véritable. Homme de foi, d'une foi naïve, consolidée au fil des épreuves vécues avec son fils, Van Houtten devenait très perméable aux paroles de sa femme. Habile, elle savait trouver la faille dans l'armure. Dieu aidant, le projet devenait maintenant facile, trop facile.

5

Landreville conduisit Laruso dans un motel
minable de la rive sud. Il paya lui-même la chambre
en argent comptant et ordonna à son quasi-prisonnier
de ne sortir sous aucun prétexte.

— Je reviendrai cet après-midi. Je te donnerai alors
mes instructions.

Avant d'aller à son bureau du quartier général, il
fit un crochet par Saint-Bruno. Le soleil brillait de tous
ses feux. Aucun nuage à l'horizon. La journée idéale
pour le farniente à la campagne. En retrait, sur le flanc
du mont Saint-Bruno, il déboucha sur une petite rue
bordée de quelques maisons coquettes, isolées les
unes des autres par des arbres majestueux. Au bout
du cul-de-sac, une plus petite maison semblait dormir
dans un bosquet où piaillaient une multitude
d'oiseaux. Un homme aux longs cheveux blancs
taillait une haie de cèdres avec une dextérité peu
commune. Les arabesques qu'elle formait suscitaient
l'étonnement. On voyait tout de suite le travail d'un
artiste. Lorsque Landreville arrêta la voiture, un
magnifique colley vint à sa rencontre. Aucun
jappement. À le voir s'agiter près du visiteur, il
semblait content de l'accueillir.

— Salut, Folie ! Toujours aussi gentille, ma belle fille. On peut dire que ton maître t'a bien élevée, toi. Tu n'es pas comme les autres sales cabots qui passent leur temps à japper à propos de tout et de rien.

L'homme s'approcha de Landreville. Grand et mince, il portait, avec élégance, chemise et cravate, même pour le travail du jardin. Très aristocratique, il tendit la main au policier.

— Mon cher capitaine, quel plaisir de vous voir ! Votre dernière visite remonte à la nuit des temps.

— Que voulez-vous, Baron, le travail bouffe tous mes instants de loisirs. Je ne suis pas comme vous, un riche retraité habitant un palace au paradis terrestre, ironisa amicalement Landreville. Comment va la santé ?

— Un charme. Si je continue, je risque d'enterrer tous mes ennemis. Vous prendrez bien un café ?

— Volontiers, ma journée a commencé très tôt et je crains qu'elle ne se termine assez tard.

— Venez à la terrasse, nous y serons très bien. Installez-vous, je vais préparer le café.

Le Baron, comme l'appelait Landreville, était en fait un artiste de grand talent. Jamais le policier n'avait rencontré de meilleur faussaire. À voir cet homme d'une grande délicatesse, cultivé, raffiné et fin causeur, personne n'aurait pu deviner qu'il avait purgé de nombreuses années de prison pour fabrication et usage de faux. Les faux billets fabriqués de ses mains d'artiste devenaient plus vrais que les vrais. Sa réputation était internationale. Landreville l'avait arrêté à l'issue d'une longue enquête conjointe avec ses collègues fédéraux, sur un vaste réseau de faux-monnayeurs. À l'époque de sa jeunesse, son tempérament de tombeur de femmes lui avait coûté une fortune et valu des ennuis. Juste comme il sortait de prison après avoir purgé une sentence relativement légère, son père décédait en France, lui léguant sa fortune. Depuis ce temps, retiré dans ses terres, comme il se plaisait à le dire, il vivait avec son chien dans le calme de sa coquette maison. Les deux hommes étaient restés en contact et se rencontraient à l'occasion autour d'un bonne table en devisant de tout et de rien.

— Voilà, cher ami ! Servez-vous. Juste assez corsé, comme vous l'aimez.

Le policier se servit et but, à petites gorgées, le délicieux expresso.

— Si je me fie aux journaux, le travail ne manque pas. La criminalité est devenue un business de nos jours. Quel manque total de classe ! On tue pour un rien. Complètement insensé. Au moins, dans mon temps, nous y mettions de la finesse, de l'art. Nous ne nous contentions que de la perfection. Un billet de banque impeccablement réussi, un faux tableau de maître qui confondait même les experts, on ne voit plus cela de nos jours. N'est-ce pas capitaine ?

Landreville sourit. Il reconnaissait bien là l'artiste.

— Vous avez raison, mon cher Baron, voilà pourquoi je viens vous voir ce matin.

— Votre confiance me flatte. Que puis-je pour vous être agréable ?

— Rien qui ne devrait présenter d'obstacles majeurs à votre talent, dit-il en sortant de sa poche un passeport et une photo.

En fin connaisseur, il feuilleta les pages qu'il froissa délicatement entre ses doigts. À la lumière du soleil, il observa la pigmentation du papier. L'examen terminé, il remit le document à Landreville.

— Pas mal, dit-il, hautain, mais un peu amateur. Certes, aucun douanier n'y verra la différence. Quand vous le faut-il ?

— Demain matin.

— Capitaine, plaida-t-il, laissez au moins le temps à l'encre de sécher.

— Désolé, Baron, j'ai repoussé le délai au maximum. Je compte sur vous ?

— Vous savez que je ne puis rien vous refuser. Disons à la même heure demain matin.

En route vers le bureau, Landreville s'arrêta au guichet automatique d'une banque où il retira cinq cents dollars sur son compte spécial. Puis, près du pont Champlain, il fit lentement le tour du centre commercial. Dès qu'il découvrit ce qu'il cherchait, il stationna sa voiture et se dirigea vers la porte la plus proche de l'agence de voyages. À l'intérieur, la musique rock était assourdissante. La jeune préposée mâchait une gomme grosse comme une balle de golf à en juger par les clappements qu'elle faisait. En toute autre circonstance, Landreville aurait fait demi-tour. Cette vulgarité et ce manque de respect pour la clientèle le mettaient hors de lui.

— Vous désirez ?

— D'abord que vous baissiez le volume de votre appareil. Je ne vous entends pas.

Surprise par la requête, la fille obéit illico.

— Ensuite, on ne parle jamais la bouche pleine. Votre mère ne vous a jamais appris l'étiquette ?

Elle tira la poubelle et laissa tomber sa chique.

— Bon, voilà qui est mieux. Pourriez-vous vérifier s'il reste encore une place sur le vol Cubanacan, numéro 92, en partance pour La Havane, demain soir ?

Elle tapa les codes sur son clavier.

— Pas de problème, dit-elle. Cuba n'est pas une destination populaire en juillet.

— Très bien, donnez-moi un billet pour La Havane, s'il vous plaît.

Il donna les renseignements requis, paya le billet et retourna en toute hâte au bureau.

En entrant, il croisa Gagné près de la machine à café. Sans même s'arrêter, il lui cria :

— Dans quinze minutes, tout le monde dans la salle. Réunion d'urgence. Appelle Laurin du labo, dis-lui qu'il vienne aussi. Priorité pour tous.

Dans son bureau, il prit un stylo feutre et écrivit sur une feuille mobile du tableau : DaCosta. Plus bas : Enrico Casonato et Ferrara (père & fils). Il nota sur la deuxième feuille : Russes, Roumains, Asiatiques, Juifs, etc. Finalement, sur la dernière, il inscrivit les noms des groupes : Jaguars et Devil's Sons. Puis tout en bas : éphédrine et méthamphétamine, laboratoire.

La réunion de service regroupait une dizaine de personnes, toutes choisies par Landreville lui-même. À part Marc Gagné, son adjoint et ami, les autres étaient assez jeunes et possédaient comme atout important de solides formations techniques et universitaires. Landreville, malgré son âge et son expérience, croyait fermement que l'époque des bœufs était révolue. Cette équipe de jeunes loups, dynamiques et ambitieux, suscitait toujours une forte opposition chez ses collègues. Il les regarda un à un. Les trois femmes du groupe ne s'en laissaient pas imposer par les hommes qu'elles ne se gênaient pas de rabrouer au besoin.

— Premier point, DaCosta. Qui connaît ce nom ?

— C'est une bande italienne de Toronto, répondit simplement Julie, la plus menue des trois. Selon mes informations, DaCosta et Ferrara sont souvent de mèche sur certains coups. Ils respectent le territoire de chacun tout en s'aidant mutuellement. En un mot, la charité mafieuse, fit-elle en ricanant.

— Casonato, Enrico Casonato. Ça te dit quelque chose, Julie ?

— Non, il est avec DaCosta ?

Landreville aquiesça d'un hochement de tête.

47

— Je peux vérifier avec Logan à Toronto. Il est toujours correct avec nous.

— D'accord. Tâche d'en savoir le plus possible sur lui. Dis à Logan que ce bonhomme travaille depuis peu à Montréal pour le Sombrero. Il a plaqué la bande de DaCosta.

Landreville fut ravi de l'effet produit par sa remarque. Tous le regardaient avec des yeux remplis de points d'interrogation.

— Et le Sombrero, c'est un restaurant mexicain ? se moqua Gagné.

— Je vous expliquerai tout à l'heure. Julie, le Casonato en question habite un appartement luxueux du Langelier au sud du Métropolitain. Essaie de savoir à quoi il ressemble. Je veux qu'il soit sous surveillance nuit et jour. Photographies et identifications de tous les visiteurs. Tu me fais suivre ce zigoto partout où il va. Chaque endroit qu'il fréquente sous enquête. Je veux tout savoir. Noms des proprios, de ses petites amies, en un mot tout ! C'est clair ?

— On ne peut plus limpide, répondit-elle en souriant, moqueuse. Dois-je mentionner la couleur de ses bobettes ?

Landreville sourit.

— Marc, fit-il en se tournant vers son adjoint, il semblerait que Ferrara père, ce brave Franco, ait repris du service. Il aiderait son fils Renato, qui éprouverait certains problèmes de concurrence sur ses marchés montréalais. Tu peux te renseigner ?

Gagné n'attendit pas la suite.

— Exact. Il aurait même écourté ses vacances au Mexique de plusieurs semaines. Selon mes informateurs, Ferrara aurait perdu plusieurs collaborateurs, qui travailleraient pour une bande rivale. L'attentat contre Tomassini et Laruso aurait été organisé par le vieux Franco. Tu te souviendras que le vieux ne plaisantait pas avec les traîtres dans son temps.

— Essaie d'en savoir plus. J'ai su que Renato a demandé de l'aide à DaCosta. Travaille avec Julie là-dessus.

Il pointa les autres un à un.

— Toi, les Russes. Toi, les Roumains et semblables. Toi, Chang, je te réserve les Asiatiques de tout acabit. Et vous deux, mes jolies, vous vous partagez le gâteau : les Jags et les Devil's. Vous me faites suivre les leaders. Rien ne doit vous échapper. Ne procédez à aucune arrestation sans mon accord. Je veux connaître les accointances de chacun. De la filature de maître. Voilà ce qu'il faut. Top priorité. Faites appel à toute l'aide nécessaire. Je vais envoyer un mémo à tous les responsables pour les alerter de l'urgence de la situation. N'omettez aucun détail.

Puis, s'adressant à Laurin du laboratoire :

— Dites-moi, mon cher Einstein, en chimie, la réduction est un procédé compliqué ?

— Pas vraiment. Mais il faut tout de même un équipement de base.

— Ces opérations demandent-elles un grand labo ?

— Mon cher capitaine, je n'aime pas ce genre de question. Je suis un homme de science, alors, si tu veux des réponses précises, pose-moi des questions précises.

— Ne vous fâchez pas, docteur, je précise. À partir de l'éphédrine pour produire une quantité importante de méthamphétamine, dois-je disposer d'installations importantes ?

— Dans l'exemple que tu viens de donner, je serais tenté de te donner une réponse de Normand. Tu peux produire une quantité importante de drogues de toutes sortes dans un laboratoire modeste, ce qui a l'avantage d'être plus discret. Un sous-sol de bungalow, par exemple, peut très bien faire l'affaire. Un inconvénient majeur dans ce type d'endroit, c'est que l'approvisionnement en matières premières doit être plus fréquent. Donc, tout va-et-vient anormal peut éveiller les soupçons des voisins. Par ailleurs, si tu optes pour l'autre solution, tu dois trouver un espace en conséquence. Ainsi, une grange désaffectée dans un rang désert à la campagne permet plus de flexibilité car l'approvisionnement massif, par camion réduit la circulation. En approvisionnant le laboratoire, tu le vides en même temps de sa production. D'une pierre deux coups, tu vois l'astuce ?

— Génial, mon cher Laurin. Marc, tu as entendu ce que nous a raconté le génie des éprouvettes ? Mets-toi en contact avec la Sûreté du Québec. Parle à Lauzon de ma part, je pense qu'il est raisonnable et qu'il n'essaiera pas de jouer les vedettes. Demande-lui de détacher quelques hommes. Je veux qu'ils ratissent les fermes des Laurentides à la recherche d'un labo clandestin. Qu'ils contactent les agences immobilières du secteur, histoire de vérifier s'il n'y aurait pas eu location de fermettes récemment. Qu'on questionne les résidents sur toute circulation anormale.

Laurin, le directeur du laboratoire, gardait la main levée. D'un signe de tête, Landreville lui donna la parole.

— Mon cher patron, fit-il, sententieux, sauf le respect que je dois à ta compétence, j'aimerais attirer ton attention sur un point capital. Selon la DEA américaine, la méthamphétamine se répand de plus en plus chez nos voisins du sud. La Californie, le Texas et le Colorado sont aux prises avec un grave problème de criminalité directement relié à cette nouvelle drogue. Selon des données scientifiques récentes, la consommation de méthamphétamine engendre très rapidement une très grande dépendance. Aussi, le comportement des usagers se caractérise par des crises de violence extrême, qui vont, dans certains cas, jusqu'au meurtre ou à l'auto-destruction. Plusieurs cas de brutalité anormale on étét signalés, tous reliés à l'usage de cette saloperie.

— De mieux en mieux, murmura Gagné. L'avenir s'annonce prometteur.

— Quelqu'un a quelque chose à ajouter ? demanda Landreville.

Personne ne répondit.

— Alors, au travail ! Et que ça saute !

En retournant à son bureau, il fit signe à Marc Gagné de le suivre.

— Marc, je n'en ai pas parlé devant les autres, mais il y a deux groupes dont je veux te confier la responsabilité.

Fin renard, Gagné répondit :

— Oui, je sais. Tu souhaites que je m'occupe des Juifs et des Autochtones ?

— Tu connais la sensibilité de ces groupes. Chaque fois que je mentionne l'un ou l'autre au patron, il devient blême de trouille. C'est comme si l'on attaquait un groupe d'angelots à coups de matraques. Quel con, celui-là ! Il n'a que le ministre en tête. Sa carrière avant tout. Il vendrait sa mère pour une promotion.

Gagné, qui connaissait depuis longtemps les relations tendues entre les deux hommes, l'exhorta au calme.

— Je m'occupe d'eux, sois sans crainte, il n'y aura pas de bavure.

— Merci, Marc. J'aimerais que tu essaies de savoir ce que mon ami Jack Ruben fabrique maintenant. Cet oiseau de malheur m'inquiète au plus haut point quand je n'entends pas parler de lui. Je serais fort étonné qu'il se contente de vendre des cierges dans les synagogues de Montréal. J'aimerais que tu vérifies autre chose. Je ne suis pas du tout certain que, s'il y a un ou des laboratoires clandestins au Québec, on les trouve dans les Laurentides. Laisse la Sûreté s'occuper de ce territoire et, toi, jette un œil sur les réserves autochtones. J'ai comme un pressentiment qu'il pourrait y avoir une surprise de ce côté. Es-tu en bons termes avec la G.R.C. ?

— Oui, mes relations sont assez bonnes avec les gars du fed.

— Vois donc avec eux s'ils n'auraient pas remarqué certaines activités qui confirmeraient mes soupçons ? Tiens-moi au courant.

Une fois seul, Landreville s'approcha de la fenêtre. Dehors, le soleil de juillet éclairait la ville qui ressemblait à une carte postale. Il eut tout à coup le vague sentiment que ses vacances d'été venaient de prendre le bord.

6

En fin de journée, Landreville se rendit au motel où se terrait Laruso. Encore une fois, il le réveilla.

— À part dormir, que fais-tu de tes journées, sombre personnage ?

— Que veux-tu que je fasse dans ce trou ? Le téléviseur ne fonctionne même pas.

— Bouge-toi ! Tu as une carte de crédit en bonne santé, j'espère ?

— Est-ce que j'ai l'air d'un pouilleux de fauché ? J'en possède toute une panoplie et sans aucune limite de crédit.

— Très bien. Je t'amène au premier guichet automatique que nous rencontrerons. Tu fais le plein en utilisant chacune de tes cartes. Demain, à l'aéroport, débrouille-toi pour obtenir le maximum d'argent américain. Même si Fidel déteste les amerloques, il ne jure que par les billets US. Notre pauvre devise ne vaut même pas le papier sur lequel elle est imprimée.

— Est-ce que je pourrai faire transférer de l'argent là-bas ?

— Pauvre con ! Tu tiens tellement à crever ? Penses-tu que ton directeur de succursale ne sera pas questionné par tes amis sur tes transactions bancaires ? Laisse passer l'orage. Ensuite, tu t'arrangeras pour qu'un ami vienne te voir avec plein de fric dans sa valise.

Le côté formidable des gens simples d'esprit comme Laruso, c'est que, dès qu'une explication semble raisonnable, ils la gobent sans question. Le truand hocha la tête devant tant de limpidité.

— Deuxième opération, tes vêtements. Il y a un centre commercial sur la route, près du pont Champlain. Tu y dénicheras l'essentiel.

Tout fut réglé en deux temps trois mouvements. Landreville ne voulait pas perdre une minute. Il lançait ses ordres à un pauvre Joe, tout décontenancé par ce qui lui arrivait. Lui qui, d'habitude, ne décidait pas rapidement se sentait complètement à la merci du policier. Sur la route du retour, ils firent un arrêt dans une grande surface où Laruso fit provision de nourriture et de bière comme s'il devait passer deux mois, enfermé dans sa chambre.

— Demain, quinze heures. Je passe te prendre. Sois prêt, je ne veux pas attendre. J'aurai ton billet d'avion et ton passeport. En route, je te donnerai mes dernières instructions.

Il revint chez lui en coup de vent. Un peu nerveux. Il en était à organiser son troisième voyage à Cuba. Laruso pensait quitter le pays pour des vacances prolongées au soleil, mais une réalité plus brutale l'attendait. Ce plan, minutieusement élaboré par Landreville trois ans auparavant, démontrait un esprit de vengeance diabolique. Lors du procès d'un criminel notoire, arrêté au prix d'un travail ardu et périlleux, le juge, même si l'accusé avait été reconnu coupable par le jury, avait imposé une sentence bidon. Celui-ci n'avait écopé que de deux ans de peine carcérale, mais avec sursis. Dans son verdict, le magistrat avait soutenu que l'accusé était un père exemplaire et qu'il ne présentait aucun danger pour la société. Landreville avait été tellement révolté par cette sentence qu'il n'avait pu taire sa rage en pleine cour. Le juge l'avait condamné à mille dollars d'amende pour outrage au tribunal et son patron l'avait suspendu sans solde pour une période de deux mois.

Ecœuré, profondément blessé, il avait quitté le pays. Il était parti pour Cuba, où il avait fait la connaissance de Miguel Rodriguez, qui était policier supérieur du régime castriste. En réalité, il occupait le poste de directeur de la prison de Palma Soriano, centre de rééducation par le travail. Les prisonniers travaillaient à la culture de la canne à sucre sur les fermes de l'État cubain. On imagine facilement que, là-bas, le travail ressemblait à s'y méprendre aux travaux forcés. Landreville s'était vite rendu compte que Rodriguez profitait au maximum de sa fonction pour abuser du système. Son rang dans la hiérarchie policière et la crainte que suscitait sa fonction de directeur de prison faisaient de lui un personnage tout puissant dans son milieu. Pendant ses deux mois d'exil volontaire, Landreville avait multiplié les rencontres avec Miguel. Il s'était aperçu qu'il avait affaire à un corrompu de grande envergure pour qui l'argent était dieu. Peu à peu, Landreville avait raffiné son plan. Dorénavant, chaque fois que la chose lui serait possible, il ferait justice lui-même. Fort conscient des dangers d'une telle décision, il avait résolu d'en assumer toutes les conséquences quoi qu'il advienne. En bref, il envoyait ses victimes en voyage à Cuba. Deux des trois criminels qu'il avait ainsi fait partir possédaient assez d'argent pour payer le coût de l'opération. Dans l'autre cas, pour un petit minable sans le sou, il avait puisé dans sa caisse clandestine.

Au cours d'une perquisition, quelques années auparavant, il avait découvert, absolument par hasard, une liasse de billets de cent dollars. Il avait vu dans cette découverte un coup de pouce du ciel dans la réalisation de son plan. Il gardait scrupuleusement cet argent pour le réaliser.

L'entente qu'il avait conclue avec Rodriguez tenait en peu de mots. Chaque client devait se présenter à l'aéroport de La Havane avec en poche cinq mille dollars américains. Landreville communiquait à l'autre policier, selon un code convenu entre eux, les informations nécessaires sur le candidat. Dès son arrivée, le pauvre bougre était identifié et conduit dans une salle d'interrogatoire où on l'accusait de possession et d'usage d'un faux passeport à des fins d'espionnage. Les douaniers confisquaient l'argent sur-le-champ et, après avoir récompensé ses complices, Rodriguez conduisait le prisonnier dans sa prison de Palma Soriano où il s'occupait personnellement de son cas. Homme véreux s'il en était, le Cubain amassait ainsi des sommes importantes qu'il consacrait à l'amélioration de sa qualité de vie.

Jusque-là, Landreville avait su s'acquitter avec succès de ses fonctions de policier-juge. Il savait pertinemment que, à la moindre erreur, il se ferait défoncer par ses patrons et la justice. Aussi, chaque fois qu'il était tenté de mettre son projet à exécution, il y pensait longtemps en pesant le pour et le contre de chacun de ses gestes. Le cas Laruso n'était pas différent. C'est la raison pour laquelle il l'avait gardé loin des yeux de son personnel, dans une chambre d'hôpital réservée aux mourants. Seul son patron savait. Pour lui, c'était là sa police d'assurance. Le lendemain, de retour au bureau, il annoncerait, tout candide, à son supérieur que l'oiseau avait été libéré et qu'il volait de ses propres ailes.

Tout se passa comme prévu. Le lendemain matin, Landreville fut convoqué au bureau du directeur et lui annonça la bonne nouvelle. Gamache fut rassuré et se montra même gentil avec lui.

— Tu sais, Landreville, il te faut éviter les gaffes si tu aspires à me remplacer. Je prendrai ma retraite très bientôt, à moins que le ministre n'insiste pour me confier d'autres responsabilités. Alors, j'évaluerai la situation en fonction des services que je pourrai rendre à l'État.

Une telle fatuité, émanant d'un incompétent de ce calibre, exaspérait Landreville au plus haut point. Il fit un effort pour garder son calme. Il ne voulait en aucun cas risquer de perturber l'horaire de sa journée déjà très chargé.

— Je ferai attention, fit-il mollement.

Cette simple remarque eut l'effet d'un baume sur l'ego de Gamache. Il sourit largement et, paternel, répliqua :

— Oui, tu en es capable.

En retournant à son bureau, Landreville ne put s'empêcher de songer combien la connerie humaine était abyssale. À chaque rencontre, son patron ne ratait aucune occasion, de faire le paon d'une façon ridicule. Il ne se rendait même pas compte de l'absurdité de son discours. Il se comportait de la même façon lorsqu'il rencontrait l'équipe de Landreville. Dans le service, on l'appelait le *surhomme du zéro*. Sans qu'il l'admette ouvertement, la nullité de Gamache faisait l'affaire de Landreville. Il pouvait mener sa barque à sa guise pour autant qu'il obtienne des résultats. Gamache s'accaparait toutes les réussites de l'escouade antigang et ne se gênait pas pour jouer les vedettes dans les points de presse, qu'il convoquait aussi souvent que possible. Les récits qu'il faisait alors des enquêtes effectuées par l'équipe de

Landreville relevaient de la plus haute fantaisie. Il va sans dire qu'il incarnait toujours le héros sans peur et sans reproche ayant mis sa vie en danger tous les jours. Le pauvre Gamache en était rendu à croire ses propres fabulations. Voilà comment du pseudo-héros qu'il croyait être, il était devenu le *surhomme du zéro*. Tout en buvant son café, Landreville établit les priorités du jour. Évidemment, les vacances de Laruso figuraient en tête de liste. Il décida de passer le prendre plus tôt afin de ne pas lui laisser la chance de faire l'idiot et de compromette la réalisation de la dernière étape du plan. Aussi, il pensait aux récentes révélations de Joe sur le désormais célèbre groupe Sombrero. Cette image du large chapeau mexicain lui plaisait assez. Elle évoquait bien la nouvelle filière regroupant sous ses larges rebords, toutes les organisations criminelles œuvrant dans le monde interlope. Le policier passa en revue tous les chefs qu'il connaissait, se demandant qui, parmi eux, pouvait démontrer assez de charisme et de pouvoir pour soumettre les autres à son leadership ? Il écrivit chaque nom sur une feuille, en prenant soin d'indiquer sa spécialité. Par exemple, les Jags de Hot Dog Dufort régnaient dans l'est de l'île sur la mari, la coke et l'héroïne. Les Devil's Sons, quant à eux, trafiquaient les mêmes produits dans l'ouest. Les Roumains, les Yougoslaves et les Russes œuvraient dans le vol à l'étalage à grande échelle et pratiquaient le taxage chez les membres de leurs propres communautés, qu'ils n'hésitaient pas à terroriser au besoin. Les Asiatiques contrôlaient l'héroïne dans le Chinatown et sur la rive sud où habitent un nombre important de Chinois originaires de Hong Kong. Le taxage avait aussi ses lettres de noblesse dans cette communauté, car beaucoup possédaient des fortunes colossales qui attiraient cette pègre. Une autre activité propre à ce groupe touchait les prêts usuraires consentis aux malades des jeux de hasard, fort nombreux parmi eux. Plusieurs personnes s'étaient suicidées au cours des derniers mois, parce qu'elles étaient incapables de rembourser leurs dettes de jeu. Mais ce groupe demeurait hermétique. Même Chang, le jeune Chinois de l'équipe, ne réussissait pas à recueillir la moindre information utile. Quant aux Autochtones, ils demeuraient les spécialistes de la contrebande des cigarettes et des spiritueux. À cause de la situation privilégiée des réserves et, bien souvent, de la mollesse des différents politiciens, les criminels de ces bandes mangeaient à tous les râteliers. Les armes transitaient allègrement via les réserves quand celles-ci ne devenaient tout simplement pas de vastes entrepôts approvisionnant, moyennant un profit intéressant, les groupes de toutes origines. Parmi tout ce beau monde, Landreville ne put déceler le moindre personnage ayant assez de caractère pour réunir tant d'intérêts divergents.

Il lui restait Jack Ruben de la bande juive. Celui-ci avait disparu de la circulation depuis au moins deux ans. Personne ne savait où il se cachait. Pourtant, aucun corps policier ne détenait de mandat contre lui. D'autre part, s'il avait été victime d'un règlement de comptes, même si l'on n'avait pas retrouvé son corps, un petit bavard aurait parlé et la nouvelle de son décès se serait répandue comme une traînée de poudre. Intrigant, très intrigant.

Avocat de formation, doué d'une intelligence supérieure, Ruben avait commencé sa carrière en défendant avec brio plusieurs truands célèbres dont Franco Ferrara, à qui il avait évité à deux reprises des condamnations sévères pour trafic de drogue. Puis il avait délaissé la pratique du droit pour se lancer dans les affaires. Il en avait acculé plusieurs à la faillite par des marchés sans scrupules et, malgré les nombreux procès intentés contre lui, il n'avait jamais fait de prison. On le voyait partout. La politique l'intéressait au plus haut point. Chaque campagne électorale, que ce soit au niveau fédéral, provincial ou municipal, l'attirait comme un aimant. Il courtisait tous les partis. Ces connaissances lui avaient permis d'acquérir toutes les ficelles nécessaires pour opérer. Si l'homme qu'il recherchait s'appelait bien Ruben, le travail ne manquerait pas car ce requin nageait en eaux profondes.

Une autre interrogation agaçait le policier. Elle concernait le ou les fameux laboratoires qui produisaient la méthamphétamine. Pour réussir ces opérations, encore fallait-il compter sur des gens qui avaient des compétences en chimie. Où recrutait-on ces spécialistes ? Dans les universités du pays ? Peu probable qu'un jeune diplômé tombe dans l'illégalité à son premier emploi. Sans rejeter cette hypothèse, Landreville songeait plutôt aux immigrants. Pour beaucoup d'entre eux, le marché du travail restait difficile à percer. Même ceux qui étaient qualifiés avaient du mal à trouver du travail puisque les entreprises exigeaient très souvent une expérience canadienne dans leurs spécialités. L'ignorance des langues parlées au pays créait une difficulté additionnelle. Sans compter que la reconnaissance des diplômes universitaires émis dans certains pays de l'Est posait un sérieux problème d'équivalences. Alors, il arrivait souvent de trouver dans des postes non qualifiés des diplômés universitaires venant de Russie, de Pologne ou d'ailleurs. Landreville pouvait en parler en connaissance de cause, puisqu'il visitait régulièrement les autorités de l'immigration afin de connaître davantage ces nouveaux citoyens. Peut-être trouverait-il là une piste intéressante pour la suite de son enquête.

7

À treize heures, Landreville quitta le bureau.
Dehors, il régnait une chaleur humide qui lui faisait
détester les grandes villes. Il laissa tourner le moteur
de sa voiture afin que le climatiseur puisse en
rafraîchir l'intérieur. À la radio, on jouait du Wagner.
Cette musique cadrait mal avec son état d'esprit. Il se
sentait nerveux. Il en serait ainsi tant que Laruso
n'aurait pas quitté le pays. Avant de démarrer, le
policier sortit le faux passeport que le Baron avait
trafiqué. C'était un travail d'expert. Aucune bavure ne
permettait de déceler l'œuvre d'un faussaire.
Pourtant, en fin de journée, un douanier cubain rusé,
sentirait l'arnaque. Alors, le calvaire de Laruso
commencerait.

Il se gara devant la porte de la chambre. Il n'eut
pas besoin de frapper car l'Italien l'avait aperçu par la
fenêtre.

— Fichons le camp d'ici, fit-il rageusement,
j'étouffe dans cette piaule. Tu as le passeport au
moins ?

— Calme-toi, bonhomme. Tout est sous contrôle.
Viens, nous allons manger. J'ai déniché un petit
restaurant tranquille sur le boulevard. Nous avons le

temps de causer un brin, puisque ton avion ne décolle pas avant sept heures.

Sans moustache et rasé de frais, Joe était méconnaissable.

— Dorénavant, tu t'appelles José Fiori, fit le policier en lui tendant le passeport. Ta date de naissance n'a pas été modifiée, ton père s'appelle Alberto et tu es né à Palerme. Voilà l'essentiel de ta nouvelle vie. Voici ton billet d'avion. Tu remarqueras que tu as un billet aller-retour. C'est obligatoire pour Cuba. Si jamais la brillante idée d'utiliser le retour dans un avenir immédiat, t'effleurait l'esprit, je ferai le nécessaire pour que tes jours soient comptés par ici. Tu piges ?

— Ne t'énerve pas. Je commence à en avoir plein le dos, de jouer à cache-cache avec tout le monde.

Ils mangèrent en silence. Laruso avait le gosier en pente.

— Ce n'est pas le moment de te soûler, triple idiot. Tu auras besoin de toute ta tête pour fonctionner jusqu'à Cuba. Allez, viens ! Je veux éviter la circulation de fin de journée.

À Mirabel, on pouvait compter les autos sur les doigts des deux mains. À l'intérieur, à peine quelques dizaines de voyageurs attendaient au comptoir de Cubanacan. Pendant que Laruso faisait la queue avec les vacanciers, il vérifia autour de lui s'il ne voyait pas un visage connu. Rassuré, il attendit son homme en retrait près du mur. Une fois les formalités terminées, ils eurent le temps de boire un dernier verre au succès du voyage de Joe. Finalement, on entendit l'appel des voyageurs pour La Havane. Il ne restait que vingt minutes avant le départ. Les deux hommes se regardèrent un instant sans parler. Comme s'il faisait un effort surhumain, Laruso tourna les talons et, sans encombre, franchit le contrôle douanier. Prudent,

Landreville grimpa rapidement à l'étage supérieur. Camouflé par une pancarte publicitaire, il pouvait observer à loisir la salle des départs. La cinquantaine de passagers du vol 92 attendaient, carte d'embarquement en main, que les préposés les laissent passer. Un à un, ils disparurent dans l'énorme transbordeur qui les attendait. Finalement, au grand soulagement de Landreville, on conduisit les voyageurs vers le Tupolev soviétique qui arborait les couleurs cubaines. Il ne quitta l'aéroport qu'après s'être assuré que l'avion avait bien décollé.

Cinq heures plus tard, l'appareil se posait en douceur sur le tarmac de l'aéroport de La Havane. Du haut de l'escalier, Laruso sentit la chaleur l'étouffer. Il jeta un regard à la ronde. Sauf le ciel, d'un bleu limpide, tout ce qu'il voyait respirait la tristesse. L'édifice gris où on dirigeait les passagers était moderne, mais il lui semblait lugubre. Cuba, l'île joyeuse, le décevait. Rien de comparable à son Italie natale. Il ne se doutait pas à quel point il avait raison. Il entra dans le hangar où des douaniers, pistolet mitrailleur en bandoulière, vérifiaient les titres de transport et les passeports. Ils jetaient un coup d'œil distrait aux documents comme s'ils espéraient se retrouver ailleurs au plus tôt. Cette attitude rassura Laruso. Lorsqu'il arriva devant le guichet, il tendit les siens. Le douanier le regarda un long moment, puis, contrairement à ce qu'il avait fait pour les autres passagers, il regarda son passeport avec une minutie suspecte. Il tourna lentement chacun des feuillets du livret. Il s'affaira ensuite sur le clavier de son ordinateur qui mit un certain temps à réagir. Il se leva finalement de son tabouret et, fixant Laruso, il dit :

— *Momento, por favor.*

Il sortit de la guérite et se dirigea vers un bureau situé à la sortie de la salle. Lorsqu'il revint, deux ou trois minutes plus tard, il était accompagné de deux solides gaillards armés jusqu'aux dents. Sans dire un mot, il montra au passager la porte encore ouverte du bureau. Les soldats l'escortèrent jusqu'à l'intérieur. Pendant ces brefs moments, Joe n'éprouva aucune crainte. Il était convaincu que le contact de Landreville l'attendait dans la pièce.

— *Señor Fiori* ?

Laruso sursauta. Il avait presque oublié sa nouvelle identité. Sa réponse manquait d'assurance.

— Oui, oui, bégaya-t-il, puis réalisant que l'autre ne parlait probablement pas français, il corrigea : *Si, si, Señor.*

Le militaire en face de lui, était sans doute un haut gradé à en juger par les décorations qui ornaient sa vareuse vert foncé. Il tenait le passeport qu'il tendit à Joe.

— Pourquoi utilisez-vous un faux passeport pour entrer à Cuba ?

La question, posée dans un français impeccable, surprit Joe. La voix, malgré sa douceur, laissait transpirer une fermeté inquiétante. Le truand fut pris au dépourvu. Il ne savait trop comment réagir. Devait-il nier qu'il possédait un faux passeport ou admettre la supercherie imaginée par Landreville ? Des gouttes de sueur froide perlaient sur son front dégarni.

— Vous connaissez sans doute le capitaine Landreville de la police de Montréal ?

— Je ne connais pas ce capitaine. Monsieur Fiori, vous ne répondez pas à ma question. Pourquoi entrer à Cuba avec ceci ? fit-il, dédaigneux.

Joe sentit la panique s'emparer de lui. Il dégoulinait, il faisait chaud.

— Mais c'est mon passeport ! hurla-t-il, impatient.

Le militaire demeura impassible.

— Je le sais bien, monsieur Fiori, mais il est faux. À Cuba, la possession et l'usage d'un faux document est un crime très grave, passible d'une punition très sévère. Videz vos poches sur le bureau, s'il vous plaît.

Cette fois, la voix ne souffrait aucune réplique. Joe s'exécuta en maugréant. Il avait quitté Montréal si rapidement qu'il n'avait pas eu le temps de mettre son argent dans un portefeuille. Il entassa pêle-mêle les billets sur le bureau. Il fouilla dans ses autres poches pour réaliser qu'il n'avait rien d'autre sur lui. Pas même un mouchoir qu'il aurait utilisé avec délices en ce moment, tant il suait.

Le militaire ne regarda pas l'argent. Il fixait Laruso d'un regard glacial.

— C'est tout ?

— Ma valise est dans la salle voisine. Je n'ai rien d'autre.

Le militaire fit un signe à l'un des gardes. Ce dernier s'approcha de Joe et, d'une main experte, procéda à une vérification de routine qui n'avait finalement qu'un objectif : rendre le voyageur clandestin encore plus nerveux.

— Monsieur Fiori, je vous arrête pour tentative d'espionnage contre l'État cubain. Nous allons donner votre signalement à l'ambassade de votre pays afin qu'elle nous communique votre véritable identité. Nous verrons alors ce que nous ferons de vous. Amenez-le !

Les deux colosses attrapèrent le pauvre Laruso par les bras et le firent sortir par une porte qui donnait sur un stationnement. Une camionnette presque en ruine les attendait. Comble de l'humiliation, ils lui passèrent les menottes et l'installèrent sur la banquette arrière qui avait connu des jours meilleurs. Le long périple vers une étrange captivité débutait pour Joe Laruso, criminel canadien notoire. Au cours de la nuit, Landreville reçut un curieux message sur son répondeur. Une voix répéta distinctement : « Si, si, si. » Il s'agissait du code secret convenu entre les deux hommes, qui confirmait le succès de l'opération.

8

Ce dernier vendredi de juillet avait été particulièrement chaud. On sentait dans l'air cette humidité qui rend parfois le climat des grandes villes insupportable. Dans le parc Félix-Leclerc, à l'est de Beaubien, on entendait parler davantage l'italien que le français. Il faut dire que ce coin comptait un nombre important de membres de cette vieille communauté. Des mammas, tout de noir vêtues, malgré la chaleur, jasaient entre elles, tout en gardant un œil sur la marmaille qui courait aux alentours. Lorsqu'un des enfants s'écorchait le genou en tombant, il venait pleurer dans les jupes de la grand-mère qui, en moins de deux, consolait le blessé. Il retournait alors très vite à ses jeux. La scène respirait le calme des campagnes quand les travaux de la ferme sont terminés et que les paysans jouissent d'un repos bien mérité. Tout en disposant sur une nappe à carreaux rouges le goûter qu'elle avait préparé, Louise Van Houtten ne put retenir quelques larmes à la vue de ces enfants innocents que l'avenir guettait au tournant de l'adolescence.

— Pourquoi te murer dans le passé, ma chérie ? Nous aurons notre revanche, sois confiante.

La voix de son mari la sortit de son pessimisme. Elle sourit timidement.

— Tu as raison. Regarde, j'ai des viandes froides, du pâté de campagne. Tu sais, celui que tu aimes tant. Surprise ! Regarde un peu ce que j'ai là, fit-elle en brandissant un sac sous le nez de son mari. Ouvre, tu verras bien !

Une telle insouciance chez le couple remontait à la nuit des temps. Les dernières années pesaient lourd dans leurs mauvais souvenirs. Comme si le projet mis au point par la femme, aussi terrible qu'il fût, les soudait l'un à l'autre dans une douce quiétude qu'ils ne se souvenaient pas avoir connue. Comme un gamin devant une surprise, Van Houtten ouvrit le sac.

— Non, pas possible ! De la bière de chez nous, de la belge ! Il y a une éternité que je n'en ai bue. Tu me ruineras, ma chérie. Ici, cette bière coûte un bras.

— Une fois n'est pas coutume, dit-elle en riant. Ne t'imagine pas que je vais te gâter ainsi tous les jours.

Albert Van Houtten était heureux. Son bonheur tenait à peu de choses. Le simple fait, comme maintenant, de voir sa femme rire un peu le comblait. Malgré le peu d'exigences qu'il avait face à la vie, rien ne lui avait été épargné. Ce mauvais sort le révoltait. Ils mangèrent avec appétit la collation tout en contemplant le ciel qui prenait de magnifiques couleurs à cette heure où le soleil se couchait.

— Pendant que tu vas ranger les choses, je vais aller me promener de ce côté, histoire de me familiariser avec les lieux.

Il montra du doigt une série de commerces qui longeaient la rue Beaubien. Elle ne répondit pas. Les mains au fond des poches, il quitta le parc en sifflant. Dans le stationnement, en face des commerces, le grondement des moteurs d'auto n'arrêtait pas. La salle de billard bourdonnait d'activité. Des jeunes en sortaient juste au moment où Van Houtten passait. Ils montèrent dans une grosse voiture américaine aux couleurs criardes qui démarra dans un crissement de pneus. Il remarqua que ceux qui voulaient entrer devaient appuyer sur un bouton dissimulé dans une sorte de haut-parleur. Quelqu'un devait leur parler de l'intérieur car il les entendit décliner leur identité. Probablement que ce système retardait l'entrée d'une personne suspecte aux yeux des tenanciers. Van Houtten remarqua un détail fort important pour la réussite de son projet. Les grandes vitres qui donnaient sur le parking, toutes teintées d'une couleur dorée, empêchaient qu'on distingue les activités à l'intérieur. Les vitres agissaient comme des miroirs, reflétant tout ce qui se trouvait devant. Il imagina facilement que, une fois dans la salle, on pouvait discrètement observer l'extérieur. Comment penser qu'un honnête commerçant puisse camoufler ainsi son négoce? Au nom de quelle liberté permettait-on à des bandits de se protéger ainsi de la justice supposément égale pour tous? Au bout de la rue, Van Houtten hésita avant de s'engager dans la ruelle qui bordait les commerces à l'arrière. Lorsqu'il vit un groupe de jeunes jouant au hockey avec une balle, il marcha dans leur direction, lentement, très lentement. Quand il arriva à la hauteur du gardien de but, il s'arrêta, feignant de s'intéresser à la partie. En fait, quelques mètres seulement le séparaient de la salle de billard dont la porte ouverte laissait entrevoir trois tables autour desquelles s'affairaient des adolescents. Penchés sur le feutre vert, ils s'appliquaient à viser juste afin que les boules tombent dans les poches. Un épais nuage de fumée flottait autour des lampes basses qui éclairaient le tapis. Van Houtten resta un long moment à observer la scène. En poursuivant sa route, il vit, tout au fond de la salle, une porte ouverte qui donnait sur une petite pièce éclairée faiblement. Il se souvint que c'était dans ce local qu'il avait recontré Gino, le propriétaire, pour le supplier de cesser de vendre des stupéfiants à son fils. L'Italien, furieux, l'avait carrément expulsé en le traitant de tous les noms. S'il continuait à affirmer qu'il vendait de la drogue, Gino le poursuivrait en justice. Il protestait de l'honnêteté de son commerce où les jeunes s'amusaient sainement. Ce souvenir le fit rager intérieurement. Il détestait encore plus ce misérable qui causait impunément, encore aujour-d'hui, tant de méfaits chez les jeunes. Il vit que les poubelles s'entassaient à la porte de chacun des commerces. Donc, en fin de soirée, Gino Riggi allait faire le ménage de sa boîte et mettre les déchets de la journée dans la ruelle. Il suffirait d'attendre qu'il ouvre la porte arrière pour l'abattre avant qu'il ne referme. Le cadavre ne serait découvert que le lendemain, laissant ainsi au couple le temps de regagner son logis sans encombre. Content de la tournure des événements, Van Houtten rejoignit sa femme dans le parc.

— Viens, rentrons ! J'ai une réponse à nos questions. Tu es fatiguée, je vais te reconduire à la maison. Je reviendrai plus tard afin de vérifier comment se fait la fermeture.

Sa femme au lit, il revint rue Beaubien vers onze heures. La nuit s'annonçait inconfortable. L'humidité collait à la peau. Van Houtten s'en voulut de ne pas avoir pris de douche avant de quitter la maison. Il ne put se garer près de son but. Les résidents avaient envahi les rues avoisinantes. Il se résigna à descendre plus bas dans Beaubien. Il revint vers la salle en traversant le parc. Des couples de jeunes se bécotaient, enlacés sur les bancs qui bordaient l'allée. Sa présence ne les gênait pas le moins du monde. Arrivé à l'endroit qu'il avait choisi tout à l'heure comme poste d'observation, il ne put trouver de banc libre. Un groupe de vieillards italiens, sans doute incommodés par la chaleur, profitaient de la fraîcheur relative du parc. Ils discutaient bruyamment. Van Houtten sourit. « Si la tour de Babel a déjà existé, pensa-t-il, les ouvriers ne pouvaient être qu'Italiens. » Ils parlaient tous ensemble, en gesticulant comme s'ils menaçaient de s'en prendre physiquement à leurs interlocuteurs. À les regarder, il se demanda si seulement une personne parmi tout ce beau monde connaissait le sujet de discussion.

Il trouva refuge au pied d'un arbre en haut d'un talus qui protégeait la piscine du vent. De cet endroit, il pouvait voir la ruelle en plongée et, surtout, la porte arrière de la salle de billard, encore ouverte à cette heure. À travers le brouhaha confus des conversations et des éclats de voix, il percevait nettement le bruit que faisaient les boules en se frappant les unes contre les autres. Parfois, un cri retentissait pour marquer un bon coup. Vers minuit, une silhouette qu'il distinguait à peine dans la fumée, éteignit quelques-unes des lampes. Il comprit que la clientèle quittait peu à peu les lieux. Afin de ne rien rater, il descendit au pied du talus. L'angle était assez prononcé pour qu'il puisse se coucher dans l'herbe fraîche et ne rien perdre de la scène. Une femme passa sur le trottoir, en tenant en laisse un affreux toutou qui sentit les pieds de Van Houtten en grognant. Celui-ci tourna la tête pour ne pas croiser le regard de la dame. La salle tombait dans la pénombre. Comme il l'avait pensé, il vit Riggi, un balai à la main, circuler entre les tables. Sa montre marquait minuit moins cinq. Donc, la boîte fermait à minuit. Des autos, probablement celles des derniers clients, quittaient le stationnement situé devant la salle. Deux voitures, la chaîne stéréo ouverte au maximum, remontèrent la rue en trombe. Les Italiens avaient regagné leur foyer. Le calme s'installa peu à peu. Gino Riggi sortit dans la ruelle et déposa deux boîtes près des poubelles déjà entassées le long du mur. Finalement, les lumières s'éteignirent complètement à l'intérieur. N'eût été un projecteur de sécurité installé près du toit, Van Houtten n'aurait pu rien distinguer. Il vit alors Riggi sortir de la salle par la porte arrière. Il devait y avoir deux serrures à cette porte, puisque après avoir tourné une clé au tiers supérieur de celle-ci, il se baissa pour en faire autant au tiers inférieur. Il vérifia que tout était bien fermé en tirant d'une main ferme sur la poignée. Il se dirigea ensuite vers Van Houtten et monta dans sa voiture stationnée à cinq mètres de lui. Une fois seul, ce dernier fit le point sur la situation. Ce qui le satisfaisait le plus dans ce qu'il avait observé, c'était le fait que Gino Riggi quittait son commerce par l'arrière. Donc, il n'avait plus besoin de tabler sur le ramassage des ordures pour que cette porte s'ouvre. Elle s'ouvrait tous les soirs et sa victime potentielle lui facilitait ainsi la tâche. Lorsqu'il revint chez lui, sa femme ne dormait pas. Il se coucha près d'elle et murmura :

— Demain soir, à la même heure, tout sera terminé. Bonne nuit, ma chérie !

Louise Van Houtten se blottit contre son mari. Elle dormit comme elle ne l'avait pas fait depuis longtemps.

9

L'enquête menée par l'équipe de Landreville piétinait. À tour de rôle, les jeunes venaient au rapport, mais le butin restait maigre. Julie déposa sur son bureau quelques photos prises au téléobjectif. La première montrait un jeune homme dans la trentaine descendant d'une imposante voiture italienne. C'était une rutilante Alfa Romeo rouge qui devait coûter un prix fou. Le garçon avait une belle gueule de Méditerranéen. Les cheveux noirs, bouclés, se mariaient agréablement avec son teint basané. Il portait un élégant complet bleu et une chemise blanche ouverte sur sa poitrine bien velue. Landreville n'eut aucune peine à deviner qu'il s'agissait d'Enrico Casonato.

— Beau gosse, fit-il simplement.

— En effet, répliqua Julie, regarde les autres photos, tu verras qu'il ne s'embête pas pendant ses loisirs.

Le capitaine les regarda une à une. Il y en avait quatre, montrant des filles magnifiques vêtues de robes légères qui laissaient deviner des formes splendides.

— Merde, quel cheptel ! s'exclama le policier, admiratif.

— Capitaine, je vous en prie. Vous êtes en présence d'une jeune fille vertueuse, fit Julie, moqueuse. Elles travaillent dans un bar italien, Le Siena, rue Jean-Talon. C'est un club sélect qui appartient à un certain Jack Ruben. Pas de dossier chez nous, mais plusieurs le connaissent.

— Tu parles que je le connais ! Les filles sont-elles fichées au central ?

— Seulement une. Celle-là, fit-elle en désignant une photo sur le bureau. Elle s'appelle Lucie Magnan. Possession de mari, peine mineure avec sursis. Les autres sont d'origine italienne. Toutes les quatre semblent faire partie du harem du bel Enrico. Quatre en deux jours, il faut la santé, non ?

L'allusion gêna quelque peu Landreville, habitué à plus de retenue dans ses rapports avec les femmes. Il s'étonnait toujours du sans-gêne de la jeune génération, qui pouvait dire n'importe quelle énormité sans rougir le moins du monde. Il était d'un autre siècle.

— Tu l'as suivi ?

— Ouais, ça n'a pas été compliqué. Il quitte le Siena en fin de soirée avec une fille, la ramène chez elle le lendemain, passe chez une autre qu'il amène à son appartement et qu'il dépose au Siena en début de soirée. Même scénario deux jours de suite. Quand il est au club, il se tient au bar et ne se gêne pas pour draguer tout ce qui porte une jupe. Il boit du Campari en quantité industrielle. Il a sûrement l'estomac en plomb.

— Qui l'a suivi ?

— Un jeune Italien, ambitieux comme pas un, à qui je demande de petits services occasionnellement. Toujours très efficace.

— Beau travail, Julie. Continue. Si tu découvres du solide, rapplique aussitôt. Demande à Gagné de venir, j'ai besoin de lui.

Lorsque son ami fut assis, Landreville attaqua aussitôt :

— Marc, Julie a trouvé, sans s'en douter, une piste intéressante. Jack Ruben est propriétaire d'une boîte rue Jean-Talon, le Siena. Tu connais ?

Gagné s'esclaffa.

— Bien sûr que je connais ! J'y vais très souvent le samedi soir avec Élise. Évidemment lorsque mon maniaque de patron ne m'oblige pas à travailler.

— C'est bien ?

— Ma femme trouve cet endroit très romantique. La musique d'atmosphère nous relaxe et nous pouvons danser sans frapper les voisins à chaque instant. Clientèle huppée, surtout italienne à cause du quartier. Nul doute qu'on y trafique quelques stupéfiants comme dans tous les endroits de ce genre, mais je dois avouer que c'est bien tenu. Les serveuses sont absolument magnifiques. Si je les regarde un peu trop, Élise me fait une crise de jalousie.

Landreville indiqua les photos sur le bureau.

— Regarde.

En voyant les filles, Gagné ne put retenir un sifflement admiratif.

— Bon Dieu de bon Dieu ! Quelles carrosseries ! Qui est ce mec ?

— Enrico Casonato. C'est lui qui a laissé tomber DaCosta. Il travaille à Montréal, il a recruté Tomassini et Laruso. Comme par hasard, il fréquente la boîte de Ruben et se paye les filles qui y travaillent. Julie est à ses trousses. Celles que tu vois sur les photos, ont été les victimes de ses charmes au cours des deux derniers jours. Pas mal comme moyenne, n'est-ce pas ?

— Seulement pour ça, je sens que je déteste ce type. Quatre Barbie de ce calibre en deux jours ! Ce n'est pas Dieu possible. Moi qui n'ose même pas rêver d'une en un an, je t'assure, il n'y a pas de justice.

— Ce soir, tu amènes Élise danser. C'est moi qui régale. Tu ne rates rien de ce qui se passe. Déniche un photographe au labo, et organise-toi pour qu'il prenne la binette de tous ceux et celles qui entrent dans ce club. Peut-être découvrirons-nous des visages célèbres.

Gagné allait sortir, mais il se ravisa et revint vers le bureau.

— Dis, Martin, Élise adore le champagne et elle fait tellement bien l'amour quand elle en a bu. Je te remercie de ta générosité.

Il sortit en riant, avant que Landreville ne lui lance l'agrafeuse qu'il tenait à la main.

Les autres membres de l'équipe ne lui apprirent rien de neuf. Les noms des leaders des différentes bandes étaient tous connus et fichés. La filature se poursuivait mais sans succès mirobolant. Toujours les mêmes circuits empruntés par les fournisseurs du dernier échelon, approvisionnés eux aussi par des subalternes qui changeaient de quartier toutes les semaines. Pour arriver à de meilleurs résultats, il aurait fallu doubler le nombre des policiers. Mais la réalité était tout autre. Chaque mois amenait son lot de compressions. Les budgets s'amenuisaient comme des peaux de chagrin. Pendant ce temps, les bandits de tout ordre n'éprouvaient aucun problème de recrutement. Pour eux, l'argent ne posait pas de difficulté. Landreville en était rendu à se méfier de ses propres collaborateurs. Depuis à peine un an, deux jeunes agents, pleins de talent, avait disparu de la circulation. Un bon matin, ils ne s'étaient pas présentés au travail. Inquiet, Landreville s'était rendu à leurs appartements. À sa grande stupeur, il avait appris qu'ils avaient déménagé un mois auparavant. Ils étaient partis sans laisser d'adresse. En échange d'un pot-de-vin alléchant, ils avaient changé de camp en ayant bien soin de divulguer à l'ennemi tout ce qu'ils savaient sur les enquêtes en cours. Les jeunes officiers se révoltaient face aux piètres moyens dont ils disposaient pour combattre le crime. Ils n'acceptaient plus les décisions venant d'en haut. Le malaise augmentait un peu plus chaque jour pendant que, à l'inverse, le moral baissait dangereusement.

10

Chez les Van Houtten, le climat était à l'orage. Louise insistait pour accompagner son mari tandis que lui s'y opposait fermement. Pour une fois, Albert, résolu comme jamais dans sa vie conjugale, tint tête à sa femme. D'une voix ferme, il déclara :

— Je t'ai dit que tu resterais ici. Je ne veux plus en entendre parler. Si j'acceptais que tu viennes avec moi, nous risquerions de faire avorter notre projet. Je tiens à mettre toutes les chances de mon bord. Pas question de courir de risques inutiles.

Le mari et la femme avaient chacun leurs raisons de s'affronter ainsi. Louise craignait que son mari ne se dégonfle à la dernière minute et ne trouve mille excuses pour justifier l'abandon du projet. Elle n'osait pas le lui dire, de crainte de le blesser. Pourtant, elle savait qu'il se doutait bien un peu des raisons pour lesquelles elle tenait à l'accompagner. Elle résolut d'accepter ses arguments et d'abonder dans son sens. Quant au mari, la décision qu'il avait prise était dictée par des motifs plus nobles. En cas d'échec, il prendrait tout le blâme de l'attentat sur ses épaules. La balle destinée à Riggi serait pour lui. En mettant ainsi fin à ses jours, il disculperait sa femme de tous les soupçons. Lorsqu'il lui expliqua la raison pour laquelle il souhaitait agir seul, elle comprit, à sa grande honte, que son homme ne reculerait pas.

Vers dix heures, Van Houtten monta dans sa vieille guimbarde qu'il réussissait toujours à retaper lorsqu'elle tombait en panne. Il sentit le poids de l'arme dans la poche de son ciré. Des éclairs fendaient le ciel lourd. La pluie tombait de plus en plus fort. Van Houtten en fut ravi. Ces conditions climatiques peu clémentes allaient faciliter son travail en vidant le parc et les balcons d'éventuels témoins. En arrivant près de la salle de billard, il fut saisi d'angoisse. À peine onze heures et le stationnement était vide. Van Houtten suait à grosses gouttes. Se pouvait-il que la salle soit fermée à cause de cet orage ? Une telle idée lui parut absurde. Il remonta la rue sur laquelle débouchait la ruelle. À son grand soulagement, il vit que la porte était ouverte. Chose tout de même singulière, il ne voyait personne à l'intérieur. Il gara sa voiture le plus loin qu'il put. Si les choses tournaient mal, il pourrait prendre la fuite à travers le parc sans courir directement à son auto. Malgré son âge, il gardait la forme et se sentait capable d'en semer plus d'un. Avant de descendre, il prit le silencieux dans sa poche et le fixa solidement au canon de l'arme. Il joua à deux reprises avec le cran d'arrêt qui lui obéit merveilleusement. Dehors, la pluie tombait moins fort. La fraîcheur de l'eau le calma. Il passa devant la ruelle sans s'arrêter. Il voulait vérifier le parking. Il dut se rendre à l'évidence. Rien n'avait changé. Il revint sur ses pas. Avant d'emprunter la ruelle, il fit un tour d'horizon. Personne dans le parc, ni aux balcons. Il longea alors le mur, en direction de la porte grande ouverte. Pour éviter qu'elle ne se referme, on l'avait calée avec une grosse brique rouge. Caché dans l'obscurité, Van Houtten tendit l'oreille. Deux hommes parlaient italien à voix basse. Il entendit clairement le bruit des boules qui s'entrechoquaient. Ils jouaient au billard. Il regarda dans la salle. Une seule table était éclairée. Penché sur le tapis vert, Gino Riggi se concentrait sur un coup, sous l'œil attentif d'un homme beaucoup plus âgé que lui. Vêtu d'une chemise blanche impeccable, l'aîné portait une cravate bien nouée malgré la chaleur. Sa veste grise, délicatement posée sur la table voisine, dénotait une classe qu'on ne retrouvait pas habituellement dans ce genre d'endroit. Quant à Riggi, il portait un polo bariolé, détrempé par la sueur. Personne en vue aux alentours. Les deux hommes parlaient peu. Chaque coup semblait mesuré avec d'infinies précautions. Dès qu'une boule tombait dans une poche, le joueur contournait la table et la partie se poursuivait.

Van Houtten restait perplexe. Que faire ? Qui était l'autre ? Il sentait qu'il ne disposait pas d'une éternité pour réfléchir. « Si cet homme fréquente cette salle, se dit-il, c'est un ami de Riggi. S'il est ami avec cette crapule, c'est aussi une crapule. Alors, un meurtre ou deux, où est la différence ? Avec deux bandits en moins sur cette terre, Philippe sera bien vengé. » Il sortit l'arme de sa poche. Le simple fait de sentir l'acier dans sa main lui procurait un sentiment de puissance. Il enleva le cran d'arrêt qui émit un bruit métallique. Un instant, il eut peur d'avoir éveillé l'attention. Les joueurs, trop absorbés par leur partie, ne se doutaient de rien. Silencieusement, l'arme contre la cuisse, il entra dans la salle. Aucun des deux ne se rendit compte de sa présence avant plusieurs secondes. Riggi le vit le premier. Surpris, il lui dit :

— Que veux-tu ? C'est fermé.

Van Houtten sourit.

— Pas pour moi, salaud !

Il pointa alors l'arme vers la poitrine de Riggi et appuya sur la détente. Un bruit mat brisa le silence. Gino Riggi s'affaissa lourdement sur le plancher. Avant que l'autre ne soit revenu de sa stupeur, il reçut lui aussi une balle en plein cœur. Il tomba comme un arbre abattu, en se cognant le front sur le bord de la table. Deux mares de sang se répandirent rapidement autour des cadavres. L'odeur chaude qui s'en dégageait donna la nausée à Van Houtten. Il chercha en vain le commutateur pour éteindre. Ne le trouvant pas, il se hâta vers la porte qu'il referma derrière lui. Il regagna sa voiture et, sans encombre, rentra chez lui. Sa femme était morte d'inquiétude. Elle le harcela de questions. Calme, sûr de lui, Albert prit une bouteille de bière dans le frigo. Il revint au salon, s'assit et la vida d'un trait.

— J'étais déshydraté, tellement j'ai eu chaud. Maintenant ça va.

Il raconta alors à sa femme son excursion dans le détail. Lorsqu'il lui avoua le deuxième crime. Elle le regarda, incrédule.

— Tu en as eu deux, deux ! répétait-elle en s'essuyant les mains nerveusement sur son tablier. Pas possible ! Deux ! Notre fils est doublement vengé. Tu n'as pas idée de l'identité du deuxième ? risqua-t-elle, sachant d'avance la réponse.

— Pas la moindre idée. Une chose que je peux dire, c'est qu'il avait de la classe, beaucoup de classe. Tu aurais dû voir comment il était vêtu. Un vrai gentleman. J'ignore ce qu'il faisait dans ce bouge, mais il n'était pas à sa place. J'espère au moins que je n'ai pas descendu un innocent.

— Penses-tu ! riposta sa femme, outrée. S'il pactisait avec ce scélérat, tu peux parier qu'il n'affichait pas la blancheur Ivory. Pour moi, tout ce qui grenouille dans le même étang se ressemble.

Malgré son beau plumage, tu verras que tu as levé un corbeau de malheur, aussi sinistre que le Gino. Qu'ils brûlent tous les deux en enfer, je n'éprouve aucune pitié pour eux, crois-moi !

Elle fulminait. Ses joues, rougies par la fatigue et la maladie, tombaient tristement de chaque côté du menton. Elle, jadis si belle, si fière de sa personne, affichait maintenant un laisser-aller lamentable dans son apparence. Depuis la mort de Philippe, les choses n'allaient pas en s'améliorant. Accaparée par son projet de vengeance, rien d'autre ne comptait dans sa vie. Pour le couple, le sommeil fut tourmenté. Van Houtten repassait en revue chacun des gestes faits la veille. Il revoyait les deux corps gisant entre les tables dans une mare de sang. Le doute s'installait peu à peu dans son esprit. Pourquoi n'avait-il pas tiré une autre balle pour chacun ? S'il fallait qu'un des deux ne soit que blessé ou, pire, que les deux ne soient pas morts, ils le reconnaîtraient, c'est certain. Alors, sa tête serait mise à prix. Et Louise, sa femme, dans tout cela, que ferait-elle ? Elle en mourrait à n'en pas douter. Il fut réveillé plusieurs fois par un cauchemar : il était traqué par les policiers et les malfaiteurs qui n'aspiraient qu'à le tuer pour venger l'assassinat des leurs.

11

La sonnerie du téléphone réveilla Renato Ferrara brutalement. Il détestait qu'on dérange son sommeil. Son entourage ne devait le réveiller qu'en situation d'urgence. Aussi, il décrocha avec appréhension.

— Renato !

Il reconnut immédiatement la voix de sa mère.

— Mamma, qu'est-ce qui se passe ?

— Renato, je suis inquiète. Il est deux heures du matin et ton père n'est pas rentré.

— Quoi ? Où est-il allé ?

— Tu connais ton père, Renato, il ne me dit jamais où il va. Peut-être que, toi, tu le saurais ? demanda-t-elle, suppliante.

— À quelle heure a-t-il quitté la maison ?

— Vers huit heures trente.

— Écoute, mamma, ne t'inquiète pas. Retourne au lit et repose-toi. Je crois savoir où il se trouve. J'y vais tout de suite et je le ramène à la maison. Je t'embrasse.

— Que se passe-t-il ? s'inquiéta sa femme.

— Papa, n'est pas encore rentré. Il doit jouer au billard chez Riggi. Quel manque de prudence ! Il n'en fait qu'à sa tête. Recouche-toi, je téléphone et je reviens.

Dans son bureau, il mit de longues minutes à trouver le numéro de téléphone de Gino Riggi. Impatient, il le composa. Il laissa sonner plusieurs fois. Aucune réponse. Il vérifia le numéro et le recomposa. Même chose. Une sourde anxiété lui noua la gorge. Où donc pouvait-il être ? Pourtant, il ne partait jamais sans prévenir et se faisait toujours accompagner par un ou deux hommes de son fils. La situation inquiétait Renato au plus haut point. Il chercha en vain le numéro personnel de Riggi. Il décida alors de s'habiller et d'aller sur place. Lorsqu'il arriva dans le stationnement, il reconnut Gina, la femme du propriétaire. Cette présence ne fit qu'augmenter son inquiétude.

— Gina, que se passe-t-il ? Où est ton mari ?

— Monsieur Ferrara, je meurs d' inquiétude. Gino n'est pas encore rentré et personne ne répond au téléphone. J'essaie de voir à l'intérieur, mais je ne distingue rien.

Ferrara sonda la porte d'une main vigoureuse. Rien à faire, elle était verrouillée.

— Tu n'as pas les clefs ? demanda-t-il sans grand espoir.

— Non, je sais que Gino en garde des doubles à la maison, mais je ne sais pas où il les cache. Si on essayait la porte arrière ?

Ferrara s'y précipita, suivi de la femme. Nerveux, il tira la poignée de toutes ses forces. La porte s'ouvrit facilement. Cet effort démesuré, contre une résistance si faible, faillit le faire basculer. Il reprit son équilibre. D'instinct, Renato comprit que quelque chose clochait.

— Reste ici, Gina. Je vais entrer seul.

Il ne portait pas d'arme. D'ordinaire, jamais Renato ne quittait la maison sans cacher, sous son aisselle, un Colt qu'un ami armurier avait modifié pour le rendre plus facile à transporter. Il se méfiait. Le silence qui régnait dans la pièce l'inquiétait. C'est en se penchant, pour éviter une éventuelle rafale, qu'il saisit toute l'horreur du drame. Sous la table du centre, il vit une mare de sang répandue sur le plancher. Une odeur fétide avait déjà envahi la salle. Dans l'humidité chaude de la pièce, c'était intenable. Gina le suivait maintenant pas à pas.

— N'entre pas. Va m'attendre dans l'auto. Je reviens tout de suite.

— Qu'est-ce qu'il y a ? Il est arrivé quelque chose à Gino ?

Ferrara sortit son mouchoir qu'il s'appliqua sur le nez. Il avança de quelques pas mais s'arrêta, incapable d'aller plus loin. Devant lui, le visage tordu par la douleur, Franco Ferrara, son père, gisait mort assassiné. À peine un mètre plus loin, Gino Riggi avait subi le même sort. Gina avait eu le temps d'apercevoir, elle aussi, les deux corps inanimés. En voyant le sang qui entourait les cadavres, elle ne put retenir un cri sinistre qui déchira le silence de la nuit. Renato frissonna de douleur. Il prit la femme dans ses bras et, sans ménagement, la poussa vers l'extérieur. Dans la ruelle, il ne put lutter contre la nausée qui l'étreignait. Il se mit à vomir sans aucun contrôle. Gina pleurait, en gémissant comme une bête blessée mortellement. Des voisins, réveillés par ce tapage nocturne, s'avançaient timidement sur les balcons, en quête d'une explication. Un homme, plus hardi que les autres, s'informa :

— Vous avez besoin d'aide ?

Avant que Ferrara ne puisse ouvrir la bouche, Gina cria :

— Vite une ambulance, téléphonez à l'urgence !

Renato regretta d'avoir tardé à réagir. En moins de deux, non seulement les ambulanciers seraient sur les lieux du crime, mais aussi les policiers. Il aurait souhaité avoir eu le temps de passer le bureau de

Riggi au peigne fin, afin d'éviter que les flics n'y découvrent des choses gênantes. Dans le fond, il se fichait éperdument de Riggi. Seul son père comptait pour lui. Tout ce qui pouvait contribuer à le compromettre l'incriminait indirectement lui aussi. Si les policiers le trouvaient dans le bureau, ils n'hésiteraient pas à le fouiller. Il ne disposait plus d'assez de temps pour camoufler quoi que ce soit. Il maudissait cette femme qui, dans sa panique, venait de réduire à néant son temps d'action. Comble de malheur, en quittant la maison si rapidement, il avait oublié son cellulaire. Comment prévenir ses proches du malheur qui les frappait tous ? Il pensa à sa mère. Pauvre femme ! Jamais elle se remettrait de cette mort. Cinquante ans de mariage ne s'effacent pas facilement. Surtout avec un homme comme Franco Ferrara. Autoritaire, mais d'un grande générosité envers ceux qu'il aimait, il ne souffrait aucun commentaire sur sa conduite. Homme de famille, il avait regretté de n'avoir eu qu'un rejeton, Renato. Pour ajouter à ses tourments, en dix ans de mariage, son propre fils n'avait pu lui donner de petit-fils. En effet, même s'il adorait la petite Monica, fille unique de Renato, le grand-père aurait bien aimé gâter un garçon solide et plein de vie.

L'ambulance, sirène en marche malgré l'absence de circulation, se gara devant la salle de billard. Des curieux, ameutés par les pleurs hystériques de Gina, dirent aux ambulanciers de passer par l'arrière. Le médecin, suivi d'un brancardier, se précipita à l'intérieur. Il n'y resta que quelques minutes.

— Qui a téléphoné au 911 ? demanda-t-il.

Ferrara prit la parole.

— Un voisin. Je m'appelle Renato Ferrara. Je cherchais mon père. Cette femme est l'épouse du propriétaire. Ils sont morts ?

— À n'en pas douter une seconde. J'ai appelé les policiers. Je ne peux rien faire ici, il s'agit de deux crimes violents. Ces hommes ont été tués par balle.

La première auto-patrouille arriva quelques secondes plus tard. Les deux agents discutèrent avec le médecin à voix basse. L'un deux se dirigea vers Ferrara tandis que l'autre pénétrait dans la salle.

— Monsieur Ferrara, je présume ?

— Oui.

Renato se sentit subitement fatigué, très fatigué. Il regardait le jeune policier avec une lassitude non dissimulée. Il songea à sa femme, à sa mère, puis, ironiquement, à son lit, où il aurait voulu se retrouver bien calé, dans un sommeil profond. Il vit l'autre agent courir à la voiture. Sans doute demandait-il du renfort.

— Vous savez ce qui s'est passé ? questionna le policier.

Renato sursauta. Il fut étonné de la question. Il vivait certes un mauvais rêve. Bientôt, il se réveillerait. Il fit un effort pour parler.

— Non, je ne sais rien.

— Et la dame ?

— Non plus. Nous sommes arrivés ensemble.

— Vous la connaissez ?

— Oui, c'est la femme de Gino Riggi. L'autre homme est mon père, Franco Ferrara.

Le policier resta un instant silencieux. En entendant les deux noms, surtout celui de Ferrara père, il avait compris qu'il fallait alerter les huiles du service.

— Venez dans l'auto, vous serez plus à l'aise.

— Je voudrais téléphoner, demanda Renato.

— Un peu plus tard, répondit l'agent. Mes supérieurs ne vont pas tarder.

Déjà, plusieurs voitures de police arrivaient sur les lieux. Les gyrophares scintillaient en tous sens. Cette lumière rouge qui se reflétait sur les murs conférait un air macabre aux environs. Déjà, un périmètre de sécurité avait été établi autour du bâtiment. Les curieux, de plus en plus nombreux, étaient refoulés plus haut dans la rue ou sur le talus du parc. La nuit s'annonçait longue, très longue.

12

Landreville tolérait de moins en moins les appels téléphoniques nocturnes. Les horaires irréguliers que son travail lui imposait avaient rendu son sommeil très fragile. Aussi, quand il réussissait à s'endormir, tout dérangement devenait fatal pour ses nuits. Lorsque le téléphone sonna, il mit un certain temps à trouver le cellulaire. Il répondit d'un ton bourru qui traduisait bien sa mauvaise humeur.

— Qu'est-ce qu'il y a, bordel de Dieu ! Pas moyen de dormir dans ce foutu métier ?

— Ici Gamache. Une bombe, Landreville, une vraie bombe ! Rends-toi immédiatement rue Beaubien, près de Langelier. Tu y trouveras, une minable salle de billard, tenue par un dénommé Riggi. Il vient d'être assassiné avec Franco Ferrara, le père de l'autre.

N'eût été de la voix cassante de Gamache, impossible à imiter, Landreville aurait cru à une blague. Il prit une gorgée d'eau dans une bouteille de Perrier, sur sa table de chevet. Tellement soufflé par la nouvelle qu'il ne put émettre un son.

— Allô, Landreville !

— Oui, oui, j'écoute.

— Je n'ai rien à ajouter. Je compte sur toi pour m'en apprendre plus ce matin.

Sans explication, Gamache raccrocha. Landreville ne savait trop comment réagir. Les questions faisaient la queue dans sa tête. Nul doute que cet assassinat était directement relié au refus de collaborer avec le groupe Sombrero. Une telle action entraînerait une riposte des plus sanglantes de la part du fils. Quelle escalade en perspective !

Il arriva sur les lieux du drame quelque trente minutes plus tard. Déjà, Gagné et deux jeunes agents de son équipe étaient sur place.

— Jolie besogne, marmonna Gagné. Je t'assure que l'assassin ne les a pas ratés. Du gros calibre, c'est certain. À première vue, une seule balle chacun a suffi. En plein cœur. Du travail de professionnel. La morgue est en route. Le légiste fulmine parce que j'ai exigé le rapport préliminaire de l'autopsie pour neuf heures ce matin.

— Tu as bien fait. Quoi d'autres ?

— La veuve et Ferrara sont dans l'auto-patrouille près de la borne-fontaine. Elle n'arrête pas de chialer. Quant au fils, tu peux parier qu'il rumine déjà des projets de vengeance peu banals. Il est si tendu que je crains que sa peau ne se déchire.

Landreville monta dans ladite voiture et prit place sur la banquette avant. Il se retourna vers les passagers. La femme pleurait dans les plis de sa robe, n'ayant d'autre moyen d'essuyer ses larmes. Ferrara soutint le regard du capitaine.

— Je suis navré de ce qui vous arrive. Un agent va vous reconduire chez vous. Je souhaiterais vous rencontrer séparément cet après-midi. J'aimerais que nous parlions un peu de cette histoire.

— Pourquoi ? De toute façon, je ne sais rien, répliqua Ferrara. Je dois prendre les mesures pour enterrer mon père décemment.

— Je comprends très bien, mais les corps ne seront disponibles qu'une fois l'autopsie terminée. Nous devons prendre le temps de tout vérifier méticuleusement, si nous voulons retrouver les assassins.

— Combien de temps ?

— Deux, peut-être trois jours. Tout dépendra des difficultés que le médecin rencontrera.

— Quoi ! s'indigna Renato. C'est absolument indécent.

— Nous ferons l'impossible pour accélérer l'autopsie. Donc, madame Riggi, nous disons une heure cet après-midi. Une auto passera vous prendre à votre domicile. Quant à vous, monsieur Ferrara, est-ce que deux heures vous conviendrait ? Vous pouvez partir, je ne vous retiens pas.

Sans attendre sa réaction, Landreville descendit de voiture. Il rejoignit Gagné qui jasait avec les curieux.

— Alors ?

— Rien. Tu parles qu'ils n'ont pas envoyé la fanfare pour prévenir le bon peuple de leur action. Comme il pleuvait, tout le monde ronflait. Personne aux balcons. Du travail bien léché, il n'y a pas à dire. Et toi ?

— Je les ai convoqués pour cet après-midi. Dans leur état, il n'y a rien à faire. Pas de trace d'arme ?

— Rien. Tu ne rêves tout de même pas en couleurs. Tu n'imagines pas qu'ils laissent leur arquebuse sur leur victime, en guise de monument ? Les gars des empreintes en ont plein les bras. Avec le nombre de clients qui circulent ici tous les jours, une empreinte de plus ne changera pas grand-chose. De toute façon, j'attends leur rapport, nous verrons bien.

— Et dans la place, rien de suspect ?

— Curieux, je pensais y dénicher de la came. Mais non, jusqu'à maintenant les gars n'ont rien découvert.

Par ailleurs, Riggi écrivait dans un cahier les noms et les coordonnées de ceux qui lui devaient de l'argent et ce qu'ils avaient déposé en garantie pour l'obtenir. Nous allons vérifier. Des fois qu'on lui en voulait à lui plutôt qu'au vieux. Avec son petit commerce, ce brave Gino ne doit pas manquer d'ennemis.

— J'ai hâte d'écouter l'explication que son fils me fournira pour justifier la présence de son père ici. Aussi, j'aimerais bien savoir qui savait que Franco allait venir dans cette salle ce soir ? Il y a d'étranges coïncidences dans cette affaire. J'ai l'impression que le Renato a beaucoup plus de problèmes qu'il ne l'imagine.

Les deux amis se retrouvèrent dans un petit restaurant voisin du bureau pour le déjeuner. La conversation volait bas. Landreville avait le moral à plat. Ses deux semaines de vacances dans le sud venaient de tomber à l'eau. Quel métier !

— Tu penses à tes vacances ? risqua Gagné, fin renard.

— Un peu, oui. La dernière fois que j'ai réussi à m'évader, ça remonte à deux ans.

— Oui, je m'en souviens. Même que le surhomme du zéro avait abrégé tes vacances de quelques jours, sous prétexte qu'une affaire urgente t'attendait.

— Ne réveille pas le volcan qui gronde en moi. Quand je suis revenu en catastrophe, c'était pour apprendre que monsieur passait à la télé. Il fallait que je prépare ses interventions. Quelle merde !

— Tu partais avec Julie ?

La question de Gagné recelait une pointe d'ironie.

— Tu es sur une enquête, gros malin ?

— Pauvre cloche ! Si seulement tu te voyais dans une glace. Tu ressembles à un gosse surpris à regarder une petite d'un peu trop près. Tu ne vois pas que je me moque de toi ? Tout le monde dans l'équipe sait que tu en pinces pour elle. La seule chose qu'on déplore, c'est que tu fasses tant de manières.

— Bon ! Nous avons assez plaisanté. Si on parlait de nos affaires ? Que penses-tu de ce double meurtre ?

— Rien de précis. Tu ne m'as toujours pas raconté comment tu avais appris l'existence de ce groupe que tu appelles le Sombrero ?

— De source fiable, se contenta de répondre Landreville. La raison pour laquelle on le surnomme ainsi est simple. En fait, ce surnom comble un vide, puisqu'en réalité cette super-structure se veut aussi anonyme que possible. Elle n'a pas de nom. Ce grand chapeau mexicain illustre bien l'objectif poursuivi par ses leaders : regrouper sous sa tutelle tous les groupes criminels. Selon mes informations, sauf Ferrara, tous les autres gangs s'y seraient ralliés, ce qui, tu l'admettras, tient du prodige. Quand on connaît les rivalités et les intérêts divergents qui pullulent parmi eux, une telle réussite n'est pas banale. Il faut que la personne qui a atteint cet objectif soit extrêmement douée. Sans compter que le cloisonnement raffiné qui préside à leurs opérations nous rendra la tâche impossible.

— Si tout ce que tu as appris est véridique, je crains fort que nous n'assistions d'ici peu à un joyeux mitraillage. Tu peux être sûr que Ferrara ne restera pas les bras croisés, surtout que son père devient la première victime, suite à son refus de collaborer.

— Remarque que s'ils pouvaient tous s'entretuer jusqu'au dernier, je n'en serais pas fâché outre mesure. Ma crainte, c'est de voir un innocent tué par accident. Souviens-toi du bambin qui est mort quand les Jags ont fait exploser l'auto de Mopette la Mitraille des Devil's. J'ai eu tous les ministres sur le dos pendant un mois. Tout juste si Gamache ne dormait pas avec moi, tellement il était nerveux. Pour qu'on avance intelligemment dans ce labyrinthe, il faudrait que Renato collabore. S'il pouvait lâcher quelques noms importants, nous saurions comment nous orienter.

— Tu peux toujours rêver. Dans la bonne tradition mafieuse, il va régler lui-même ce petit différend.

— C'est bien ce que je crains. Enfin, nous verrons bien. Je le vois cet après-midi.

À une heure pile, Landreville reçut la veuve Riggi. Elle pleurait toujours autant. Aussi bien parler à un mur. Elle ne savait rien de rien. Tout ce qu'elle répétait, c'est que son mari travaillait très fort pour elle et les enfants. Qu'il était honnête et très bon père de famille. À l'entendre, le capitaine fut presque convaincu qu'elle n'était pas assez intelligente pour deviner la nature même du commerce de son mari. Mont-de-piété, prêt usuraire, stupéfiants, autant de mots qu'elle ne comprenait pas. Même quand il utilisa le mot anglais *pawnshop*, elle ne comprit pas davantage. Il aurait eu autant de succès en lui parlant chinois.

Lorsqu'il fit entrer Ferrara, Landreville sut tout de suite que la partie ne serait pas facile. Le Renato, en pleine possession de ses moyens, se sentait d'attaque.

— Je suis désolé pour la mort de votre père. Je vous offre mes condoléances.

— Merci.

La réponse était plutôt brève.

— J'imagine que vous ignorez qui se cache derrière ce coup ?

— Exact, pas la moindre idée.

« De mieux en mieux », songea le policier.

— Vous ne sauriez même pas le nom de la personne qui aurait communiqué avec vous pour vous demander, avec beaucoup d'insistance, de vous joindre à son groupe ?

La question surprit Ferrara. Il mit quelques secondes à réagir.

— Je ne sais pas de quoi vous parlez.

— Je comprends, la mémoire oublie vite. C'est sans doute parce que vous ignorez de quoi je parle que vous avez demandé l'aide de votre ami DaCosta de Toronto ?

— Je ne connais pas ce type.

Landreville sourit. Il ouvrit un tiroir de son bureau et en sortit une photo qu'il examina soigneusement.

— Étrange, fit-il, très étrange. Regardez cette photo et dites-moi qui vous y voyez.

Il la lui lança. Méfiant, l'autre prit la photo qu'il regarda distraitement. On y voyait DaCosta et Ferrara, se tenant par l'épaule, trinquer à la santé d'un autre personnage célèbre : feu Franco Ferrara.

— Pour des gens qui ne se connaissent pas, je trouve que vous vous entendez très bien.

Il le fixait maintenant d'un air méchant.

— Bon, assez plaisanté ! Tu vois bien que j'en sais plus que tu ne le penses. Tu aurais intérêt à collaborer avec moi. Autrement, je crains fort que le Sombrero ne te bouffe tout rond. Tu es le suivant sur la liste. Je ne donnerais pas cher de ta peau, mon cher Renato.

Sans lui donner le temps de réagir, il enchaîna :

— Dis-moi, que faisait ton père chez Riggi, hier soir ?

— Papa aimait beaucoup le billard, une vraie passion. Dès qu'il avait une minute, il téléphonait à Gino pour faire une partie. Le père de Gino était un grand ami de mon père. Ils sont nés tous les deux dans le même village. Alors, quand Gino est venu au Canada, mon père l'a aidé à ouvrir son commerce. Gino vénérait mon père. Jamais, il n'aurait osé le battre au billard. Il s'arrangeait toujours pour rater les boules importantes. Mon père n'était pas dupe de son stratagème. Cette marque de respect lui faisait plaisir. Vous savez, mon père était d'un autre siècle. Il ne comprenait pas les jeunes d'aujourd'hui.

Renato parlait de son père avec beaucoup d'émotion. Malgré sa carapace de gangster toujours prêt à se colleter avec l'ennemi, il gardait cette capacité de respecter certaines valeurs.

— Écoute-moi bien, Ferrara, tu as fait venir du renfort de Toronto pour résister aux visées annexionnistes d'un nouveau dictateur. J'ai ma petite idée sur son identité. Avec ou sans ton aide, je trouverai. Ce sera juste un peu plus long. Quant à toi, je te souhaite encore beaucoup d'autres trahisons comme celles de Tomassini et de Laruso. Il y en aura, tu peux me croire, et ce sera probablement un des tiens qui te tirera dans le dos, comme ç'a été le cas pour ton père.

Il fit une brève pause, histoire de voir comment Renato réagissait.

— Tu peux m'expliquer comment ton père, en homme d'expérience, s'est laissé posséder comme un enfant ? Il s'est fait assaisonner sans rien faire pour se défendre. Même chose pour Riggi qui, entre toi et moi, n'avait rien d'un enfant de chœur.

Landreville sentit qu'il venait de mettre du sable dans l'engrenage.

— J'ai ma petite théorie sur cette question, mon cher Renato. D'abord, quelqu'un savait fatalement que ton père allait régulièrement chez Riggi. Ensuite, cette même personne savait également qu'il s'y rendrait hier soir. Finalement, pour que cette même personne puisse entrer dans la salle sans éveiller la méfiance des deux joueurs, il fallait qu'elle soit connue. Pour toutes ces raisons, tu admettras avec moi qu'il ne faut pas être un génie pour conclure que ce petit truand ne peut venir que de chez toi. Alors, pendant que tu joues les matamores, tes collaborateurs règlent à leur façon les détails de ton admission au Sombrero. Si j'étais dans ta culotte, mon petit Renato, je ne m'endormirais pas sans artillerie lourde sur ma table de chevet.

Ferrara serrait les dents pour ne pas éclater. La seule pensée qu'il puisse être trahi par un des siens le révoltait. Quel monde !

— Tout ce que tu racontes n'est que du radotage de flic. Je n'y comprends rien. Si tu n'as rien d'autre à ajouter, je vais aller rejoindre ma famille. Elle a bien besoin de moi, en ce moment.

— À ta guise, Renato. J'espère te revoir ailleurs que dans une boîte en bois bien capitonnée de velours. Si tel était le cas, je ne gaspillerais même pas une prière pour t'épargner l'enfer. Je t'aurai prévenu.

La rencontre s'était déroulée comme prévu. Un seul bon point au tableau : Landreville savait maintenant que Laruso ne mentait pas. Il devait suivre cette piste. Juste comme Ferrara allait partir, la secrétaire frappa à la porte.

— J'ai le rapport préliminaire que vous désirez.

Landreville prit le dossier. Il lut les quelques pages en diagonale. À la dernière, il trouva le renseignement qu'il cherchait. Il retint son visiteur.

— J'imagine que si je te demande si tu connais les armes, tu vas me dire que tu n'y entends rien ?

Perfide, la question avait piqué la curiosité de l'Italien.

— Je n'y connais pas grand-chose, en effet.

— Tu en connais tout de même assez pour faire la différence entre une sarbacane et un Luger, 9 millimètres ? C'est l'arme qu'on a utilisée pour tuer ton père.

Ferrara restait silencieux. À son air, le policier devina qu'il venait d'identifier le groupe qui était derrière ces meurtres. Tous ceux qui connaissent assez bien le monde interlope savent que la sorte d'arme utilisée par les différents intervenants varie d'un groupe à l'autre. Certains optent pour les Colt, d'autres pour les Smith & Wesson. Le Luger, quant à lui, était relativement récent. Introduit par une bande de motards hollandais, associés maintenant aux Jaguars, il avait trouvé preneur chez ces derniers, qui l'affichaient fièrement sur leurs vêtements, comme emblème.

— Je ne te ferai pas de dessin, mon cher Renato, mais tu comprends certainement que tu as beaucoup de chasseurs aux fesses. Quand ce ne sera pas les Jaguars, tu verras les Devil's Sons. Peut-être préférerais-tu goûter à la médecine des Asiatiques ? Tu sais comment ils ont allongé le jeune Belge, cette semaine ? Simple comme bonjour. Ils lui ont défoncé le crâne à coups de chaîne. Dans un autre cas, c'est à la tronçonneuse qu'ils ont opéré. Tu vois, ils ne manquent pas d'imagination. Sans doute sont-ils en train de te mijoter un coup fourré de première classe. Au moins, toi, tu seras dans les loges pour l'apprécier. Je ne te retiens pas, mon ami, je te reverrai après les funérailles de ton père.

Une fois seul, Landreville prit le temps de lire le rapport au complet. Rien qu'il ne sût déjà. L'utilisation du Luger l'inquiétait vivement. Ferrara n'était pas dupe. Sa riposte risquait de faire des vagues. Ces vagues seraient alimentées par le sang de l'ennemi.

13

Au petit jour, Albert Van Houtten s'était réveillé en sursaut. Son premier geste fut d'ouvrir la petite radio portable qu'il avait posée près de son lit. On présentait les bulletins de nouvelles à chaque heure. Celui de six heures était le premier d'importance de la journée. Chose qu'il ne faisait jamais, il prit l'appareil avec lui dans la salle de bain. Tout en se rasant, il ne perdait rien de ce qu'il entendait. Les publicités terminées, le présentateur commença son bulletin.

« *Règlement de comptes sanglant dans la pègre italienne cette nuit. Vers deux heures, ce matin, les policiers de la C.U.M. ont été dépêchés, suite à un appel téléphonique, sur les lieux d'une fusillade meurtrière dans une salle de billard, rue Beaubien, dans l'est de la ville. En arrivant sur place, les agents ont découvert les corps de deux hommes, abattus à bout portant, par un ou des inconnus. Il s'agit de Franco Ferrara, ancien chef de la mafia montréalaise. On se souviendra que Ferrara avait purgé cinq ans de prison pour trafic de stupéfiants, il y a plusieurs années. Celui que l'on croyait retiré de la vie active de mafioso comptait encore, selon toute vraisemblance, plusieurs ennemis. L'autre victime, bien connue des policiers, se nomme Gino Riggi, propriétaire d'une salle de billard, où plusieurs descentes ont eu lieu au cours des derniers mois. Des clients assidus de cette salle ont été arrêtés pour possession de drogue, mais jamais Riggi n'a été trouvé coupable. Les policiers n'ont aucune trace des auteurs de ce double meurtre, le trentième et le trente et unième à survenir cette année, dans le milieu de la drogue. »*

Albert Van Houtten, le visage recouvert de mousse à raser, s'assit sur le bord de la baignoire, complètement assommé par la nouvelle. Sa femme, réveillée par le bruit de la radio, se leva. Elle retrouva son mari, prostré, incapable de prononcer une parole.

— Albert, tu es malade ? demanda-t-elle, inquiète.

Il lui sembla que son mari mettait une éternité à lui répondre.

— Louise, balbutia-t-il, d'une voix à peine audible, Louise, j'ai tué Ferrara.

— Mais qu'est-ce que tu racontes ? Qui est ce Ferrara ?

Comme si un ressort l'éjectait de son siège de fortune, il bondit sur ses pieds. Étreignant sa femme, il commença une étrange farandole autour des quelques meubles qui restaient dans la maison. Louise, trop menue pour résister à ce tourbillon, se laissait entraîner.

— Mais, tu es fou, criait-elle, complètement fou. Qu'est-ce que tu as à la fin ?

Il s'arrêta, à bout de souffle. Il lui prit les deux mains.

— Louise, écoute-moi bien. Hier soir, en plus de Riggi, j'ai tué Franco Ferrara, le chef de la mafia montréalaise.

— Tu te moques de moi.

— Pas du tout. Je t'assure que c'est la vérité. Je viens de l'entendre à la radio. Imagine, j'ai débarrassé la ville d'un bandit notoire. Quel exploit !

Il trépignait de joie.

— Mais, mon pauvre Albert, tous ces tueurs vont mettre ta tête à prix. Pour eux, tu deviens maintenant l'ennemi public numéro un. Ils n'auront de cesse que de te voir mort.

— Ils peuvent toujours chercher. Ils ne savent même pas que j'existe. Les policiers pensent qu'il s'agit d'un règlement de comptes entre bandes rivales. Comment pourrait-on savoir que c'est moi qui ai tué ces salauds ? Personne ne m'a vu. Ils ne trouveront aucune trace, même pas mes empreintes digitales, car j'ai refermé la porte avec mon mouchoir. Ni vu ni connu, c'est le crime parfait. Jamais ils ne me trouveront. Je n'existe pas.

— Dieu t'entende, mon chéri. Nous avons tellement souffert qu'ils méritent bien ce qui leur arrive. J'espère qu'aujourd'hui bien des parents, victimes comme nous du même drame, vont remercier le ciel, parce qu'enfin, justice est rendue. Même si je trouve cette mort trop douce pour eux, je suis libérée d'un lourd fardeau.

Sous un soleil de plomb, éreinté par un voyage de deux heures sur des routes souvent cahoteuses, Joe Laruso arriva dans la cour de la prison de Palma Soriano. L'édifice, sinistre au possible, s'étendait sur un étage, dans la poussière jaunâtre d'une dépression de terrain, encaissée entre deux collines. Aveuglé par la lumière, Laruso restait immobile, encore sous le choc de ce qui lui arrivait. Pendant tout le trajet, ses geôliers ne lui avaient pas adressé la parole. En plus de la chaleur, l'inconfort de la camionnette lui avait brisé les reins. Couché à même le plancher, il avait souffert le martyre en étant projeté en tous sens par les soubresauts du véhicule. Une haute clôture de barbelés cernait le bâtiment qui était surveillé par plusieurs bergers allemands, attachés à environ cent mètres d'intervalle. Laruso ne pouvait croire ce qu'il vivait. Comment, lui, Joe Laruso, qui en avait vu d'autres, s'était-il laissé posséder ainsi par un flic de merde ? Il lui fallait sortir de ce piège au plus tôt. Mais comment y parvenir ?

Il fut interrompu dans ses pensées par les gardes qui le poussaient sans ménagement. Il fut conduit à une cellule d'à peine trois mètres sur deux, avec au sol, une paillasse recouverte d'une couverture grisâtre toute trouée. Son univers venait de basculer. Il s'effondra sur ce lit d'infortune, incapable de retenir des larmes de rage. Il s'endormit, épuisé. Quelques heures plus tard, il fut réveillé par un bruit confus qui parvenait de la cour. Il jeta un coup d'œil à l'extérieur. Ce qu'il vit le sidéra. Une cinquantaine d'hommes, torse nu, marchaient péniblement, dans la lueur blafarde de cette fin de journée. Au centre de la cour, plusieurs malheureux, étaient regroupés autour d'un muret de pierres. Ils remontaient à la surface des seaux d'eau qu'ils se vidaient sur la tête. Laruso découvrit les douches communes. Une fois les ablutions terminées, chaque détenu passait près d'une ouverture pratiquée dans un mur. On leur remettait une gamelle contenant le repas du soir. Piteux, fourbus, ils s'assoyaient ensuite, par terre, à la porte de leur case, et mangeaient en silence. Cette scène le saisit d'horreur. Il n'eut pas le loisir de s'apitoyer longtemps sur son sort. Un garde armé le somma de le suivre. Du moins c'est ce qu'il devina, puisque l'autre ne parlait qu'espagnol. Il le conduisit vers une maisonnette située à l'écart, derrière les baraques des prisonniers. Ici, tout respirait la propreté. Dans le vestibule où Laruso entra, un ventilateur rendait l'air respirable. Tout au fond, une porte ouverte donnait sur un bureau. Il reconnut le militaire qui l'avait arrêté à l'aéroport de La Havane.

— Venez, monsieur Laruso, entrez.

Joe franchit la porte, méfiant. Ce salaud avait probablement volé l'argent américain qu'il possédait à son arrivée. Quelle aubaine pour un Cubain !

— Vous avez fait un bon voyage, monsieur Laruso ?

Rodriguez le regardait avec ironie. Il ne lui offrit pas de siège.

— J'ai communiqué avec l'ambassade du Canada. Votre dossier judiciaire est très volumineux. Vous êtes un criminel dangereux, monsieur Laruso, très dangereux.

— Ils n'ont rien contre moi, protesta Joe, s'ils avaient eu des preuves, ils m'auraient arrêté. Je veux voir un avocat, c'est mon droit.

Le militaire souriait. Il prit un cigare dans un coffret. Il huma longtemps le tabac avant de l'allumer. Des volutes de fumée bleue parvenaient jusqu'au nez de Joe. Grand amateur de havane, il aurait donné cher pour en fumer un.

— Faux passeport, espionnage, dossier criminel chargé, je crains fort que nous ne soyons dans l'obligation de vous garder dans nos murs.

— Vous n'avez pas le droit. Je veux un avocat.

Le Cubain le toisait avec mépris.

— Droit, avocat, vous savez ici, à Cuba, ces mots n'ont pas beaucoup d'écho dans notre système carcéral. Je suis à la fois votre avocat et le juge. Je vous condamne donc, séance tenante, à une réclusion d'une durée indéterminée. Selon votre ardeur aux travaux des champs, nous réévaluerons votre cas, le moment venu. Garde !

Un solide bonhomme, fusil en bandoulière, fit irruption dans le bureau. Rodriguez lui donna sèchement des ordres en espagnol. Le garde salua son supérieur, puis indiqua la porte à Laruso. Battu, celui-ci n'hésita pas à sortir. Une fois dans la cour, il entendit son nom.

— Monsieur Laruso, je vous conseille de prendre une bonne nuit de sommeil. Les journées de nos invités commencent très tôt et le travail ne manque pas. Si jamais la tentation de vous évader effleurait votre esprit, vous rejoindriez les quelques fous qui n'ont pu y résister. Nos chiens sont d'excellents coureurs et ils ne détestent pas la chair humaine.

Il éclata d'un rire sonore qui fit frissonner le prisonnier. Comme si la menace des chiens ne suffisait pas, il dit quelques mots en espagnol au gardien. Celui-ci porta calmement son arme à son épaule. Il fixa un bref moment un cactus à cinquante mètres. Sur la tige supérieure, une excroissance rougeâtre, de la grosseur d'une orange, pointait vers le ciel. Le militaire appuya sur la détente et la fit sauter sans hésiter. Encore une fois, le rire sadique de Rodriguez donna à Laruso des sueurs froides. Il se souvint tout à coup des paroles de Landreville lorsque, de la fenêtre de sa chambre d'hôpital, il regardait la prison voisine. « *Cette prison est un peu le Ritz des tôles du Québec.* » Déjà, son plan était au point. Ici, en enfer, personne ne pouvait, désormais, venir à son aide.

14

Les funérailles de Franco Ferrara eurent lieu le samedi suivant son décès. Toute la semaine, les journalistes de tous les médias avaient couvert l'événement sous tous ses angles. De mémoire de policier, Landreville ne se souvenait pas d'avoir assisté à un tel déploiement d'activités journalistiques. La télévision, la radio, les journaux, tous sollicitaient une entrevue de sa part. Il avait donné l'ordre à son personnel de n'ouvrir la bouche sous aucun prétexte. Le salon funéraire où la dépouille du défunt était exposée demeurait sous haute surveillance. Les hommes de Ferrara, redoutant un autre coup bas, se relayaient à la porte, ne laissant entrer que les figures connues. Les curieux étaient refoulés sans ménagement. Plusieurs journalistes avaient tenté d'entrer sous une fausse identité, mais sans succès. Un proche de la famille les avait même suppliés de respecter leur deuil. Les fleuristes n'échappaient pas, eux non plus, aux fouilles des séides de Ferrara. Aucun bouquet ne pénétrait dans le salon sans d'abord subir une minutieuse inspection. Au rythme où ils se succédaient, les curieux se demandaient comment tant de fleurs pouvaient trouver place dans un espace tout de même relativement restreint.

De leur côté, les membres de la brigade antigang ne chômaient pas. Deux photographes professionnels, se souciant fort peu d'être vus, fixaient chaque visiteur sur leurs pellicules. Dès qu'un rouleau était fini, on l'acheminait au labo. Puis trois agents passaient les photos au peigne fin, histoire de faire connaissance avec les amis de la famille. Landreville avait fait appel, pour l'occasion, à ses collègues de Toronto, de New York et de Vancouver. Il ne voulait subir aucun délai dans l'identification des inconnus.

Pendant la nuit du vendredi au samedi, deux camionnettes avaient transporté une montagne de fleurs à l'église de la paroisse italienne, Santa-Madona-de-Pompei. Le chœur, envahi par des gerbes, toutes plus imposantes les unes que les autres, ressemblait à un jardin botanique. Les responsables du salon n'avaient gardé pour l'enterrement que les fleurs offertes par la famille immédiate du défunt.

Le samedi matin, un ciel couvert de nuages annonçait des risques d'orages. Malgré cette menace, une foule nombreuse se massait de chaque côté de la route que le cortège funèbre devait emprunter. En quittant le salon funéraire, l'itinéraire faisait un crochet par la rue où habitait Franco Ferrara. Selon la rumeur, celui-ci aurait demandé, dans son testament, de revoir sa demeure une dernière fois avant d'être enterré. Cette maison, voisine de celle de son fils, était située près du parc Genova, qui la séparait du stationnement aménagé derrière l'église. C'est dans ce parc qu'il aimait s'asseoir, au coucher du soleil, avec les hommes de son âge, pour discuter entre amis de tout et de rien. Arrivé à la hauteur de la maison Ferrara, le corbillard s'arrêta quelques instants. Les voisins massés sur les trottoirs observaient un silence impressionnant. Les vieux, casquette sur le cœur, penchaient la tête en signe de recueillement, tandis que les mammas, chapelet à la main, récitaient les Ave Maria à haute voix. La scène valait le coup d'œil. Le convoi repartit lentement pour enfin arriver à l'église. Sur place, des policiers d'une agence privée dirigeaient la circulation. Bientôt, le parking arrière fut complet. On dirigea alors les voitures vers les rues avoisinantes où, pour la circonstance, on avait interdit aux autres voitures de se garer.

À l'avant, devant l'important portail payé par la famille Ferrara, Monsignor Luca Magisano présidait la cérémonie. Selon une blague populaire, il était l'évêque de service de la mafia italienne. C'est lui en effet, qui avait marié Renato et, plus tard, baptisé sa fille. On ne comptait plus le nombre d'offices qu'il avait célébrés pour les amis de la famille. Chaque fois, on retrouvait sa photo à la une des journaux italiens de la ville. Des porteurs sortirent le cercueil du véhicule. Guindés comme des militaires, ils s'avancèrent ensuite jusqu'à l'évêque. Ce dernier récita une prière en latin que personne ne comprit, mais qui fit le meilleur effet. Dans cette paroisse, l'usage du latin restait de mise, car l'influence romaine pesait lourd sur les fidèles.

Sur le trottoir d'en face, à peine à cent mètres de l'entrée de l'église, un couple ne perdait rien de ce qui s'y passait. Les Van Houtten avaient tenu à savourer leur exploit jusqu'au dernier moment. Anonymes dans cette foule, ils se délectaient de chaque larme qu'ils voyaient couler sur les joues des parents. Aucun orage n'aurait été assez violent pour priver Louise de ce moment privilégié. Renato descendit d'une longue limousine noire, suivi de sa femme et de sa fille. Albert le reconnut, puisque sa photo avait fait la une des journaux depuis plusieurs jours. Il dit à l'oreille de sa femme.

— C'est le fils, Renato. J'ai vu sa photo dans les journaux. À côté, probablement sa femme et sa fille. La plus vieille, c'est la veuve.

— On peut facilement voir qu'elles n'ont pas beaucoup souffert. Regarde comme elles sont élégantes. On dirait des mannequins qu'on voit à la télé. Elles ne se droguent sûrement pas.

Pour ceux qui n'avaient pas trouvé place dans l'église, de puissants haut-parleurs retransmettaient la cérémonie à l'extérieur. Au cours de son homélie, l'évêque ne tarit pas d'éloges pour le défunt. Homme de principes, il avait transmis aux siens ses valeurs. Sa générosité proverbiale en avait secouru plus d'un. Monsignor Luca Magisano était en verve puisqu'il parla pendant plus de vingt minutes. Van Houtten dut partir, tellement il craignait que sa femme n'explose d'indignation devant tant d'accrocs à la vérité. Finalement, le cortège prit la direction du cimetière de l'est où la dépouille fut enterrée au son d'une crise de larmes de la veuve, soutenue par son fils et sa bru. Une page d'histoire se tournait ainsi.

Pendant que se déroulait l'office religieux, dans une ruelle, derrière la rue des Érables, un camion de VidéoQuébec, la compagnie de câblodistribution montréalaise, cherchait un endroit pour se garer. Le technicien descendit du véhicule et regarda autour de lui. S'il restait à cet endroit, il bloquerait la circulation à coup sûr. Sur le balcon d'une maison voisine, trois barbus, tatouages bien en évidence sur les bras et la poitrine, jouaient aux cartes tout en buvant une bière.

— Les gars, cria-t-il, est-ce que je peux stationner dans votre entrée quelques minutes ? Je dois monter dans le poteau. Si je laisse mon camion dans la ruelle, je vais bloquer la circulation.

— T'as cinq minutes, pas plus, rétorqua un des joueurs. Si t'es encore là après, on fait sauter ton truck.

La réplique déclencha un rire gras chez les deux autres. Sans se soucier davantage du pauvre technicien, ils continuèrent leur partie. L'employé gara le camion dans l'étroit espace. Le capot était sous le balcon et le pare-chocs avant touchait les briques du mur. Il ouvrit les portes arrière, attacha la lourde ceinture à laquelle pendaient ses outils, puis grimpa lentement dans le poteau. Tout en s'affairant dans la boîte de branchement des câbles, il parlait avec un interlocuteur dans son téléphone cellulaire.

— Tu peux arriver lentement. Je descends. Arrête derrière le camion, ils ne te verront pas. Dis à ceux d'en avant d'avancer. Je compte jusqu'à cinq. À cinq, tout saute.

Juste comme il touchait le sol, une voiture s'immobilisa derrière le camion. Le technicien monta en comptant lentement. L'auto démarra sans même éveiller l'attention des trois joueurs. Il comptait toujours. Il en était à trois.

Pendant ce temps, dans la rue, en face de la même maison, une petite Toyota noire arrivait en trombe et, montant sur le trottoir, elle se colla contre le balcon. Le chauffeur descendit de l'auto en catastrophe et se rua dans une autre voiture garée à trois mètres de là. La portière encore ouverte, le véhicule disparaissait déjà au coin de la rue.

— Quatre, cinq, bingo !

À ce moment précis, une formidable explosion souffla simultanément l'arrière et l'avant de la maison. Une gigantesque boule de feu recouvrit entièrement les deux étages de la résidence qui flambait maintenant jusqu'au toit. Les vitres des maisons voisines avaient volé en éclats. Les flammes s'attaquaient aussi aux maisons contiguës. Des résidents, en état de choc, sortaient sur les balcons pour voir ce qui se passait. Ils n'eurent pas à réfléchir longtemps sur l'origine de la catastrophe. Le repaire des Jaguars venait de sauter.

Les pompiers mirent plusieurs heures avant de maîtriser l'incendie. En fin de journée, ils découvrirent, dans les braises, les cadavres calcinés de cinq motards. Le même soir, près de la station de métro Beaubien, un préposé au stationnement trouva deux voitures déclarées volées la veille. Sans parler des dommages matériels causés aux résidences du coin, cinq personnes venaient de payer le prix pour la mort de Franco Ferrara.

15

Les jours qui suivirent l'explosion devinrent infernaux pour Landreville. Gamache, son patron, ne le lâchait pas d'une semelle. Un rien devenait prétexte à engueulade. Le directeur général du service marchait lui aussi sur des œufs puisque, pour sa part, c'était le ministre de la Sécurité publique qu'il avait sur le dos. Comme d'habitude, il fallait un bouc émissaire. Landreville et son équipe étaient montrés du doigt. Il est vrai que l'explosion avait frappé l'imagination populaire. Les dommages se chiffraient par centaines de milliers de dollars. Les deux résidences voisines, sérieusement endommagées par les flammes, restaient inhabitables. Les propriétaires hurlaient de rage et réclamaient que la Ville rembourse les frais d'hôtel. Dans tout le quartier, les fenêtres dévastées par l'onde de choc donnaient l'impression qu'un bombardement avait eu lieu. Les marchands de la rue commerciale voisine déploraient vivement la baisse d'achalandage de leurs commerces, et tenaient les autorités pour responsables de leur malheur. Bref, tout favorisait le climat de mécontentement qui régnait dans la ville. Il convient d'ajouter à ce constat que les quotidiens ne rataient aucune occasion pour écorcher au passage Landreville qui, toujours avare de commentaires, avait très mauvaise presse auprès des journalistes. Qu'il n'y ait pas eu de victimes innocentes relevait du miracle. Les journaux peignaient malgré tout un sombre tableau du cataclysme qui aurait pu se produire si la chance n'avait pas favorisé les résidents, absents pour les vacances annuelles. Comme la période estivale laissait un grand vide dans les pages des quotidiens, cet événement devint la manne des journalistes.

— Nous voilà dans de beaux draps, hurlait Gamache en marchant de long en large dans son bureau. Qu'est-ce que tu comptes faire maintenant ? Il nous faut du solide, le ministre est furieux.

Landreville, bien calé dans son fauteuil, écoutait, avec un agacement évident, les doléances de son patron. Le moindre soubresaut qui atteignait la presse le rendait nerveux au possible. Alors, il est facile de l'imaginer après une telle explosion.

— Vous pourriez peut-être rappeler au ministre qu'il s'est lui-même opposé à présenter la loi antigang que demandaient les chefs des différents corps policiers du Québec. Vous pourriez également lui dire qu'il n'a pas fait beaucoup d'efforts pour convaincre le maire de Montréal de modifier le règlement de zonage, afin d'interdire aux groupes criminels de s'installer en plein cœur des quartiers résidentiels. Si les autorités politiques ne veulent pas nous aider dans notre travail, elles sont mauditement lâches ou, pire, de mèche pour protéger la pègre. Alors, les émois de nos élites politiques me laissent complètement froid. Je continue mon enquête comme je l'entends et, si cela ne vous satisfait pas, je vous remets ma démission dans exactement cinq minutes.

Landreville rageait. Gamache détestait le voir dans cet état. Il craignait toujours que le capitaine ne mette à exécution ses menaces de démission, d'autant plus qu'il pouvait prendre sa retraite. Sa nervosité le paralysait.

— Calmons-nous, supplia-t-il. Il faut trouver un moyen de les tranquiliser sans nuire à ton enquête.

Bon stratège, le policier sortit une carte de sa manche. Il agissait toujours ainsi avec Gamache. Son assurance apaisait l'anxiété de son patron et lui permettait d'agir à sa guise par la suite.

— Nous allons procéder dès aujourd'hui à quelques descentes. Nous avons découvert des centres de distribution dans quatre quartiers. Si nous sommes chanceux, la récolte pourrait nous permettre de les rassurer. La saisie de quelques kilos de came et l'arrestation d'une dizaine de petits revendeurs endorment toujours l'opinion publique. C'est aussi efficace que les discours stupides de nos politiciens.

L'idée reçut l'assentiment immédiat de Gamache, trop heureux de pouvoir offrir quelques chrétiens aux lions du pouvoir et au bon peuple. Le même soir, des commandos d'hommes d'élite, bien entraînés pour ce genre de boulot, firent irruption dans quatre appartements du nord de la ville. Quinze revendeurs de petite envergure furent arrêtés et dix kilos d'héroïne saisis. Les policiers venaient de paralyser, pour quelques jours, la livraison de drogue dans une trentaine d'établissements de la ville. Habitués à ce genre d'opérations policières, les gens de la pègre retombaient très rapidement sur leurs pieds. Ils trouvaient de nouveaux revendeurs approvisionnés par des centres de réserve, et la vie continuait comme s'il ne s'était rien passé. Les forces de l'ordre venaient de couper une des sept têtes de l'hydre. Aussitôt, il en repoussait une nouvelle. L'opération eut exactement l'effet escompté. Le calme revint dans la bergerie comme si les loups avaient disparu à jamais.

Libéré temporairement des jérémiades de ses supérieurs, Landreville convoqua une réunion de ses collaborateurs. L'eau apportée au moulin par les derniers événements exigeait une nouvelle mise au point. Gagné fut le premier à parler.

— J'ai lu avec beaucoup d'attention le rapport du labo. L'autopsie ne nous apprend rien de bien spécial. On connaît le calibre de l'arme utilisée. Les bonbons que distribue un Luger ne pardonnent pas. Une chose demeure obscure dans cette affaire. Selon l'expert en balistique, il se pourrait que Riggi ait été tiré le premier et que Ferrara ait écopé en deuxième. Ce n'est qu'une hypothèse, mais, si elle se confirmait, elle pourrait changer le cours de notre enquête. Supposons un instant que l'hypothèse est confirmée. Il se pourrait alors que celui que visait le tueur n'était pas Ferrara, mais bien Riggi. Toujours si mon raisonnement se tient, Ferrara se serait trouvé au mauvais endroit au mauvais moment. Alors, si on trouvait qui en voulait à ce pauvre Gino, peut-être avancerions-nous dans la bonne direction.

Un grand garçon, cheveux en broussailles, leva la main.

— Avec l'aide de trois policiers du poste du quartier, nous avons regardé attentivement les documents trouvés dans le bureau de Riggi. Tous ceux qui concernent ses prêts sur gages ont été épluchés. La plupart du temps, ils ne dépassaient pas cinquante dollars. Très souvent, il exigeait comme gage des montres-bracelets ou des téléviseurs. Si le remboursement était effectué à l'intérieur des deux premières semaines, le taux était de vingt-cinq pour cent. Les deux autres semaines, il grimpait à cinquante. Après un mois, on vendait l'objet au plus offrant. Or, dans les documents que nous avons consultés, seulement deux prêts demeuraient en souffrance chez lui. L'un de cent dollars et l'autre de cinquante. Dans les deux cas, les jeunes avaient laissé un four micro-ondes en garantie. Nous avons vérifié leurs alibis le soir du meurtre. Blancs comme neige dans les deux cas. J'imagine mal qu'on tue quelqu'un pour un micro-ondes.

Cette fois, ce fut à la jeune Julie d'intervenir.

— Connaissant la réputation de Riggi et le lien qui l'unissait à Ferrara, peut-être a-t-il été tout simplement victime de son zèle à défendre son parrain.

— En somme, conclut Landreville, rien d'évident de ce côté. Tu as autre chose, Julie ?

— C'est au sujet de Casonato. Nous l'avons filé sans arrêt. C'est un assidu du Siena mais ses visites ne sont pas celles d'un simple client. Nous avons remarqué qu'il s'y présente régulièrement tous les jours. Il sonne à la porte, car le club n'ouvre qu'en fin de journée, vers dix-sept heures. Curieusement, lorsqu'il en sort, jamais il n'utilise la porte du club. Il ressort toujours par la porte qui donne accès aux appartements des étages supérieurs. Or, après vérification au registre de la Ville, le propriétaire de l'édifice en question est le même que celui du club : Jack Ruben. Comme il y a des appartements en location, je m'y suis présentée en locataire intéressée. Le coût des loyers dépassant largement la moyenne de ce qu'on paie pour un HLM, j'ai déclaré au concierge que j'étais médecin, spécialisée en médecine nucléaire. J'ai fait un effet bœuf. Il s'est tenu à distance, croyant que je pouvais être radioactive.

Son rire cristallin était communicatif. Tous ses collègues s'esclaffèrent.

— Alors, continua-t-elle, j'ai visité trois appartements à des étages différents. J'ai remarqué, qu'il faut utiliser une clef spéciale pour atteindre le dernier étage via l'ascenseur. J'ai fait la naïve et je m'en suis étonnée. Le concierge m'a confirmé que le propriétaire habite le penthouse du dernier étage.

Landreville souriait de satisfaction. Julie continua.

— En descendant, je me suis arrêtée au bureau du concierge situé dans le hall. Pendant qu'il me donnait les renseignements sur les prix, une porte, voisine des ascenceurs, s'est ouverte. Je ne l'avais pas remarquée, tellement elle est bien camouflée dans le décor de style rococo. J'ai vu Enrico Casonato en personne prendre l'ascenseur. Rien d'original jusque là, sauf qu'il habite un appartement du boulevard Langelier. Donc il était en visite. J'ai bien observé. L'ascenseur n'a fait qu'un arrêt, au dernier étage où habite Ruben. Je parierais fort qu'il travaille pour ce dernier.

— Beau travail, Julie ! Communique avec la Ville, et identification de tous les locataires. Séance de photos permanente de tous ceux qui entrent ou sortent de l'endroit. Idem pour l'identification.

— Ce n'est pas tout, continua Julie. Nous avons déjà identifié quelques clients du Siena. Malgré son nom italien, laissez-moi vous dire que la clientèle est multiethnique. Hier soir, nous avons assisté à un joyeux branle-bas de combat. Plusieurs clients sont entrés dans le club pratiquement les uns après les autres, dix exactement qui étaient arrivés dans quatre voitures différentes. Quatre personnes ont été identifiées par nos services. Le premier, d'origine chinoise, se nomme Chin Xian Zeng. Il vient de Hong Kong. Il est recherché par Interpol qui nous avait transmis son dossier, il y a déjà six mois. Ensuite, un certain Chopov, d'origine russe. Andréi Chopov, natif de Moscou. Ancien haut gradé de l'armée soviétique, nous ne possédons pas de dossier criminel à son sujet, mais les Américains le soupçonnent de tremper dans le marché noir de l'armement. Ils aimeraient beaucoup le questionner sur la disparition de produits reliés aux armes nucléaires. Le troisième est notre terroriste local, Dimitrios Chrisomalis. Vous vous souvenez, c'est lui qui avait instauré le régime de protection dans la communauté grecque. Il a déjà purgé deux ans de prison, il y a quelques années. Finalement, le dernier et non le moindre s'appelle Manuel Hernandez. Il est d'origine mexicaine. Les gars des stupéfiants du Texas le recherchent activement. Tout ce que nous savons à son sujet vient également d'Interpol. S'il fallait que les Américains sachent que lui et Chopov se cachent en territoire canadien sans qu'on les ait prévenus, ce serait la crise diplomatique.

— Pour l'instant, nous sommes les seuls à le savoir, répliqua sèchement Landreville. J'insiste pour qu'il en soit ainsi jusqu'à nouvel ordre. Tout le monde a bien compris ?

Il les regarda, l'un après l'autre, droit dans les yeux.

— Continue, Julie.

— Marc et sa femme sont entrés à leur tour dans le club. J'avais eu le temps de le prévenir de ce que nous avions remarqué auparavant. À ce moment, j'ignorais l'identité de nos oiseaux. Mais, surprise, à peine dix minutes plus tard, Marc me rejoint dans la voiture banalisée. Il m'annonce alors que le nid est vide. Hormis lui et sa femme, seulement trois autres clients sont attablés à l'intérieur. Les dix visiteurs n'y sont pas. J'ai tout de suite compris qu'ils se trouvaient tous chez Ruben. Ils n'en sont descendus que deux heures plus tard, en utilisant, cette fois, la sortie des appartements sur la rue latérale. D'ailleurs, les voitures qui les avaient déposés à leur arrivée étaient toutes stationnées dans le parking souterrain de l'immeuble.

— Autre chose ?

— Non, j'ai fini. Vers quoi est-ce que je m'oriente

maintenant ?

— Nous verrons cela un peu plus tard. Marc, tu as du nouveau ?

— Pour faire suite aux propos de Julie, il est évident que le Siena est une façade. Le vrai quartier général est au penthouse de Ruben. C'est à suivre. Dans un autre ordre d'idées, la Sûreté travaille dans les Laurentides. Inutile de te dire que les gars n'ont pas accepté de collaborer de gaîté de cœur. Ils veulent participer à l'enquête d'égal à égal avec nous. Tu les connais. Toujours la même guerre de clocher. Rois et maîtres sur leur territoire. S'ils trouvent une piste, tu peux parier qu'ils vont vouloir la suivre sans nous. Faudra se méfier. C'est plus facile avec les fédéraux. Ils gardent les réserves à l'œil. Selon eux, s'il y a un labo quelque part, c'est en Ontario qu'il se trouve. Ils m'informent quotidiennement de ce qui se passe de ce côté. Voilà pour l'instant.

Chang, le jeune Asiatique, leva timidement la main. Landreville lui céda la parole d'un signe de la tête.

— Monsieur Zeng, que Julie a aperçu au Siena, est un personnage très puissant dans le monde interlope de Hong Kong. Il y est avantageusement connu, puisqu'il a de nombreux contacts avec des personnes influentes de la Chine, surtout de Shanghaï. Il a aussi des contacts avec Macao qui, comme vous le savez, deviendra le prochain protectorat à revenir dans le giron chinois. Il ne fait aucun doute que la complicité de ses amis chinois lui permettra de poursuivre ses activités une fois sous contrôle de la Chine. J'ai lu attentivement le dossier transmis par Interpol. On le soupçonne de beaucoup de crimes mais sans aucune preuve sérieuse. Sa spécialité est l'achat, à vil prix et sous pressions énormes, de commerces en difficulté ou d'immeubles ayant subi, comme par hasard, de sérieux dommages, causés généralement par des incendies criminels. La rumeur, dans le monde asiatique, voudrait que ces incendies suivent toujours un refus de vendre l'édifice au groupe de Zeng. En cherchant dans les enregistrements de propriétés ou de compagnies, vous ne trouvez jamais son nom. Il y a toujours quelqu'un pour acheter un commerce, une maison ou un terrain à sa place. Il va de soi que ces prête-noms n'oseraient jamais songer à trahir le monsieur. Dans ce monde, il y a une règle immuable. La parole est sacrée. Si tu ne respectes pas la tienne, quelles qu'en soient les raisons, il n'y a qu'une issue possible : la mort. Cela explique le grand nombre de suicides chez les Chinois et les Vietnamiens. Quand un commerçant, après avoir emprunté de l'argent, ne peut honorer sa parole, il préfère se suicider, puisque cette mort est perçue comme honorable chez les siens.

Les collègues de Chang semblaient passionnés par ses propos.

— Ce genre d'activités lui permet de blanchir des sommes considérables provenant de la drogue. Le fonctionnement est assez simple. Vous savez tous que le Canada cherche des immigrants investisseurs. Dès que vous possédez environ deux cent mille dollars et que vous désirez investir au pays, les formalités d'immigration se résument au minimum. On oriente les enquêtes de sécurité vers des policiers chinois corrompus, qui transmettent de fausses informations aux autorités canadiennes. Comme beaucoup de citoyens de Hong Kong désirent quitter leur pays, le groupe Zeng prête les sommes nécessaires à des individus choisis, pour qu'ils deviennent subitement investisseurs. Une fois ici, ils achètent, sans rouspéter, ce qu'on leur ordonne d'acheter. Ils prêtent ainsi leur nom mais, dans les faits, ils n'ont absolument rien à dire dans la gestion. Ils reçoivent un salaire pour leur complicité et, le temps venu, disparaissent des opérations en vendant, à un proche de Zeng, ce qu'ils n'ont jamais possédé. Si vous regardez de près le va-et-vient dans l'immobilier de grande envergure ou les transactions dans les parcs industriels, vous ne serez pas surpris d'y découvrir des acheteurs ou des groupes d'acheteurs qui auraient bien du mal à expliquer la provenance de leur fortune. Ma chère Julie, ce n'est pas un poisson que tu as pêché, mais un dangereux requin. À moins de remonter à la source et d'arrêter le blanchiment d'argent, il ne sera pas facile d'épingler Zeng.

Landreville commençait à voir de plus en plus clair dans les objectifs de ce nouveau cartel. Il questionna Chang.

— Dis-moi, Chang, selon toi, tout ce blanchiment se ferait à Hong Kong ?

— Vous savez, capitaine, le monde asiatique est très complexe mais, surtout, hermétique. Ce genre de transaction se fait avec la complicité de banquiers corrompus, de politiciens aveugles, soit par lâcheté ou par intérêt. Je peux affirmer que ces pratiques sont monnaie courante depuis fort longtemps. J'imagine assez bien que plusieurs pays d'Amérique latine fonctionnent de manière identique, mais les investisseurs latinos sont plus suspects à cause de leur réputation de producteurs de drogue. Mais n'oubliez pas que ce ne sont pas les seuls. On parle peu des pays de l'Est, du Liban ou de la Chine. Quelquefois, la Thaïlande ou le Camboge font les manchettes, mais sans plus d'insistance. Si vous demandiez aux gens dans la rue d'où vient la drogue, neuf personnes sur dix affirmeraient que la Colombie est la seule responsable de ce fléau. Pourtant la réalité diffère beaucoup.

Malgré l'intérêt suscité par l'exposé de Chang, les pistes pouvant mener à des actions concrètes à court terme restaient minces. L'ennemi devenait de plus en plus coriace.

— Poursuivons le travail de surveillance. Julie, tu ne lâches pas Enrico Casonato d'une semelle. J'ai l'impression que cet oiseau nous conduira quelque part. Chang, tâche de me localiser Zeng. Dès que tu le trouves, colle-toi à lui comme son ombre. Marc, dit-il à son adjoint, occupe-toi de trouver Chopov et Hernandez avec l'aide des collègues. Top priorité. Pour l'instant, laissez de côté le Grec. Nous le trouverons facilement en temps opportun.

16

La semaine suivante fut houleuse. Les patrons, toujours aussi nerveux à cause de l'attentat, pressaient Landreville d'agir pour empêcher un autre carnage. Tous, Landreville le premier, redoutaient la vengeance des Jaguars. Si la spirale des crimes s'accentuait, il faudrait ramasser les cadavres à la pelle mécanique. La destruction du repaire montréalais des motards compliquait le travail de surveillance, puisque leur autre quartier se trouvait au bord du lac des Sables, en Estrie. Le ministre dut intervenir pour que la Sûreté du Québec se mette sous le commandement unique de la brigade de Landreville. Cette situation n'aidait en rien le climat déjà tendu entre les deux corps policiers. Même si l'on avait les Jaguars à l'œil, le problème demeurait entier, puisque la riposte pouvait venir d'ailleurs. Contrairement aux motards, les Asiatiques n'avaient pas de refuge pour se regrouper. Ils se rencontraient dans des endroits publics. Selon Chang, ils privilégiaient les restaurants du quartier chinois, peu fréquentés, surtout le midi, par les Blancs. Ils pouvaient ainsi s'assurer une discrétion beaucoup plus grande que partout ailleurs. Le jeune Asiatique en identifia trois, bien connus de son équipe mais, compte tenu de la configuration du quartier, faire le guet devenait suicidaire, car tout intrus serait vite repéré. La zone piétonne rendait le stationnement suspect même pour un camion des services publics, puisque la méfiance devait être à son paroxysme. Gagné écoutait la discussion d'une oreille distraite.

— Voulez-vous connaître mon idée ? demanda-t-il ironiquement.

— Allez, aboule ! Au point où nous en sommes, on ne crachera pas sur un peu d'aide.

— Chang, tu t'entêtes à vouloir défoncer un mur de brique au lieu de le contourner. Si tes hommes vont sur place, on les reconnaîtra immédiatement. Donc, inutile de potasser cette solution. Alors, que faire ? Facile, on les remplace par des personnes qui ne pourront pas être identifiées.

— Brillant, très brillant ! Tu veux que j'engage Fantômas, gros comique ?

— Non, ce n'est pas à lui que je pense, répondit Gagné en riant, mais plutôt à deux jeunes filles qui ne demanderaient pas mieux que de nous aider.

— Je n'ai pas de jeunes filles chez moi, répliqua Chang, impatient.

— Qui parle de ta bande ? Dis-moi, cher patron, serais-tu d'accord pour qu'on mette deux jeunes filles sur la filature de nos copains asiatiques ? Je connais un ancien collègue de la mondaine qui enseigne actuellement les techniques policières. Je suis convaincu qu'il n'hésiterait pas une seconde à m'envoyer deux de ses étudiantes afin d'effectuer ce boulot. Pour elles, quel travail pratique fort intéressant ! La rue reste la meilleure école pour devenir policier. Qu'en dis-tu ?

Landreville se gratta la tête un long moment. À l'évidence, l'idée lui souriait.

— Et s'il leur arrive quelque chose ?

Chang intervint :

— Il ne leur arrivera rien, je m'en charge. Elles porteront un micro dissimulé sous leurs vêtements. Elles pourront ainsi communiquer avec nous. Je prendrai une voiture aux vitres teintées que nous garerons le plus près possible de leur poste d'observation. En fait, elles n'auront qu'à se conduire en touristes, ce sera le meilleur camouflage.

— Une question, mon petit génie de service, dit Landreville à Gagné. Que je sache, les écoles sont en vacances en juillet. Comment dénicheras-tu tes étudiantes ?

— Laisse travailler ton indispensable adjoint. Chang, tu les auras demain matin. Sois sans crainte, je m'occupe de tout.

D'un bond, Gagné sortit du bureau avant même que son supérieur n'ait le temps de réagir. Chang l'imita. La secrétaire entra alors sans frapper. Elle mit un doigt sur ses lèvres et annonça à voix basse :

— Vous avez un visiteur.

— Pourquoi tant de mystère ? Qui est-ce ?

— C'est un Renato Ferrara, dans tous ses états. J'ai peur qu'il ne fasse un malheur.

— Il est seul ?

— Je n'ai vu personne avec lui. Je le laisse entrer ?

— Évidemment, il ne me tuera pas ici, dans mon bureau.

Landreville se leva pour accueillir son visiteur. Francine n'avait pas exagéré. Ferrara était méconnaissable. La figure blême, le regard perdu, le souffle court, il s'écrasa sur la chaise.

— Vous êtes malade ? Qu'est-ce qui se passe ?

Ferrara mit un temps fou avant de répondre.

— Ma fille a disparu, réussit-il à balbutier. On l'a kidnappée.

Landreville regarda sa montre. Elle marquait six heures.

— Voyons, Renato, il n'est que six heures. Elle doit être chez des amies. Attendez, elle rentrera sûrement pour le dîner.

L'angoisse de Ferrara l'empêchait presque de réfléchir.

— Non, elle n'y est pas, j'ai vérifié. Elle est sortie pour son cours de piano un peu avant deux heures. Sa mère lui avait dit de revenir tout de suite après, puisque nous devions nous rendre chez des amis dans les Laurentides. Elle n'est pas rentrée. Son professeur m'a affirmé que Monica avait quitté son studio à trois heures, exactement. Elle lui a même demandé de partir un peu plus tôt parce que sa mère l'attendait. Ses amies ne l'ont pas vue de la journée, puisque quand elle a son cours, elle pratique toujours deux heures avant. Elle a fait de même aujourd'hui.

Le policier ne savait que penser. Une petite fille de cet âge ne fugue pas, surtout si son père s'appelle Renato Ferrara.

— Dites-moi, comment est votre fille ? Je veux dire, quel genre de caractère a-t-elle ?

— Un ange. Toujours à son affaire, elle adore le piano. Une vraie artiste. Sa mère doit la gronder pour qu'elle sorte et fasse un peu d'exercice. Elle n'a que deux amies qui habitent les maisons voisines. La plupart du temps, elles se retrouvent chez moi. Capitaine, j'ai peur, très peur. S'il lui arrivait un malheur, ma femme et moi ne pourrions nous en remettre.

— Je vous comprends, répondit Landreville, sincère. Ne paniquons pas. Peut-être est-elle rentrée maintenant ?

— Non. Si elle était à la maison, ma femme aurait téléphoné. J'ai mon cellulaire dans ma poche. Mes hommes la recherche…

Il s'arrêta de parler, réalisant l'énormité de ses paroles. Il corrigea tout de suite :

— ...Je veux dire, mes employés. Eux aussi savent où je suis. S'ils la trouvent, ils m'appelleront.

— Venez, je monte avec vous. Inutile d'ameuter toute la ville sans savoir de quoi il retourne. Allons voir ça de plus près.

Durant le trajet, les deux hommes restèrent silencieux. Chacun devinait les pensées de l'autre. S'il fallait que la fillette ait vraiment été kidnappée, il y aurait bousculade au portillon. D'abord, les journalistes. Qu'une enfant, fût-elle la fille de Renato Ferrara, devienne l'otage d'une querelle de gangs, serait pour eux un dessert inespéré. Ensuite, les politiciens. Landreville en connaissait plus d'un qui, flairant une piste en or, n'hésiterait pas à interrompre ses vacances pour exprimer publiquement son indignation. C'est le genre d'événement préféré de beaucoup de députés qui voient là un excellent moyen de prendre la vedette sur un terrain conquis d'avance. Des criminels d'un côté et une innocente victime de l'autre. Était-ce vraiment cette sorte d'équation qui facilitait le règlement des différends entre groupes rivaux, fussent-ils de toutes les pègres ? Landreville réalisait bien, avec un certain regret, combien les mœurs avaient changé. Aux beaux jours de la mafia majoritairement italienne, certains crimes ne se commettaient pas. Par exemple, la mère, l'épouse ou les enfants innocents ne subissaient jamais les foudres d'un groupe rival. On réglait les problèmes d'homme à homme, selon des conventions que chacun respectait. Aujourd'hui, aucun tabou ne tenait. Certains tueraient même leur propre mère pour atteindre leurs buts. Landreville et Ferrara arrivèrent chez ce dernier. Deux hommes montaient la garde devant la résidence. Lorsqu'ils reconnurent le policier, ils firent un geste hésitant vers l'intérieur de leur veste. Ferrara coupa court à leur zèle.

— Rien de neuf ?

Silencieux, ils hochèrent la tête.

— Si vous n'y voyez pas d'objection, dit Landreville, j'aimerais refaire le même trajet que celui de votre fille pour aller chez son professeur de piano.

Ils entrèrent dans la demeure princière de la famille Ferrara. Du marbre à profusion autant sur le plancher du salon que sur les marches de l'escalier monumental qui montait à l'étage. De larges fenêtres éclairaient abondamment chaque pièce. Les meubles, contrairement à ce qu'aurait pu penser le policier, étaient modernes et de très bon goût. De magnifiques carpettes aux couleurs vives conféraient une ambiance toute méditerranéenne au décor. Sans qu'il sache d'où elle sortait, une femme d'une beauté remarquable fit son entrée dans le salon. Le mouchoir qu'elle portait à ses yeux trahissait son état d'âme. Landreville se sentit gêné d'être là. La souffrance ne convient pas à la beauté, pensa-t-il. Seules les femmes âgées restent belles sous l'emprise de la douleur morale.

— Merci d'être venu, dit-elle d'une voix douce. Mon mari préférait régler seul ce problème, mais j'étais d'avis qu'il fallait absolument faire appel à vos services.

Landreville regarda le mari. Celui-ci aurait préféré que sa femme ne fasse aucune mention de leur différence de point de vue. Dans une circonstance moins pénible, il se serait moqué de son embarras.

— À quelle heure votre fille a-t-elle quitté la maison ?

— Vers deux heures moins le quart. Je l'ai accompagnée jusqu'au jardin, où j'ai cueilli les fleurs que je voulais offrir à mon amie, ce soir.

— Accompagnez-moi jusque-là, s'il vous plaît. J'aimerais voir les lieux.

Elle le guida à l'extérieur, en sortant par une grande porte-fenêtre donnant sur le jardin. La piscine, entourée de fleurs magnifiques était invitante.

— Pourquoi doit-elle passer par ici ?

— L'été, lorsqu'il fait beau, elle préfère couper à travers le parc que vous voyez là. Elle traverse ensuite le stationnement juste derrière l'église où a eu lieu le service funèbre de mon beau-père. Son professeur y est organiste. Elle habite le rez-de-chaussée de la maison droit devant nous, celle avec le balcon fleuri.

Le policier suivit les explications du regard. En temps normal, au pas de marche d'une fillette, dix minutes maximum suffisaient pour faire le trajet.

— Comment accède-t-on au parc ?

— Venez. Il y a une petite barrière dissimulée derrière la cabane à outils.

Landreville regarda l'heure. Il essaya d'adopter le pas qu'il supposait être celui d'une fillette de neuf ou dix ans. Il traversa le parc avec les Ferrara jusqu'au stationnement de l'église où quelques autos étaient garées. Alors qu'il passait près des voitures, son regard fut attiré par un objet à moitié caché sous une petite Honda blanche. Il s'approcha, sortit son mouchoir de sa poche et ramassa une serviette de cuir noir.

— Mon Dieu ! s'exclama la mère, le cartable de Monica. Elle y transporte ses feuilles de musique. Mon Dieu, c'est terrible ! Faites quelque chose, capitaine ! Sauvez-la !

— Calmez-vous, madame Ferrara. Il faut rester calme. Allons voir son professeur de piano.

Il sonna. Une dame très digne, les cheveux noirs montés en chignon, ouvrit la porte. Quand elle vit le couple, son visage afficha tout de suite un air inquiet.

— Vous ne l'avez pas retrouvée ? s'exclama-t-elle en italien.

Ferrara répondit en français.

— Madame Fumi, voici le capitaine Landreville de la police de Montréal, il aimerait vous poser quelques questions. Pouvons-nous entrer ?

— Oh ! excusez-moi, entrez, je vous prie. Mais qu'est-il arrivé à Monica ?

Elle marchait en sautillant, tellement elle semblait nerveuse. Elle les fit entrer dans le salon où un immense piano de concert occupait presque tout l'espace. Sur les murs, de nombreuses peintures, aussi criardes les unes que les autres, représentaient des musiciens à l'œuvre.

— Madame, demanda Landreville d'une voix posée, pendant le cours de Monica, avez-vous remarqué si elle paraissait différente des autres jours ? Par exemple, vous aurait-elle semblé nerveuse ?

— Mais absolument pas. Monica est une élève très douée et très disciplinée. Elle adore le piano. Aujourd'hui, nous avons travaillé Mozart. Elle aime Mozart. Elle regrettait de devoir partir plus tôt parce que ses parents l'attendaient.

— Lorsqu'elle est sortie, vous n'avez rien remarqué de spécial à l'extérieur ?

— Non. En fait, je ne l'ai pas raccompagnée parce que ma sœur m'attendait au téléphone. Alors, la petite m'a embrassée et elle est sortie. Madame Ferrara, dites-moi que je rêve, dites-moi qu'il n'est rien arrivé à mon petit ange !

Les larmes coulaient maintenant sans retenue sur son visage. Elle ne tenait pas en place. Landreville exprima sa pensée.

— Bon, nous n'apprendrons rien ici. Retournons chez vous. Madame, fit-il au professeur, parlez le moins possible de cette affaire. Si vous vous souvenez de quelques détails, téléphonez-moi à ce numéro.

Les Ferrara marchaient comme des somnambules. L'épouse ne pleurait pas. Son visage affichait une dureté qu'il était difficile d'imaginer chez une telle femme. Elle regardait droit devant elle, comme si elle voulait éviter de voir son mari. Landreville décela dans ce regard fuyant une haine envers celui qu'elle tenait pour responsable de la disparition de sa fille. Renato savait que jamais elle ne lui pardonnerait ce drame que lui infligeait son travail occulte. Dans ce milieu il était convenu tacitement que femmes et enfants ne posent aucune question sur le travail du père. Son double rôle de père et de pourvoyeur suffisait à le mettre à l'abri des indiscrétions familiales. Mais, chez les plus jeunes, ce pacte devenait beaucoup plus fragile. Déjà, le fait que la femme de Renato ait fait appel aux policiers dénotait une indépendance qui aurait été inacceptable chez les plus vieux. Landreville devinait facilement que la disparition de la fillette était la réponse des Jaguars à l'explosion de leur repaire. Madame Ferrara le savait également. Que les activités de son mari touchent autrui, passe encore, mais que les siens en deviennent victimes, ça c'était inadmissible.

À la maison, le silence pesait lourd. Le couple, dévasté par ce drame familial, cherchait une issue. Ferrara suppliait sa femme du regard, tandis qu'elle persistait dans son mutisme. Le policier ne savait trop comment se comporter.

— Si vous me le permettez, madame, j'aimerais parler en privé avec votre mari ?

— Capitaine, répondit-elle vivement, tant que ma fille ne sera pas retrouvée saine et sauve, il n'y aura aucune rencontre privée avec mon mari. J'assisterai à toutes vos discussions.

Puis fixant son mari, les yeux pleins de haine, elle ajouta :

— J'espère que tu me comprends.

Sans attendre de réponse, elle se retourna vers Landreville.

— J'ai votre parole, capitaine ?

La question ressemblait davantage à un ordre. Landreville balbutia presque :

— Comprenez que c'est très délicat, madame. Je ne voudrais pas que vous soyez mêlée malgré vous à des affaires disons...

— Criminelles !

Elle avait coupé court à l'hésitation de Landreville. Renato voulut intervenir mais, d'un geste agacé, elle lui intima l'ordre de se taire.

— Capitaine, cessons de tourner inutilement autour des vraies questions. Vous connaissez mieux que moi les affaires de mon mari. J'en sais suffisamment pour perdre toutes les illusions qu'il me reste à son sujet. Si j'en avais eu le courage, je l'aurais laissé il y a bien longtemps, mais la famille et ma propre cupidité m'ont empêchée d'agir. Je le regrette aujourd'hui, mais à quoi bon ? Il est trop tard. Aussi, je vais consacrer toute l'énergie qu'il me reste afin de retrouver ma fille. Quant à toi, Renato, ne crains pas que je te trahisse. Jamais, je ne répéterai ailleurs ce qui sera dit entre nous. Si jamais Monica ne sortait pas vivante de ce drame, je te tuerai de mes propres mains. Ainsi, je serai vengée en même temps que la société que tu terrorises, voles et arnaques depuis tant d'années.

Elle s'assit, comme à bout de souffle. Livide, Ferrara assistait, impuissant, à cette explosion de colère. Visiblement anéanti par les aveux de sa femme, il voyait son empire sombrer. Voilà, qu'en plus sa propre femme l'abandonnait. Comme un boxeur assommé par des coups répétés, il demeurait accroché fragilement aux câbles de l'arène que sa propre famille avait construite.

— Monsieur Ferrara, vous me pardonnerez, mais au point où nous en sommes, je n'ai guère le choix que d'accepter la demande de votre épouse. Voici, en bref, mes instructions pour les prochaines heures. Silence complet sur l'enlèvement de votre fille. Vos conversations téléphoniques seront toutes enregistrées. Si l'on communique avec vous, n'acceptez aucun engagement, que ce soit une rançon ou tout projet de collaboration. Surtout, n'allez pas commettre l'irréparable en tentant de venger vous-même votre fille. Vous signeriez ainsi son arrêt de mort. Voyez-vous, Ferrara, vous auriez tout intérêt à collaborer avec moi parce que j'ai l'impression que vous luttez contre un ennemi beaucoup plus puissant que vous ne le soupçonnez. Votre fille est la meilleure monnaie d'échange qu'il pouvait avoir contre vous. Cette prise d'otage sert à la fois de vengeance pour la destruction du repaire des Jags et surtout de moyen de persuasion pour que vous joigniez les rangs du Sombrero. Au moindre faux pas de votre part, le pire peut survenir.

— Soyez sans crainte, je ne tenterai rien. Je n'en ai plus la force.

Ferrara parlait lentement, d'une voix brisée par l'émotion. Il continua :

— Ce soir, j'irai rencontrer la personne qui m'a contacté pour que je fasse alliance avec son groupe. S'il me rend ma fille, j'abandonne tout. Mes hommes décideront librement de leur avenir. Si je n'ai pas ma fille ce soir, mon cher capitaine, attendez-vous à une vendetta comme vous n'en avez jamais vue.

— Ferrara, réfléchissez. Pensez à votre fille, à votre femme. Si vous me donniez des noms, des adresses, je pourrais mettre au point un plan afin de sauver Monica. En retour je pourrais fermer les yeux sur vos activités. Donnant, donnant. Vous voulez votre fille, moi je veux les têtes dirigeantes de ce nouveau groupe. Alors, collaborons.

— Même si j'acceptais votre proposition, jamais

vous ne pourriez retrouver ma fille. Je connais trop bien les ramifications de cette organisation. Les labyrinthes de l'Antiquité ne sont rien en comparaison, croyez-moi. Aussi, le seul plan réaliste est le mien. Dès que je retrouverai ma fille, je vous dirai tout ce que je sais. Alors, vous déciderez librement. Tout ce que je demande en retour c'est un pardon total et une nouvelle identité. Plus rien ne me retiendra ici. Capitaine, je vous raccompagne.

Il le précéda vers la sortie.

— Une dernière chose. Ne compromettez pas mon plan en me faisant suivre. Je vous donnerai des nouvelles dès que possible. Au revoir !

Landreville, encore sous le choc des événements, revint à son bureau. « Décidément, pensa-t-il, les nuages s'accumulent à l'horizon. Si l'orage éclate, les dégâts risquent d'être importants. Mais la météo est si imprévisible. »

17

Deux jours plus tard, le policier s'inquiétait de n'avoir eu aucune nouvelle de Ferrara. Il se méfiait des sautes d'humeur de l'Italien. Peut-être mijotait-il encore un plan de son cru. Histoire de se rassurer, Landreville se rendit chez Ferrara. À peine eut-il arrêté l'auto que deux colosses se ruèrent vers lui.

— Vous n'avez rien à faire ici. Partez tout de suite.

Le policier les regarda, hautain. Il voulut descendre de la voiture mais l'un des gorilles le retint par l'épaule, brutalement.

— Déguerpis, sale flic, on ne veut plus te voir dans les environs. Compris ?

— Dis à ton patron que j'ai à lui parler. C'est très important.

— Mon patron ne veut pas te voir. Il est parti avec sa femme, hier soir. Maintenant, libère la place, je t'ai assez vu.

Surpris par ce changement d'attitude, Landreville retourna à son bureau en proie aux plus vives inquiétudes. Dans le stationnement, il rencontra Julie.

— Salut, beau cœur ! Je voulais justement te parler. Tu vas bien, j'espère ?

Il la mit au courant de sa déconfiture chez Ferrara.

— Je n'y comprends rien, avoua-t-il. Avant-hier, il voulait collaborer alors qu'aujourd'hui, c'est la guerre ouverte.

— Ne t'en fais pas trop, tout finit par s'arranger. Tu verras. Dis, tu es libre ce soir ?

— Jusqu'à maintenant, oui. Pourquoi ?

— Je finis plus tôt cet après-midi, alors j'aurai le temps de préparer le dîner. Tu es d'accord pour des escalopes de veau à la crème ?

— Tu parles ! Je m'occupe du vin. Je serai chez toi vers dix-neuf heures.

— Parfait, à ce soir.

Elle lui dit alors, d'une voix mal assurée :

— Ah ! j'oubliais. Nous ne serons pas seuls.

La déception de Landreville était palpable.

— Ah bon ! Qui sera là ?

— Ne fais pas cette tête, Martin. Tu as l'air d'un gosse qui a perdu ses billes. On se reprendra demain si tu veux.

— D'accord, fit-il sans entrain. Je connais tes invités ?

— Mon invité, corrigea-t-elle. Oui, tu le connais, mais je te réserve la surprise pour ce soir. Allez, je t'embrasse. À tantôt !

Elle le quitta presque en courant. Ce dîner surprise ennuyait beaucoup Landreville.

— Tu es paralysé ou quoi ? Qu'est-ce que tu fais là à regarder le ciel ?

Moqueur, Gagné imitait son patron. Landreville se sentit ridicule.

— Excuse-moi, j'étais distrait. Quoi de neuf de ton côté ?

— Rien, rien et toujours rien. C'est à croire que nous vivons sur une planète inhabitée. Et toi, Ferrara a toujours de bonnes intentions ?

Landreville lui raconta sa mésaventure.

— À la case départ encore une fois, laissa tomber Gagné. C'en est déprimant. Allez, à demain. Moi je rentre chez moi. Assez pour aujourd'hui. Je me suis couché aux aurores, je tombe de sommeil. Le reste de la journée a été interminable.

Landreville ne cessait de regarder sa montre. Vers dix-huit heures, n'y tenant plus, il se rendit chez Julie. Lorsqu'elle ouvrit, il se sentit gauche comme un collégien à son premier rendez-vous.

— J'ai pensé que tu aurais peut-être besoin d'aide. Alors, je suis là.

Elle s'esclaffa.

— Quelle femme comblée je suis ! J'ai un homme rose à mon service. Viens, j'ai surtout besoin que tu m'embrasses. Depuis le temps que j'en rêve.

Il la serra dans ses bras sauvagement. Lorsqu'il sentait son corps contre le sien, il perdait toute sa retenue habituelle. Ses mains se promenaient sur ses hanches et sur ses cuisses. Sa robe légère moulait ses seins. Comme toujours, elle ne portait pas de soutien-gorge, ce qui l'excitait grandement.

— J'ai envie de toi, maintenant.

Elle se blottit contre lui, haletante. Il la souleva dans ses bras et l'amena dans la chambre. Ils firent l'amour comme si c'était leur dernier jour. Une fois l'orage passé, Julie fut prise d'un fou rire inextinguible en voyant son amant. Debout près du lit, Landreville présentait un spectacle peu banal. Souliers et chaussettes encore aux pieds, il portait sa chemise froissée et humide de sueur. Son pantalon pendouillait, accroché à une poignée de la commode.

— Que diraient mes collègues, s'ils voyaient le beau capitaine dans cette tenue ?

Julie riait de plus belle.

— Ne te moque pas de moi. C'est de ta faute, tu me fais perdre la tête.

Elle sursauta en voyant l'heure.

— Vite ! Il faut qu'on soit présentable pour notre invité.

À peine Julie avait-elle fini de se maquiller qu'on sonnait à la porte.

— C'est lui !

Elle était devenue subitement nerveuse. Un peu trop nerveuse au goût de Landreville.

— Écoute, Martin. En le voyant, tu risques d'avoir un choc. Je te demande de rester calme et d'écouter ce qu'il a à dire jusqu'au bout. Promets-le-moi, c'est très important, tu verras.

— Bon, d'accord ! Pourquoi tant de mystère ? Allez, ouvre, sinon il va s'imaginer qu'il nous dérange.

Elle l'embrassa au passage et alla ouvrir. En voyant le garçon bien campé dans l'embrasure de la porte, Martin Landreville se figea sur place. Il n'en croyait pas ses yeux. Claude Lachance, un des deux policiers disparus sans laisser de trace, le regardait sans broncher, sourire en coin.

— Salut, capitaine ! Vous avez toujours la forme à ce que je vois.

— Je crois que les présentations sont inutiles, dit Julie en faisant entrer Lachance.

Landreville n'était pas encore remis de son étonnement. Il ne put prononcer un mot, tellement il était scié.

— Qui veut un Martini ?

— Pour moi, ce sera un double, réussit-il à dire non sans efforts.

— Ne restez pas plantés là. Asseyez-vous, j'arrive tout de suite.

Dans le salon, les deux hommes s'assirent face à face dans un silence de plomb. Ce fut Lachance qui parla le premier.

— Mon cher capitaine, aussi bien briser la glace tout de suite. Les choses seront plus faciles une fois que vous connaîtrez les motifs de cette rencontre.

Le policier hocha la tête sans conviction.

— Je comprends votre ressentiment à mon endroit. Mon collègue Hétu et moi avons trahi votre confiance et gravement manqué à notre parole de policiers. C'est moi qui ai demandé à Julie d'organiser cette rencontre. J'ai une dette envers vous et je tiens à la payer.

Julie revint avec les verres. Tout en buvant son apéro, Landreville essayait de se remettre de sa surprise.

— Arrête, tu vas me faire brailler.

— Oui, je conviens que mon entrée en matière fait un peu cucul. Alors, je serai direct. J'ai un marché à vous proposer.

— Voyez-vous ça ! ironisa Landreville. Tu voudrais peut-être que je collabore avec ta bande de truands ?

Julie le calma d'un geste impatient.

— Voilà mes conditions, poursuivit Lachance sans se démonter. Je veux une nouvelle identité et un passeport américain parfaitement en règle, en retour de quoi je consens à vous révéler tout ce que je sais sur les groupes que vous combattez de façon bien inégale, je dois l'avouer.

— Et avec cela, monsieur désire-t-il un verre de vin blanc ? Tu me prends pour un idiot ? Qu'est-ce qui me prouve que tu n'essaies pas de me feinter ?

— Ma parole, tout simplement.

— Tu admettras avec moi que c'est plutôt maigre.

— Oui, peut-être, mais écoutez d'abord, vous jugerez ensuite. Ma première révélation va vous donner un grand coup dans les gencives, croyez-moi. Vous souvenez-vous de l'opération « Gant de velours » ? Vous savez cette descente dans un entrepôt de l'est où l'on devait trouver des kilos de cocaïne ?

Ce seul souvenir ne manquait pas de mettre Landreville en rogne.

— Une fois sur place, le nid était vide comme par enchantement. Je me suis longtemps demandé pourquoi ?

Lachance fit une pause pour mesurer le degré de curiosité de son interlocuteur.

— Quelqu'un avait vendu la mèche, répondit Landreville, irrité. Il ne faut pas de doctorat pour comprendre.

— Non, évidemment. Ce qui est intéressant par contre, c'est de connaître le nom de cette personne, n'est-ce pas ?

— Avec le recul, j'ai soupçonné deux de mes policiers qui ont changé d'allégeance en cours de route.

— Les présomptions de culpabilité n'étaient pas mal fondées, mais ce n'était pas nous. Celui qui vend la mèche de toutes vos activités, mon cher capitaine, c'est votre propre patron, Gamache de son vrai nom.

Landreville accusa le coup avec la plus grande incrédulité. Il se mit à rire en se tapant les genoux. Lachance mit la main dans sa poche et en sortit un bout de papier qu'il lui tendit.

Crédit suisse de Fribourg

Velours 22

C'est tout ce qu'il y avait d'écrit.

— Qu'est-ce que c'est que ce charabia ? s'enquit Landreville, un peu décontenancé.

— C'est le compte secret que la pègre a ouvert pour votre patron. C'est dans ce compte qu'on dépose les commissions pour services rendus. Vous savez, Martin, les banques suisses sont beaucoup moins hermétiques qu'avant sur le secret bancaire. En vous adressant à vos contacts d'Interpol, vous pourrez facilement vérifier que, déjà, trois versements de cent mille dollars chacun ont été faits dans ce compte, via la Banque chinoise de Hong Kong, à des dates que je pourrai vous préciser au besoin. De plus, le 20 décembre dernier, Gamache se présentait lui-même à l'institution de Fribourg pour retirer dix mille francs suisses. Cette somme a servi, en partie, à payer ses vacances d'hiver en Autriche.

Lachance sortit une enveloppe de sa serviette en cuir.

— Voici à quoi ressemble un flic en vacances en Europe.

Il lui tendit trois photos.

— Sur la première, il est au Crédit suisse. Remarquez la liasse de billets qu'il tient dans la main. Vous pouvez comprendre jusqu'où va la corruption. Même dans le plus grand secret des banques helvétiques, notre homme était piégé. Sage précaution au cas où il changerait d'idée. Sur les deux autres, il est dans le plus chic hôtel de Vienne pour le réveillon de la Saint-Sylvestre. Je passe sous silence les coûts d'une telle soirée, ainsi que le prix des vêtements que lui et sa femme portent. Ce n'est certes pas son salaire de policier qui lui permet ces extravagances.

Landreville ne riait plus. Anéanti, il regardait les photos sans y croire, certain qu'il allait se réveiller d'un instant à l'autre. Lachance resta silencieux, conscient du coup qu'il venait d'asséner à son ancien patron.

— Incroyable ! balbutia Landreville. Vraiment incroyable.

Il vida son verre d'un trait.

— Tu m'en sers un autre, s'il te plaît ? demanda-t-il en tendant son verre à Julie.

— Vous conviendrez qu'avec ce genre d'organisation, votre équipe ne fait pas le poids. Vous êtes faits avant même de commencer une enquête. Nous étions au courant de vos saisies de drogue à la suite de la destruction du repaire des Jags. Nous avons laissé faire parce que, de temps en temps, il faut donner au bon peuple la preuve que ses policiers font un boulot efficace.

Lachance fit une pause.

— Je continue ?

D'un hochement de tête, Landreville acquiesça.

— Pour ce qui est des assassinats de Riggi et de Ferrara père, rien à voir avec nous. Aucun groupe sous notre contrôle n'est mêlé à ces deux meurtres. Le fils Renato y est allé un peu trop fort en faisant son petit feu d'artifice chez les Jags. Les gars qu'il a fait cramer, tout en n'étant pas des anges, affichaient la blancheur neige dans ce règlement de comptes. Même chose pour le kidnapping de la fillette Ferrara. Nous n'y sommes pour rien. D'ailleurs, le père et mon patron se sont rencontrés à ce sujet. Ils ont convenu de mettre en commun leurs ressources afin de la retrouver vivante. En retour, Ferrara serait plus conciliant face à une éventuelle fusion. Nous pourrions même en arriver à une entente avec DaCosta de Toronto. Si l'on veut survivre à la mondialisation des marchés, l'avenir réside dans les fusions.

Tout ce que Landreville venait d'entendre frisait le surréalisme. Il se disait que le cauchemar finirait bien par se terminer. Il allait enfin se réveiller pour constater tout l'absurde de ce qu'il vivait. Bien au contraire, l'autre continuait.

— Il se prépare pour très bientôt un gros coup, un énorme coup d'importation d'héroïne pure en provenance du Mexique qui transite actuellement via les États. Si cette drogue arrivait au Canada, nous assisterions à la valse des millions. Si vous considériez avec sympathie ma demande de tout à l'heure, je pourrais, en retour, vous fournir certains renseignements qui seraient de nature à faciliter votre tâche.

— J'aimerais te poser une question ? risqua Landreville.

— Vous voulez connaître le nom de mon patron, n'est-ce pas ?

— Je pense le connaître, mais j'aimerais que tu me le confirmes. C'est Jack Ruben ?

— En plein dans le mille, répondit Lachance. Mais celui-là, avant que vous puissiez le coffrer, ce n'est pas demain la veille. Il fait chanter plus d'un ministre. Pourquoi pensez-vous qu'un incompétent comme Gamache reste en poste ? Il est le pantin d'un autre pantin qui n'est nul autre que notre ministre de l'Intérieur. Pourquoi est-ce ainsi ? Facile à comprendre quand vous savez que ce brave homme est un pédophile incorrigible. Vous imaginez le scandale si ce secret éclatait dans les journaux ? La Belgique, mon cher, les gens descendraient dans la rue comme à Bruxelles pour l'affaire Dutroux. Rien de moins.

— De mieux en mieux ! Quel merdier tout de même que ce monde ! J'en ai la nausée.

— Pourquoi pensez-vous que je veux tout balancer ? Plus j'avance dans ce bourbier, plus je me dégoûte. J'ai de la peine à me regarder dans le miroir quand je me rase le matin. Aussi, si nous pouvions collaborer, je pense que nous serions en mesure de leur faire mal, très mal.

— Disons qu'à prime abord je pourrais être intéressé par ta proposition. Le problème est double. D'abord, ici, je dois garder tout projet secret, sinon je cours au désastre et à ta perte. Ensuite, malgré mes contacts au Drug Enforcement Agency, si je veux obtenir ce que tu me demandes, je devrai leur donner beaucoup en retour. Ils ne sont pas reconnus pour leur générosité.

— J'y ai longuement réfléchi. La pièce maîtresse du marché demeure Hernandez. C'est la clé de voûte de tout le commerce nord-américain en provenance du Mexique. Imaginez, si vous pouviez le remettre aux Américains, je suis convaincu qu'ils donneraient la lune en retour. Ici, nous n'avons rien contre lui. Pour ce qui est de l'extradition, n'y pensons même pas. Vous n'auriez aucun appui des autorités.

— Je ne vais tout de même pas le kidnapper et le livrer comme un vulgaire colis à mes homologues américains. Ses avocats ne feraient qu'une bouchée de mes arguments. Si au moins, je connaissais ses allées et venues, peut-être y trouverais-je une faille. Que sais-tu de lui ?

— Rien. C'est un homme très discret. Contrairement à plusieurs Latins, Hispanophones ou Italiens, qui aiment s'afficher, il est au contraire très effacé. Tout ce que je sais, c'est qu'il travaille beaucoup et que Ruben le respecte. Il se rend régulièrement à Mexico, pour de brefs voyages d'affaires. Il n'y reste guère plus de deux jours. À part cela, il passe le plus clair de son temps dans sa maison de Westmount, avec sa femme et sa fille. Aucune réception, aucune sortie. Selon la rumeur, il est très jaloux. J'ai entrevu sa femme une seule fois et je le comprends. Elle est d'une beauté absolument exceptionnelle.

— Julie, le repas est bientôt prêt ? Je meurs de faim.

Landreville avait repris le goût de la bataille. C'est quand il se sentait impuissant face à un ennemi plus fort que lui qu'il devenait créateur. En écoutant Lachance parler, son esprit bouillonnait. Une idée avait tout à coup surgi, laissant entrevoir une mince possibilité d'action efficace.

— Avant de passer à table, réglons quelques détails. Premièrement, je peux garder les photos ?

— Elles sont à vous. Toutefois, avant de les utiliser, prévenez-moi.

— Sois sans crainte, je n'ai pas l'intention de les utiliser dans l'immédiat. Deuxièmement, tu me donnes plus de détails pour le gros coup qui se prépare.

— Dès que j'en sais davantage, je communique avec Julie. C'est plus sécuritaire ainsi.

— J'aimerais que tu me fasses savoir la date du prochain voyage que fera Hernandez au Mexique. J'aurais peut-être une surprise pour lui.

— D'accord. Maintenant, au sujet de ma demande ?

Landreville se leva et fixa Lachance dans les yeux.

— Si tout ce que tu m'as dit est vrai, considère-toi comme un citoyen américain à compter de maintenant.

Heureuse du changement d'attitude chez Landreville, Julie mit la touche finale à son menu. Le repas fut délicieux. Le vin aidant, les rires fusaient de toutes parts. « Pourvu qu'aucun nuage ne vienne assombrir cette entente » songea la jeune femme.

18

En arrivant au bureau, Landreville tomba sur Gagné. Une vraie queue de veau.

— Tiens, Monsieur arrive. Monsieur ne répond plus au téléphone, Monsieur prend le travail en dilettante. Pendant ce temps, ses collègues se crèvent le cul au travail.

Le capitaine était habitué aux écarts émotifs de son adjoint. Au lieu de s'en offusquer, il se moquait de lui. C'était là le meilleur moyen de garder de bonnes relations avec lui.

— Dis, Marc, il y a longtemps que tu as baisé ? Tu ne devrais pas t'en priver, c'est un excellent remède contre l'hypertension. Regarde-toi. Tu as l'air d'un gros dogue qui ne sait plus que faire de sa queue, tellement il est en manque. Très mauvais pour le cœur, tu sais.

— En plus, Monsieur baise pendant que...

— ...Tu bosses, pauvre cave ! Alors, qu'est-ce que tu as à japper, espèce de molosse édenté ?

— Depuis hier, mes filles qui font le guet dans le quartier chinois ont remarqué une activité anormale au restaurant Wonton. Des autos arrivent, d'autres partent, ça n'en finit plus. J'ignore ce qu'ils cherchent

149

mais je t'assure qu'ils y mettent le paquet. Chang a suivi un groupe d'Asiatiques. Chose surprenante, ils ont secoué les puces aux punks de la rue Saint-Denis. Selon ce que ceux-ci ont raconté, les Chinois seraient à la recherche d'une fille.

— Oui, je sais. C'est la fillette de Ferrara. Ce dernier a conclu une entente avec Jack Ruben, le nouveau chef du Sombrero. S'il l'aide à retrouver sa fille vivante, il est prêt à faire alliance avec lui. Même que DaCosta pourrait lui aussi faire partie de ce pacte. Tu as autre chose ?

La question était perfide. Gagné, la bouche ouverte, regardait son patron avec étonnement.

— Non...Non...C'est tout, réussit-il à dire.

— Bon, très bien. Je quitte le bureau pour quelques jours. Tu me remplaceras. Afin de t'éviter toutes complications, je ne te dirai pas où je vais ni pourquoi. Tu ne dis mot à personne de ce voyage. Si Gamache te questionne, dis-lui simplement que je ne me sentais pas bien et que je suis allé me reposer à la campagne. Tu ne connais pas l'endroit où je suis. Compris ?

— Compris. Je vois que la confiance règne.

— Marc, écoute-moi bien. J'ai mes raisons d'agir ainsi. Ce n'est pas une question de confiance, c'est pour te protéger car je prends un grand risque en agissant de la sorte. On ne met pas ses amis dans le trouble. Fais-moi confiance, si je réussis, tu comprendras que j'avais raison.

— Bon, d'accord, je la boucle. Des instructions spéciales en ton absence ?

— Oui. C'est au sujet de la femme de Ferrara. Elle a quitté sa résidence avec Renato. Quelque chose me dit qu'il y a du louche là-dessous. J'ai presque la conviction qu'elle n'est pas partie volontairement.

— Si j'apprends du nouveau, comment puis-je communiquer avec toi ?

— Parle à Julie, je serai en contact avec elle.

— Pour la détente, évidemment, ironisa Gagné.

— Tout à fait ! Je peux te garantir que si j'avais à choisir entre elle et toi pour une heure de détente, tu serais deuxième, mon cher Marc.

Landreville rentra chez lui. Pour ce qu'il avait à faire, il préférait la sécurité de son appartement aux indiscrétions du bureau. Il communiqua avec son contact du DEA à Washington, le capitaine Terry Barrymore. Ils convinrent d'un dîner au Regency, le lendemain à midi. Encore une fois, Landreville eut recours aux fonds de sa caisse occulte pour payer ce déplacement. Le lendemain, il prit le premier vol d'Air Canada à destination de l'aéroport Dulles de Washington. À peine assis dans le taxi qui le conduisait à l'hôtel, il entendit son téléphone sonner à deux reprises. C'était le code convenu entre Julie et lui, advenant une urgence. Il attendit d'être à l'hôtel pour rappeler Julie.

— Tu n'as rien ? Tout va bien pour toi ?

— Oui, tout baigne dans l'huile. C'est Lachance. Il semble que les événements se bousculent. Il veut que tu communiques avec lui au numéro spécial qu'il t'a donné lors de notre rencontre.

— D'accord. S'il y a du nouveau, je t'appelle. Je t'embrasse.

Au Regency, il reconnut Barrymore, assis discrètement à l'écart, qui l'attendait. Ils se serrèrent la main chaleureusement car les deux hommes s'étaient découvert beaucoup d'affinités au cours des ans. Tous les deux célibataires, hommes de culture, ils aimaient, lors de leurs rencontres, échanger leurs points de vue respectifs sur la littérature française, qu'ils aimaient beaucoup. Barrymore, issu d'une famille aisée, avait étudié en France quelques années. Aussi parlait-il français avec une certaine affectation, ce qui n'avait rien de choquant à l'oreille de Landreville.

— Terry, il me faut un endroit discret pour téléphoner. Je dois parler à un collaborateur dans les plus brefs délais.

— Pas de problème. Viens avec moi.

Il le conduisit vers les bureaux de l'administration. Un responsable mit tout de suite une petite salle de travail à sa disposition.

— Merci. Je te rejoins dans quelques minutes.

Les quelques minutes durèrent en fait presque une demi-heure. Landreville rejoignit son collègue déjà attablé devant un verre de vin blanc.

— Rien de grave ? demanda Barrymore poliment.

— Plutôt, oui. Mais c'est parfait ainsi, nous pourrons collaborer sur tous les tableaux.

La rencontre se prolongea jusqu'à dix-sept heures. Ils durent quitter la salle à manger pour se réfugier dans la petite salle où Landreville avait téléphoné plus tôt. Afin d'accélérer le travail, ils demandèrent aux employés de l'hôtel d'installer un deuxième appareil. Barrymore raccompagna Landreville à l'aéroport dans son auto. Ils purent ainsi s'assurer que leur plan d'action ne souffrait d'aucune faille. Une fois dans l'avion qui le ramenait à Montréal, même épuisé, Martin Landreville rayonnait. L'action commençait. Rien de mieux pour le moral.

À Dorval, il repéra un téléphone public un peu en retrait de la foule. Il composa le numéro de Lachance.

— Écoute-moi attentivement. Jeudi matin, tu sautes dans une voiture louée. Tu te rends à Burlington dans le Vermont. Tu remets la voiture au bureau local. Sur la rue piétonne, il y a une brasserie, le NECI Commons, tu ne peux la manquer, elle est réputée. Tu t'y installes à onze heures pile. Plus tard, il n'y aura plus de place. Avant de quitter le Québec, n'oublie pas d'acheter *La Presse*. Lorsque tu seras installé à ta table, lis le cahier des sports. Tiens-le bien en évidence. C'est à ce signe que tu seras reconnu. Quelqu'un te rejoindra et tu recevras de cette personne toutes les instructions dont tu as besoin. Ne transporte que le strict nécessaire dans une petite valise. Tu es un homme d'affaires qui passe une journée hors frontières. Ne fais pas la folie de transférer ton argent dans une banque américaine, c'est le moyen le plus facile d'être retrouvé. Tu recevras une somme pour t'aider à repartir à neuf. Questions ?

— Tout est clair. Merci, capitaine.

— Allez, je te dis merde !

Il raccrocha sans attendre. La première manche venait d'être jouée. Il en restait deux autrement plus difficiles à négocier.

Arrivé devant son immeuble, il gara son auto dans la rue, car il devait se rendre au bureau très tôt le lendemain matin. À peine fut-il descendu qu'il aperçut une silhouette suspecte cachée derrière un bosquet dans le parc. Comme il ne portait pas d'arme, la seule façon de se protéger en cas d'agression était d'utiliser la voiture comme bouclier. Il s'y colla tout en scrutant les ténèbres.

— Qui est là ? demanda-t-il d'une voix forte.

La silhouette se déplaça lentement vers la gauche où il faisait encore plus sombre. La mystérieuse personne ne bougeait pas. Elle l'observait à distance, comme incertaine des gestes à faire. Une voix de femme demanda faiblement :

— Est-ce que vous êtes le capitaine Landreville ?

— Oui, c'est moi. Pourquoi ?

Alors, il vit s'avancer vers lui, d'un pas chancelant, une femme, le visage caché derrière un voile noir. Lorsqu'elle fut à sa hauteur, elle se découvrit. Surpris,

Landreville reconnut Elsa Ferrara, le visage défait par les larmes et la douleur. En se jetant dans ses bras, elle éclata en sanglots. Son corps tremblait.

— Protégez-moi, supplia-t-elle, je vous en supplie, protégez-moi !

Ce cri de désespoir secoua Landreville jusqu'au plus profond de son être. Maladroitement, il essaya de la calmer, mais il n'avait pas l'habitude de ce genre de scène.

— Venez, tout ira bien. Ici, vous ne courez aucun danger.

Une fois chez lui, il la fit asseoir au salon. Nerveux, il allait et venait sans vraiment savoir que faire.

— Voulez-vous boire quelque chose ? Un café peut-être ? Qu'est-ce qui se passe ? Parlez, je vous en prie.

Il se rendit compte qu'il était aussi nerveux qu'elle. Histoire de retrouver son calme, il respira profondément. Il s'assit près de la femme et lui tendit une boîte de mouchoirs en papier.

— Arrêtez ces larmes, ici rien ne peut vous arriver. Calmez-vous, tout ira bien.

Elsa Ferrara mit dix bonnes minutes à retrouver un calme relatif. Elle hoquetait plus qu'elle ne respirait. Landreville comprit qu'il valait mieux attendre avant d'en savoir plus. Il versa du cognac dans un ballon qu'il lui tendit. Elle prit le verre et en but une gorgée. D'un geste gauche, elle fouilla nerveusement dans son sac. Elle en tira finalement une mauvaise photo toute froissée qu'elle lui mit dans la main. Il l'approcha de la lampe de table afin de mieux voir. Au premier coup d'œil, il comprit toute l'horreur que vivait cette mère. Écrasée dans un fauteuil défraîchi, sa fille Monica, les yeux cachés par son abondante chevelure, montrait au photographe son bras droit bleu par la douleur, criblé d'une dizaine de piqûres minuscules mais évidentes. Ses bourreaux la piquaient. Landreville fut révolté.

— Les salauds ! S'attaquer ainsi à une enfant, c'est odieux. Quand avez-vous reçu cette ordure ?

— Ce matin. C'est mon gardien qui me l'a remise innocemment, ne se doutant pas de ce que l'enveloppe contenait.

— Votre gardien ? s'étonna Landreville.

— Oui. Mon mari me gardait prisonnière dans ma propre maison. Défense de sortir, de téléphoner. Il a même levé la main sur moi parce que je refusais de lui obéir. C'est tout juste s'il ne m'a pas ligotée. J'ai réussi à m'enfuir en passant par la fenêtre d'une chambre d'amis qui donne sur le toit de l'entrée du sous-sol. Ensuite, ç'a été un jeu d'enfant de m'enfuir par le parc. J'ai passé des heures infernales à me cacher, comme une criminelle, dans les magasins. J'ai essayé de vous téléphoner sans succès. Je ne voulais parler à personne d'autre. J'ai attendu la nuit pour venir jusqu'ici. J'étais terrorisée. S'il me retrouve, il me tuera, j'en suis certaine. Aussi, lorsque j'ai vu cette photo de Monica, c'est le désespoir qui m'a donné l'énergie de m'enfuir. J'ai même songé au suicide, tellement le courage m'abandonnait. Mais je resterai en vie aussi longtemps que Monica sera vivante.

— Ne dites pas d'énormités. Nous la retrouverons, ne perdez pas confiance.

Landreville prononçait ces paroles autant pour se convaincre lui-même que pour encourager la mère. Au fond de lui-même, il savait qu'il n'avait pas le moindre indice pour mener à bien cette tâche.

— Vous avez la lettre ?

— Quelle lettre ? s'inquiéta Elsa. Il n'y avait que la photo dans l'enveloppe. Rien d'autre. Tenez, je l'ai gardée.

L'adresse avait été écrite à la main. Elle avait été postée à Laval, deux jours plus tôt.

— Madame, votre mari sait que ce ne sont pas ses ennemis qui ont kidnappé votre fille. Il a donc conclu un pacte avec ses rivaux. Si sa fille est retrouvée vivante, il se joindra à un super- groupe de criminels œuvrant partout au pays. Voilà pourquoi il a changé d'attitude envers moi. Il ne sait pas que vous avez cette photo ?

— Non.

— Très bien. Excusez-moi, je passe un coup de fil et je reviens.

Dans sa chambre, il parla brièvement à Julie, puis revint vers sa visiteuse.

— Venez, je vais vous conduire dans un endroit sûr. Vous ne pouvez rester seule ici, c'est trop risqué.

Docile, elle le suivit. Il sortit de l'édifice en empruntant l'escalier de secours qui se trouvait sur le côté. Sage précaution, puisque deux gaillards assis dans une auto, stationnée plus haut, surveillaient l'entrée de l'édifice. Une fois dans la ruelle, Landreville et sa protégée atteignirent la rue parallèle plus au sud. Dans sa voiture, tous phares éteints, Julie les attendait. Elle les conduisit à son appartement pour la nuit. Demain serait un autre jour.

19

Le mercredi matin, la réunion du service fut assez décousue. Chacun voulait savoir ce que les autres avaient de neuf, mais personne n'avait vraiment envie de prendre la parole, faute d'information solide à communiquer. Chang fit bien mention du va-et-vient autour du Wonton, mais l'enthousiasme n'y était pas. Julie joua le jeu pour ce qui touchait son guet au Siena. Là non plus, aucun intérêt n'était manifeste. Aussi, Landreville ne dut faire aucun effort pour obtenir le silence. Le laboratoire avait tiré la photo de Monica en plusieurs exemplaires. Il en distribua une à chacun des membres de l'équipe. Le silence se fit plus lourd.

— Vous avez là la photo de Monica Ferrara, la fille de Renato. Elle a été kidnappée, par des inconnus qui n'ont aucun lien avec le Sombrero. Elsa Ferrara, sa mère, a reçu cette photo hier par courrier normal, livré à sa résidence. L'enveloppe, écrite à la main, ne contenait aucune missive particulière. Ni menace de vengeance, ni demande de rançon. Aussi curieux que cela puisse paraître, j'ai aussi appris de la même source que le groupe Sombrero n'a absolument rien à voir avec le double meurtre de Riggi et de Ferrara père. Son fils, Renato, aurait, selon toute vraisemblance, agi un peu trop vite en faisant sauter le repaire des Jags. L'activité anormale autour du Wonton est la conséquence du pacte conclu entre Ferrara et le Sombrero afin de retrouver sa fille vivante. Il a même enfermé sa femme pour éviter qu'elle ne collabore avec nous. Au moment où je vous parle, madame Ferrara est à l'abri, dans un endroit sûr, puisqu'elle a réussi à s'enfuir de chez elle, hier. Redoutant qu'elle ne prenne contact avec moi, Ferrara a fait surveiller mon appartement toute la nuit par deux gorilles de son zoo. Voilà, vous en savez autant que moi. Si quelqu'un parmi vous est capable de démêler cet écheveau, il sera promu capitaine sur-le-champ. Je lui cède ma place avec plaisir.

Une question brûlait les lèvres de ses collaborateurs. Aussi, il n'attendit pas que quelqu'un la lui pose.

— Avant que je lance ce cendrier à la tête du premier qui me questionne sur ma source, je tiens à vous dire qu'elle est archi-sûre, à n'en point douter un instant. D'autres questions ?

— On l'a piquée à plusieurs reprises ?

— Peut-être une dizaine de fois. Chez un sujet adulte, habitué à consommer, l'effet d'une piqûre peut durer entre trois et six heures. Chez une enfant de ce poids, qui n'a jamais touché aux drogues, l'effet pourrait se prolonger jusqu'à dix heures, peut-être un peu plus. Si je sais compter, six fois dix font soixante. C'est donc dire que la pauvre petite n'a pas eu beaucoup de répit depuis son enlèvement, il y a trois jours.

— Serait-il possible que ses kidnappeurs soient les mêmes que ceux qui ont tué son grand-père et Riggi ? demanda Marc Gagné.

— Tu te souviens que lorsque nous avons parlé de ces assassinats, tu pensais que Riggi était peut-être la cible première des tueurs, le vieux Ferrara étant lui aussi tué parce qu'il se trouvait là par hasard ?

— Oui, mais personne n'a même songé à m'écouter une minute.

— C'est vrai, Marc. Je dois admettre, aujourd'hui, que tu avais probablement raison. Il nous faut donc repartir de zéro. Repassez tous les dossiers saisis dans le bureau de Riggi au peigne fin. Je veux une liste complète de tous ceux qui ont eu affaire à ce Shylock. Qu'on vérifie les antécédents judiciaires de toute cette faune. N'en perdez aucun. Marc, prends le commandement de cette opération. Tiens-moi au courant, via le contact habituel, de tous les nouveaux éléments. Jusqu'à nouvel ordre, Gagné sera votre seul supérieur. Gardez le plus grand secret sur vos travaux, c'est vital pour notre réussite.

Cette dernière observation fit sourciller Gagné. Lorsque les autres eurent quitté la salle, il demanda à Landreville :

— Qu'est-ce que tu as voulu dire quand tu as parlé de secret ? Soupçonnerais-tu qu'une taupe se cache parmi nous ?

— Écoute, Marc, fais-moi confiance. Je pourrai parler plus librement dans quelque temps. Malheureusement, je ne puis t'affranchir maintenant, je cours trop de risques. D'accord ?

— D'accord, fit Gagné, perplexe.

Les enjeux devaient être énormes parce qu'il n'avait jamais vu son ami manifester une telle suspicion depuis qu'il le connaissait.

Tôt, le jeudi matin, Lachance passa chez Avis au centre-ville, où il prit possession de la Ford qu'il avait louée la veille au téléphone. Il s'assura que tout était conforme à ses exigences. Le jeune préposé lui confirma qu'il pouvait laisser l'auto à la succursale de Burlington, moyennant un supplément. Satisfait, Lachance quitta Montréal par le pont Champlain. Il ne se lassait pas de regarder autour de lui ce paysage familier qu'il ne reverrait peut-être pas avant très longtemps. Il dut faire un effort pour concentrer toute son attention sur la conduite. Une heure plus tard, il traversait sans problème la frontière américaine de Phillipsburg. Devant lui, des montagnes à perte de vue. Le trajet se fit en un rien de temps. À dix heures, il entrait dans Burlington. Il régla la location de la voiture, puis marcha lentement jusqu'à la rue piétonne où se trouvait le restaurant. Il avait sous le bras un exemplaire de *La Presse*, comme on le lui avait demandé. À onze heures pile, il entra dans la brasserie NECI Commons. Il choisit une table près de la fenêtre, commanda une bière puis, nerveusement, attendit en feignant de s'intéresser aux nouvelles sportives.

Peu à peu, le restaurant s'animait. Les clients, jeunes pour la plupart, se saluaient d'une table à l'autre avec entrain. Vers midi, un homme d'âge mûr, aux allures de professeur, fit son entrée. Il regarda longtemps autour de lui comme s'il cherchait une place libre. Il posa son regard sur la chaise inoccupée à la table de Lachance. Il s'approcha de lui et, très poli, demanda en français, au grand étonnement de Lachance :

— Vous attendez quelqu'un, monsieur ?

— En effet. Mon problème, c'est que je ne connais pas la personne que je dois rencontrer.

— Peut-être est-ce moi, alors ? fit l'homme malicieusement.

— Peut-être, risqua Lachance, incertain.

— Vous aimez les sports, monsieur Lachance, ou est-ce que ce journal est un prétexte ?

— Disons que je n'aime pas beaucoup les sports. Le seul que je pratique, c'est la marche. Encore faut-il que ce soit en ville et que la température soit clémente comme aujourd'hui.

— Je vous comprends, je ne suis pas sportif moi

non plus. Mais vous savez, il faudra vous y habituer. Dans ce foutu pays, le sport est la nouvelle religion. L'été, il faut vous convertir au baseball. L'automne, c'est le football qu'il faut adorer. L'hiver, c'est le « Crois ou meurs » du basket qui se termine au printemps par le sacre du grand dieu panier. Et je passe sous silence le hockey dont vous avez eu l'intelligence de vous débarrasser, vous les Canadiens. C'est un sport pour dégénérés. Une dizaine de gorilles se disputent un disque noir. Dès que l'un d'eux y touche, les autres essaient de l'assommer avec leur bâton. Ah ! j'oubliais le golf. Vous savez qu'ici on pratique ce sport jusqu'à un âge très avancé. L'autre jour, j'ai vu à la télé, un tournoi de super-seniors. Du moins, c'est ce que j'ai compris. Vous savez, c'est très instructif de regarder ce sport. J'en ai appris plus en une heure sur les maladies que pendant toutes mes années à l'université. Par exemple, vous ignorez peut-être qu'au moins trois célèbres golfeurs souffrent du cancer de la prostate. Deux sont asthmatiques. Ils doivent traîner un machin-truc dans leur sac en cas de besoin urgent. S'ils ont de la difficulté à respirer, ils se placent ce truc sur la bouche et, boum ! le miracle s'opère. Ils peuvent frapper la balle à nouveau. C'est fascinant, n'est-ce pas ? Et chez vous, à Montréal, la télé est-elle aussi un objet de culte comme ici ?

— Je pense qu'elle l'est un peu moins. Nous avons au moins quelques canaux qui offrent une variété d'émissions intéressantes.

— J'espère que ça ne vous manquera pas trop chez nous. Vous avez commandé ?

— Pas encore. Je vous avoue que je n'ai pas très faim.

— Finissez votre bière et partons. Nous avons beaucoup à faire.

Ils sortirent et se dirigèrent lentement vers le

parking municipal, un peu plus bas sur une rue transversale.

— Prenez le volant. Nous allons à Montpelier. C'est la capitale. Nous attendons la confirmation d'une nouvelle qui nous intéresse au plus haut point. Dès que nous serons rassurés, vous recevrez vos documents officiels.

Lachance savait qu'il était à la merci des Américains. Il espérait de tout son cœur que les informations qu'il avait communiquées à Landreville avaient su les convaincre qu'il méritait bien de devenir citoyen de leur pays.

— Aussi bien profiter du temps dont nous disposons pour bavarder un peu. Qu'en dites-vous, cher ami canadien ?

— Pourquoi pas ? concéda Lachance.

Au point où il en était, avait-il le moyen de faire autrement ?

— Manuel Hernandez est un personnage qui nous intéresse au plus haut point. Nous vous sommes très reconnaissants de l'avoir mis sur notre route. Chopov, Andréi Chopov, vous le connaissez bien ?

— Je le connais peu. Je ne l'ai vu que deux ou trois fois. D'ailleurs, ceux qui m'en ont parlé et qui le connaissent, le détestent souverainement.

— Très bien, répondit l'homme, très, très bien. En effet, plus un homme est détesté, plus il a d'ennemis. Plus un homme a d'ennemis, plus il est vulnérable. Qu'en dites-vous ?

— Peut-être avez-vous raison.

— Au fait, quelle est sa spécialité ?

— C'est assez obscur. Ruben et lui sont des amis de longue date.

— Tiens, c'est intéressant. Comment se sont-ils connus ?

— Jack Ruben est un juif natif de Moscou. Sa

famille importait de l'ouest des produits de luxe qui manquaient à l'aristocratie militaire de l'URSS. Le foie gras français, les asperges blanches de la Forêt-Noire, les vins fins, tant de France que d'Italie, rien n'échappait à la famille Ruben. Chopov est ingénieur de formation. Il aurait rencontré Ruben à l'Université de Moscou où ce dernier a fait de brillantes études de droit.

— Dites-moi, Claude, je peux vous appeler Claude, n'est-ce pas ? Dites-moi, comment avez-vous appris toutes ces choses sur vos anciens amis ?

— Rien de plus simple. Vous savez, vous ne me connaissez pas. Alors, laissez-moi vous dire, en toute humilité, que je ne suis pas exactement un demeuré. Lorsque j'ai quitté la brigade antigang, Ruben a réalisé très tôt que je comprenais assez vite ce qui se passait autour de moi. J'ai peu à peu gagné sa confiance et je suis devenu son secrétaire particulier. Alors, vous pouvez facilement imaginer qu'un garçon ambitieux et curieux apprend très vite ce qu'il doit savoir, et même un peu plus.

— Je comprends. Revenons à Chopov.

— Selon mes sources, il aurait manigancé une transaction de produits nucléaires vers l'Irak pendant la guerre du Golfe. Ces produits, dont j'ignore la composition ou les noms, seraient entrés au Canada, via le pôle Nord. D'après ce que j'ai compris, le Canada et l'URSS exploitent deux stations de radar voisines dans ce coin désert du globe. La fin de la guerre froide aurait rapproché ces deux pays au point où les militaires se faisaient des visites de courtoisie d'une base à l'autre. La corruption aidant, des hélicos soviétiques avaient transporté jusqu'à Alert — c'est la base canadienne — une certaine quantité de matériel. Ensuite, il était placé dans des containers, hermétiquement scellés puis acheminés, par les

Hercules de l'armée, vers la base de Trenton, près de Toronto. J'ignore la suite, mais ce que je sais, c'est que Chopov ne rate jamais une occasion de rappeler à ses collègues que ce coup a rapporté gros à l'organisation. Je pense qu'il tombe beaucoup sur les nerfs de Ruben, tellement il prend une place démesurée dans le groupe. Sans compter qu'il boit la vodka comme si c'était de l'eau. Plus d'une fois, on l'a sorti, ivre comme ce n'est pas possible. On l'assoyait sur la banquette de sa voiture où il dormait, souvent jusqu'à midi. Une fois réveillé, il repartait chez lui se refaire une santé.

— J'apprends beaucoup de choses en vous écoutant. C'est fascinant de voir comment un jeune de votre âge peut se dépatouiller dans un milieu si dangereux.

Ils approchaient maintenant de la capitale.

— Prenez la direction du centre-ville, là à gauche.

Ils roulèrent en silence. Sur l'autre rive, le dôme du Capitole, siège du gouvernement, brillait sous un soleil de feu qui descendait lentement à l'horizon. L'Américain lui indiqua où garer la voiture.

— Bon, nous y sommes. Ce que j'ai à faire est très important. Je vous demande d'être patient. Vous voyez la terrasse du bistro au bas de la rue ?

— Oui, elle est très accueillante.

— En effet. Si vous le voulez bien, allez m'y attendre. Vous verrez que la souffrance ne sera pas trop pénible. Les jeunes filles du Vermont sont très jolies, croyez-moi.

Lachance quitta l'étrange bonhomme et alla s'installer à la terrasse du bistro. Pour calmer son inquiétude, il résolut de vivre chaque instant sans penser à ce qui se passerait après. La bière n'en fut que meilleure.

20

Pendant que Lachance luttait pour retrouver une nouvelle liberté qu'il devinait très fragile, deux événements importants se déroulaient presque simultanément aux USA et au Canada.

L'Airbus de Canadian survolait la région de Richmond, en Virginie. Les passagers de gauche pouvaient apercevoir, au loin, les flots bleus de l'Atlantique dans le ciel absolument limpide. À droite, les Appalaches découpaient l'horizon dans une dentelle jaunâtre. Les téléviseurs, accrochés au plafond de la carlingue, permettaient aux intéressés de suivre le trajet de l'appareil en route vers Mexico. Déjà, on pouvait voir que le pilote se dirigeait vers l'ouest, en direction du Tennessee. Après Nashville et Memphis, le tracé passait près de Dallas. Plus d'un s'étonnait de la température sibérienne qu'il faisait à l'extérieur de l'avion. Somme toute, un vol sans histoire. À l'avant, en classe affaires, peu de passagers. Une dizaine en tout. Aucune femme. Des hommes cravatés, bien mis, comme on en voit généralement sur les vols internationaux. Pas de lecture fantaisiste. Le *Financial Post* et le *Wall Street Journal* étaient de mise. On parlait peu en dégustant, à petites gorgées, le scotch à l'eau, le gin tonic, servis plus tôt par l'hôtesse. La distribution du déjeuner se faisait à pas feutrés par un personnel courtois et efficace. L'ordinateur du plan de vol montrait maintenant que l'appareil n'était plus qu'à cent milles de Dallas. Le murmure discret des passagers fut interrompu par la voix du pilote. Il parla d'abord en anglais, puis en français.

« Mesdames et messieurs, ici le commandant Gilmour. Je m'excuse de troubler votre repas. Nous éprouvons actuellement un problème mécanique mineur avec un des moteurs. Soyez sans crainte, rien de sérieux. Par mesure de prudence, nous allons faire un bref arrêt à l'aéroport de Fort Worth Dallas, afin de permettre aux techniciens de procéder aux réparations qui s'imposent. Pour satisfaire aux normes de sécurité, nous demandons à tous les passagers de quitter l'appareil. Vous pourrez laisser vos bagages à main dans l'avion. Nous sommes désolés de cet inconvénient. Nous espérons que les réparations seront effectuées dans les meilleurs délais. Bon appétit. »

La seul réaction perceptible chez les passagers en classe affaires fut le regard agacé qu'ils jetèrent sur leur montre. Ils semblaient résignés. Il est vrai qu'une heure de plus ou de moins dans l'horaire, lorsqu'on traite avec un Mexicain, n'a rien de catastrophique. Il serait toujours temps de régler les problèmes plus tard. Toutefois, cette philosophie ne semblait pas partagée par tous. Un des voyageurs, assis à l'avant, discutait à voix basse avec l'hôtesse. À sa physionomie, on pouvait facilement deviner qu'il était Mexicain. Assez trapu, les cheveux noirs bien lisses, les yeux comme deux billes taillés dans le charbon, il s'agitait nerveusement en laissant entendre qu'il ne voulait pas descendre à l'aéroport et qu'il préférait attendre dans l'avion malgré le danger. Patiente, l'hôtesse essayait de le convaincre que l'attente serait très brève et que l'exercice le détendrait. Finalement, il dut se résigner bien malgré lui, mais son agacement était visible. L'appareil perdait peu à peu de l'altitude. Dans la plaine texane, des édifices modernes tendaient fièrement vers le ciel leur masse de verre et de métal. L'État du pétrole affichait sa richesse dans ce paysage grandiose et triste à la fois. Des villes de bureaux et de commerces où tous travaillaient mais que personne n'habitait. Des villes sans âme, désertes le soir, comme si une étrange et mystérieuse maladie détruisait toute vie après le coucher du soleil. Un indicateur lumineux pria les passagers de boucler leurs ceintures. Puis, lentement, avec beaucoup de grâce, l'Airbus se posa sur le tarmac. Cet inconvénient ne semblait pas avoir altéré la bonne humeur des vacanciers qui sortirent de l'avion dans un joyeux brouhaha, ravis de fouler le sol texan pour le même prix.

La sortie se fit sans heurts. Les clients de première et de classe affaires furent conduits vers un salon VIP, situé au deuxième étage de l'édifice. Une hôtesse les accompagnait. Lorsque la porte de l'ascenseur s'ouvrit, ceux qui étaient près de la porte entrèrent, puis il y eut une petite hésitation. Deux hommes, bâtis comme des frigos, se mirent sur le côté pour laisser passer les autres passagers. Comme ils étaient côte à côte, et surtout à cause de leur stature imposante, ils empêchaient une troisième personne de prendre place dans l'ascenseur. Pendant tout ce temps, ils ne cessaient de s'excuser auprès d'elle, l'assurant qu'ils allaient bientôt se déplacer. Il ne restait maintenant que les deux gorilles et le malheureux, celui-là même qui avait protesté auprès de l'hôtesse à l'annonce de l'arrêt non prévu. Avant même que les gens ne réalisent ce qui se passait, la porte de l'ascenseur se referma, laissant à l'extérieur l'infortuné Mexicain et les malabars. D'autres hommes bloquaient maintenant l'accès du corridor menant aux ascenseurs. Ils étaient nombreux et demandaient aux autres passagers en transit de prendre les escaliers, affirmant qu'il y avait un problème d'électricité. La porte de l'ascenseur, située tout au fond du couloir, s'ouvrit alors et les deux agents du DEA s'y engouffrèrent, poussant devant eux le pauvre Manuel Hernandez qui venait d'être arrêté sans que personne ne s'en rende compte. Les autres passagers continuèrent leur vol jusqu'à destination. En classe affaires, on remarqua bien qu'il manquait trois passagers, mais sans plus. On avait retiré leurs effets personnels. Probablement, songea-t-on, avaient-ils des rendez-vous urgents et avaient-ils attrapé un autre vol.

Pendant ce temps, dans le nord du pays, six ambulances convergeaient vers trois postes frontières différents. Dans le premier cas, un véhicule avait quitté la ville de Malone dans l'État de New York, transportant un accidenté gravement blessé vers Trout River, poste peu fréquenté à l'ouest. L'autre ambulance était déjà arrivée du côté canadien de la frontière. Le médecin expliquait aux douaniers étonnés de cette présence qu'il venait à la rencontre d'un Canadien, gravement blessé dans un accident de la route, près de Malone. Il devait prendre la relève de l'ambulance américaine et conduire le blessé au Sacré-Cœur, hôpital réservé aux grands accidentés. Étrangement, le même scénario se répétait aux postes de Lacolle au Québec et de Phillipsburg, ce dernier, au Vermont. Les douaniers, ordinairement méfiants, offrirent au contraire toute leur collaboration aux médecins canadiens. Précis comme un ballet, les véhicules américains et canadiens procédèrent, presque à la seconde près, au transfert des malades. Afin de ne pas les faire souffrir inutilement, on les laissa sur les civières sur lesquelles ils gisaient et qu'on glissa dans les ambulances canadiennes. Les bouteilles de soluté furent accrochées au toit des véhicules pour éviter qu'elles ne se brisent en route. Dans chaque cas, une femme éplorée, tenant à la main une valise contenant les effets personnels de son mari, prit place à l'arrière, au côté de ce dernier. L'opération terminée, chaque ambulance rebroussa chemin vers son point d'origine.

Ce que les acteurs de ce spectacle ignoraient, c'est que leurs véhicules, des deux côtés de la frontière, étaient pris en filature par une série de voitures banalisées qui se relayaient, selon un plan méticuleusement mis au point, tous les trente kilomètres sur les routes moins fréquentées. Quant à l'ambulance entrée par Lacolle, deux Camaro et une moto lui filaient le train. Dans les trois cas, des hélicos volaient à une distance discrète, prêts à entrer en action au moindre signal. Landreville et Murray, son collègue de la GRC qu'il avait dû mettre dans le coup, suivaient au téléphone le déroulement de l'opération. Du côté américain, la coordination était assurée par Barrymore. Au nord de la frontière, tout semblait converger vers Montréal, tandis qu'au sud, Plattsburgh avait toutes les allures du pôle d'attraction. Une heure après avoir quitté la frontière deux des ambulances canadiennes roulaient sur le boulevard Métropolitain tandis que la troisième s'approchait du tunnel Lafontaine. N'attirant plus la méfiance dans le ciel de Montréal, les trois hélicoptères entrèrent en action prenant la relève des véhicules terrestres. Murray discutait en anglais au téléphone avec son adjoint. Trois fourgonnettes aux vitres teintées, transportant une vingtaine de tireurs d'élite armés jusqu'aux dents, se dirigeaient vers l'est, n'attendant que les ordres pour intervenir. Barrymore avait pris les mêmes dispositions au sud. Le suspense continuait mais l'issue n'allait plus tarder. Landreville entendit un des pilotes dire à Murray :

— Une des ambulances quitte le Métropolitain. On dirait qu'elle se dirige vers le parc industriel d'Anjou. *Over*.

— Quelle est la direction des deux autres ? *Over*.

À travers le grésillement du récepteur, Landreville entendit une voix chevrotante.

— Mon ambulance traverse actuellement le tunnel. Dès sa sortie, je vous reviendrai. *Over*.

— Hélico Z, à vous, *over*.

Cette fois, la voix fut plus distincte.

— Mon véhicule est coincé dans un bouchon à la hauteur de Saint-Laurent. Il y a eu un accrochage entre deux autos. La Sûreté du Québec est sur les lieux. Un agent essaie de dégager la voie pour laisser passer l'ambulance. Le chauffeur a allumé les gyrophares pour signaler sa présence. *Over*.

Murray devint impatient.

— Merde ! s'exclama-t-il, pourvu que ces cons ne fassent pas de gaffes.

Les deux pilotes communiquèrent presque simultanément.

— Ici hélico Z, ici hélico Z. L'ambulance a repris sa route. La circulation est plus fluide. Toujours direction est. *Over*.

L'autre pilote indiqua que son ambulance quittait à son tour le Métropolitain.

— Elle semble également se diriger vers le même endroit. J'aperçois l'autre. Elle vient de tourner à gauche sur Bombardier. La mienne s'engage sur Ray Lawson, vers le nord. Elle suit le même trajet. *Over*.

— Hélico X, hélico X. Éloignez-vous immédiatement de cette zone. Il ne faut surtout pas éveiller les soupçons. Hélico A, continuez votre surveillance. *Over*.

Pendant que Murray s'affairait avec ses hommes, Landreville suivait au téléphone le déroulement des opérations américaines. Même si, de ce côté, la drogue n'entrait plus en ligne de compte, il fallait s'assurer que tout était synchronisé pour éviter que la tête dirigeante ne soit alertée. Jusque-là, tout baignait dans l'huile. Les filatures confirmaient à Barrymore que les ambulances vides étaient à peu près à la même distance de Plattsburgh. Dans à peine quinze minutes, elles auraient atteint la même hauteur sur le Highway 87. Les minutes s'égrenaient trop lentement. Acteur impuissant de ce ballet policier, largement mis au point par lui-même, Landreville se voyait relégué au rang de spectateur pour des raisons évidentes de juridictions et aussi de sécurité. Aussi inconcevable que cela lui parût, deux coups monstres, peut-être parmi les plus importants de sa carrière, se déroulaient presque au même moment, et il ne pouvait même pas y tenir un rôle de premier plan. Demain, si les objectifs étaient atteints, les journaux parleraient, à la une, de ces brillants policiers canadiens et américains qui, dans un effort commun, auraient donné une magistrale leçon au crime organisé. Personne ne mentionnerait son nom. Personne ne saurait que, sans lui, rien ne serait arrivé. Pour ce qui lui restait à accomplir, il fallait qu'il en soit ainsi. Il fut réveillé de sa torpeur par la voix de Murray qui criait ses ordres.

— Van One, Van Two, Van Three, action. Écoutez bien les instructions. D'abord, Van One, circulez lentement devant l'édifice de béton gris, qui se trouve directement en face des bureaux de l'Hydro-Québec. Soyez prudents, il y a déjà deux ambulances à l'intérieur. La troisième approche de l'entrepôt. Trouvez un moyen pour être en face de la porte lorsque l'ambulance y entrera. Peut-être pourrez-vous apercevoir l'intérieur. Ce serait utile de connaître un peu les lieux avant d'y entrer. Observez les murs latéraux afin de vérifier s'il y a des issues. Hélico Z, quittez la zone immédiatement. Hélico A, lorsque la troisième ambulance sera à l'intérieur, jetez un œil à l'arrière de l'édifice, histoire de vérifier de quoi il retourne. *Over.*

— Ici hélico A. La dernière ambulance vient d'entrer dans l'entrepôt. Je contourne maintenant l'entrepôt. Il y a une porte semblable à celle de la façade. Elle donne sur un enclos clôturé où il n'y a que du métal empilé. À première vue, cet endroit n'a pas servi depuis longtemps. La mauvaise herbe y règne en maître. Quels sont les ordres ? *Over.*

— Restez aux alentours. Soyez discret. *Over.*

Puis se tournant vers Landreville :

— Où en est Barrymore ?

— Les trois ambulances se dirigent vers le sud. Elles sont à peine à cent mètres l'une de l'autre.

— Combien de temps lui faudra-t-il pour intervenir une fois les oiseaux dans le nid ?

Landreville retransmit la question à Barrymore.

— Il peut agir tout de suite. Il a cinq hommes dans chacun des hélicos. Il nous fera signe dès qu'il sera prêt

— Ici Van One, les deux côtés de l'entrepôt n'ont aucune porte. Seulement trois fenêtres sur le côté sud, mais elles sont protégées par des grillages qui me semblent très solides. *Over.*

— Van One, maintenant que vous avez vu le topo, comment pensez-vous entrer ? *Over.*

— Il n'y a pas d'autres possibilités que la porte du bureau sur le côté droit. Nous ne sommes pas équipés pour défoncer la grande porte de métal par où sont entrées les ambulances. Je pense que nous devrions bloquer cette issue avec nos trois véhicules. Je laisserai cinq hommes à l'extérieur et j'entrerai avec les autres, en espérant l'effet surprise. Dites, commandant, je ne voudrais pas vous vexer, mais vous avez fait le nécessaire pour obtenir le mandat de perquisition ? *Over*.

— Dites, Brown, vous me prenez pour un con ? J'ai ici à mes côtés la juge Lafontaine. Elle a déjà signé le mandat et elle demeure sur place pour m'en fournir d'autres au besoin. *Over*.

Murray fulminait contre ce subalterne qui mettait en doute sa compétence. Mais cette question illustrait fort bien toutes les précautions qu'il fallait prendre lorsqu'on s'attaquait au crime organisé. À la moindre erreur, leurs avocats entraient en scène et ne faisaient qu'une bouchée des jeunes procureurs de la couronne, bien intentionnés, mais sans expérience dans ce genre de causes. Landreville lui fit signe. À voix basse, comme s'il craignait le pire, il dit :

— Quand tu voudras, il est prêt.

Le fédéral poussa un grand soupir. Essuya son front du revers de la main.

— Brown, à toi de jouer. Tiens-moi au parfum du déroulement. Merde à tous ! *Over*.

De la tête, il fit signe à Landreville de passer les ordres à Barrymore.

Les trois fourgonnettes roulaient lentement l'une derrière l'autre. Avant même qu'ils aient atteint l'allée qui menait à la grande porte, les hommes, tous de noir vêtus, sautaient des véhicules encore en marche. Deux costauds, rapides coureurs, longèrent le mur latéral et, en moins de deux, coupèrent le fil de téléphone. Ils coururent ensuite vers l'arrière afin d'intercepter tout fuyard. Brown, en policier aguerri, prit la tête du peloton. D'un solide coup d'épaule, il ouvrit la porte qui donnait accès à un petit bureau. Un Chinois, cigarette aux lèvres, regardait une revue porno. Il n'eut pas le temps de lever les yeux. Il se retrouva le canon d'une arme menaçante sous le nez. En silence, Brown fit signe à un de ses hommes de s'occuper de lui. Un coup d'œil rapide aux alentours lui permit de constater qu'une seule autre porte donnait sur l'entrepôt. Il s'en approcha, suivi des policiers. Lentement, sans bruit, il l'entrebâilla. Trois femmes assises à une table parlaient à voix basse tout en fumant. À n'en pas douter, les épouses éplorées des accidentés. Plus au centre, cinq hommes s'affairaient à l'arrière d'un camion banalisé. Il devait y en avoir d'autres à l'intérieur, puisqu'ils parlaient à des interlocuteurs que Brown ne voyait pas. Près de la grande porte métallique, à l'aide d'appareils qui produisaient de la vapeur, les faux médecins enlevaient les papiers collants ayant servi à transformer en ambulance, des camions que l'on utilisait en d'autres temps, pour transporter des marchandises. Les gyrophares suivraient.

Ce que voyait Brown ne l'inquiétait pas. Neutraliser les personnes repérées demeurait, pour ses hommes, un jeu d'enfants, mais il craignait toujours l'inconnu. Méfiant, il fit des yeux le tour de la salle pour vérifier s'il n'y avait pas d'autres portes conduisant à des ailleurs pleins de surprises. Malheureusement, le camion et les ambulances l'empêchaient de voir le mur opposé. En partant du plafond, son regard descendit le mur jusqu'aux toits des véhicules. Il ne put rien déceler d'intéressant. Le temps pressait. Il lui fallait agir avant qu'on ne soupçonne sa présence. Il se retira un peu à l'écart puis murmura ses ordres. « À trois, on y va. » Il pointa un doigt, deux, puis trois. La porte s'ouvrit dans un fracas de verre brisé. Ils se ruèrent dans l'entrepôt en criant : « *Freeze* ! » La consternation se lut immédiatement sur le visage des trafiquants. Une rafale de fusil semi-automatique tirée par Brown, au-dessus des têtes, ajouta à la confusion. Une des femmes, les mains en l'air sous la menace d'un des policiers, n'arrivait pas à s'enlever de la bouche une cigarette collée à ses lèvres. Les hommes, derrière le camion, s'étaient tapis sur le sol de béton, de crainte d'être victimes d'une autre salve. S'adressant à ceux du camion, un des hommes cria :

— Sortez tout de suite, les mains sur la tête !

Trois Asiatiques trapus, le nez épaté comme celui des boxeurs, sautèrent lestement sur le sol. L'un d'eux eut un geste rapide vers la ceinture de son pantalon. Mal lui en prit car, avant même qu'il n'atteigne son arme, il reçut derrière le crâne un coup de crosse, asséné par un des policiers qui avait contourné le camion. Brown, flanqué de deux hommes, s'était rué vers le mur qu'il ne voyait pas auparavant. Il n'y découvrit rien de menaçant, sauf que, sans le vouloir, il venait de trouver le laboratoire clandestin que cherchait Landreville depuis quelques semaines. Il ne fallut pas de calculatrice pour faire le décompte des prisonniers. Trois femmes, douze hommes. Au total, douze personnes avaient participé à la mise en scène des fausses ambulances, alors que les trois Asiatiques les attendaient à l'entrepôt.

— Vous avez vérifié partout ? cria Brown à ses collègues.

— Rien à signaler, ils sont tous là.

— Fouillez-moi tout ce beau monde, et menottes aux poignets, rapido ! Même les femmes ! Je n'ai pas le temps de faire venir une coiffeuse, ironisa-t-il. Ouvrez la porte et faites entrer les fourgonnettes. Je ne veux qu'un gardien discret qui fasse le guet à l'extérieur, par la porte du bureau.

Puis, prenant son téléphone cellulaire, il composa le numéro de Murray.

— Commandant, tout est réglé. Aucun dégât. Vous pouvez venir, nous aviserons lorsque vous serez sur place.

Landreville jubilait, d'autant plus que deux autres nouvelles venaient de lui parvenir. Barrymore confirmait le succès de sa descente à Plattsburgh. Six arrestations, toutes des figures connues du monde interlope. Rien de spectaculaire, mais au moins un dur coup pour le réseau. L'autre nouvelle, celle-là une véritable bombe ; la confirmation de l'arrestation de Hernandez, à l'aéroport international de Fort Worth Dallas. Malgré les frustrations accumulées au cours d'une longue carrière, ces deux événements à eux seuls le comblaient d'aise. Même si les autres ignoraient le rôle capital qu'il avait joué dans l'issue de ces actions, lui savait. C'était suffisant.

Murray le fit descendre de son nuage.

— Allons-y ! Ils nous attendent.

Les hommes de Brown fouillaient maintenant les trafiquants. Tout ce qu'ils trouvaient était déposé sur le sol devant chaque prisonnier. En circulant, Brown vit, au pied d'un des Asiatiques, un téléphone cellulaire. S'adressant à lui en anglais, il demanda :

— À qui dois-tu téléphoner, mon coco ?

Le Chinois haussa les épaules en murmurant :

— *No English.*

Sans se démonter, Brown dit à l'un de ses hommes, toujours en anglais :

— Mets-lui les limes à ongles des femmes sous les ongles, il va parler, le salaud.

Paniqué, le jeune cria de frayeur :

— Non, vous n'avez pas le droit !

Brown sourit malicieusement.

— Tiens, no English, petite vermine ! Viens avec moi, nous allons causer.

On le traîna sans ménagement jusqu'au bureau.

176

— Tu parles ou je te fais cracher ce que tu sais ? menaça Brown, du haut de sa stature imposante. À qui dois-tu téléphoner ?

— J'ai téléphoné.

— À qui ? aboya le policier .

— Au patron. Il arrive.

Sans en demander davantage, Brown le retourna avec les autres.

— Attention. Surveille la rue. Quelqu'un doit arriver sous peu. Il ne faut pas qu'il soupçonne quoi que ce soit.

Très vite, il recommuniqua avec Murray.

— Patron, attendez mon signal pour nous rejoindre. Nous attendons un visiteur. Il ne faut pas éveiller ses soupçons. Je vous reviens plus tard.

Comme il finissait son message, l'homme qui faisait le guet murmura :

— Une voiture arrive.

— O.K. Laisse-le entrer, puis caresse-lui les reins avec ton pétard. S'il résiste, assomme-le.

Il se faufila de l'autre côté de la porte menant à l'entrepôt, qu'il laissa entrouverte. Cinq secondes plus tard, un bruit mat indiqua que le visiteur entrait plus rapidement que prévu. En effet, avant même que celui-ci n'ait touché la poignée, le garde l'avait accroché par la veste et tiré violemment vers l'intérieur. L'homme avait heurté brutalement la table de la réception. Encore sous le choc, il regardait bêtement l'arme pointée sur son front.

— La maison vous remercie de votre visite, cher ami. Venez vous joindre à nous, le plaisir ne fait que commencer.

Brown se sentait en verve. D'un geste brutal, il le remit sur ses pieds pendant qu'un autre le fouillait. Outre l'argent et un cellulaire, on ne trouva rien de particulier. Le permis de conduire était au nom d'Enrico Casonato. On le conduisit avec ses complices, qu'il regarda avec un mépris évident. Brown fit savoir à Murray qu'il avait maintenant le feu vert. Dix minutes plus tard, ce dernier arrivait flanqué d'un Landreville rayonnant.

— Beau travail, les gars ! répétait sans cesse le capitaine en regardant autour de lui.

Il ressemblait à un jeunot qui assiste pour la première fois à une descente longuement orchestrée. Il allait des prisonniers au camion, aux ambulances. Il ne voulait rien rater de son succès. En regardant les prisonniers, il reconnut la jolie gueule de Casonato.

— En voilà de la belle visite, fit-il, moqueur. Monsieur Casonato en personne, le petit copain de Joe Laruso. C'est gentil de venir nous aider. Peut-être aimeriez-vous téléphoner à votre patron, monsieur Ruben, pour le prévenir que la cargaison vient d'arriver à bon port. Petite crapule, lorsque j'en aurai fini avec toi, tu n'auras plus assez de jus dans les couilles pour t'envoyer en l'air avec les filles du Siena.

— Qui est-ce ? demanda Murray.

— Un des hommes à tout faire de Jack Ruben. Un comique qui passe son temps à sauter les filles. J'imagine qu'il venait vérifier sur place que tout avait bien fonctionné. Je suis convaincu qu'il doit communiquer avec quelqu'un pour confirmer le succès de l'opération. Laissez-le-moi quelques minutes en privé, je vais le convaincre de causer.

Murray se fit hésitant.

— Sois prudent, Martin. Tu sais que tu ne dois même pas être ici. Si tu commets une gaffe, ses avocats, de mèche avec ton patron, ne te rateront pas.

— Sois sans crainte, j'ai mon idée.

Deux hommes conduisirent Casonato dans la pièce d'accueil. Landreville le rejoignit.

— Enrico, mon beau salaud, au rythme où vont les

choses, dans moins d'une heure tu seras en prison. Tu y attendras ton procès comme complice pour trafic de stupéfiants. J'ignore ce qu'on va découvrir dans les civières, mais je te parie à mille contre un que ce ne sera pas du sucre à glacer. Alors, je te fais une offre. Tu parles et je m'organise pour te faire quitter le pays avec une nouvelle identité. Ni vu ni connu. Toi seul sauras où tu seras. Ton ex-copain, Laruso a accepté la même proposition. Il est très heureux actuellement, sans les problèmes auxquels il aurait eu à faire face s'il avait refusé de collaborer.

— Tu peux toujours causer, flic de merde, tu ne traites pas avec un pouilleux comme Laruso. J'irai peut-être en prison, mais pas pour longtemps. Nos avocats sont les meilleurs du pays, ils sauront me sortir de là très rapidement. Tu connais mieux que moi notre pouvoir, tu ne peux rien de sérieux contre moi.

L'arrogance que Landreville voyait dans les yeux du jeune Italien l'agaçait au plus haut point. Il faisait des efforts surhumains pour ne pas lui allonger son poing sur la figure.

— Bon, à ta guise. Je t'aurai prévenu. Tes épreuves commencent, mon petit Enrico.

Landreville fit mine de sortir, mais il revint vers Casonato.

— Au fait, Enrico, tu savais que votre collègue Manuel Hernandez est en tôle ?

L'Italien accusa le coup. Il choisit de ne pas répondre.

— C'est comme je te le dis, le pauvre Manuel a quitté Montréal, ce matin, pour le Mexique. Pas chanceux, le Manuel, non vraiment, pas très chanceux. Imagine-toi que son avion a eu un problème de moteur. Il a dû se poser à Dallas au Texas.

Landreville martelait chacune de ses paroles en fixant Casonato droit dans les yeux.

— Tu comprendras qu'aux États, le pauvre Hernandez n'avait plus la protection qu'il avait au Canada. Alors, nos collègues américains sont actuellement en grande discussion avec lui. Comme ils en ont épais contre lui, il risque de ne plus te reconnaître quand il sortira de prison.

Casonato ne savait que penser. Comment le flic savait-il que Hernandez était en route pour le Mexique ? Landreville l'observait, amusé.

— Pauvre con ! Tu te demandes comment j'ai su tout ça ? Regarde-toi, tu es piégé comme un lièvre devant une meute de chiens enragés. Aujourd'hui Hernandez, demain messieurs Zeng et Chopov sans oublier tous les zouaves qui gravitent autour. Tu es cuit, petite ordure.

— Je ne te crois pas. Tu bluffes. À d'autres, ta salade !

— Comme tu voudras. Je t'aurai prévenu. Passe devant, nous allons vous embastiller, toute la bande.

Au retour, il apprit que Murray avait demandé deux fourgons pour conduire les prisonniers, sous bonne escorte, en prison. Il fut déçu d'une décision si hâtive. Il aurait aimé la retarder afin de trouver un moyen de coincer Ruben. Il eut beau argumenter, rien n'y fit. Le fédéral, plus orthodoxe dans la conduite des affaires, ne souhaitait prendre aucune chance qui mettrait en péril les résultats obtenus. Landreville n'eut d'autre choix que de se soumettre. Rageur, il décida de quitter les lieux avant que n'arrive la bande de fédéraux. En passant devant Casonato, il vit le téléphone cellulaire qu'on avait trouvé sur lui, avec ses autres effets personnels. Il le prit et le regarda un bon moment. Sans s'occuper du regard inquiet du prisonnier, il se retira à l'écart. Il appuya quelques secondes sur la touche quatre. Une voix féminine répondit :

— Oui, allô !

— Je m'excuse, j'ai un mauvais numéro, répondit-il.

Satisfait, il appuya cette fois sur le deux. Il entendit :

— Bonjour, le Siena.

Il raccrocha sans répondre. « Quelle belle invention que ces téléphones à mémoire ! » pensa-t-il. Selon toute logique, Casonato devait avoir programmé ses numéros par ordre d'importance. À la touche deux, on atteignait le Siena, son refuge nocturne. À partir du trois, commençait la liste des femmes de son harem. Pour s'en convaincre vraiment, Landreville appuya sur le cinq. Encore là, une voix de femme répondit. Satisfait, il appuya sur le un. Cette fois, une voix d'homme répondit :

— Alors, Enrico, tout va bien ?

— Oui, Jack, tout va très bien.

— Qui parle ? demanda l'homme, intrigué.

Landreville en savait assez. Il ne répondit pas. Il glissa le téléphone dans sa poche. En sortant, il passa près de Casonato qui ne l'avait pas quitté des yeux. Le regard méchant, il lui dit :

— Ruben te salue bien. Il te reverra en tôle, très bientôt.

Dehors, l'air frais le calma. « Vivement mon lit ! » s'exclama-t-il à haute voix.

21

Après avoir parlé à Gagné et à Julie, pour s'enquérir du déroulement des opérations et les mettre au courant des derniers événements, Landreville sombra dans un sommeil agité. Il s'éveilla plusieurs fois en sursaut. Au petit matin, les yeux rougis de fatigue, il partit pour le bureau. En route, il décida, malgré l'heure matinale, de faire un saut chez Julie, histoire de vérifier comment se comportait madame Ferrara. Il négligea l'ascenseur et grimpa, deux à deux, les marches de l'escalier. Il allait sonner lorsqu'il constata avec stupeur que la porte n'était pas fermée. Il se rendit vite compte qu'elle avait été forcée de l'extérieur. Ce n'était pas un travail d'amateur, loin de là. Il sortit son arme et, silencieusement, poussa la porte. Aucun bruit ne lui parvint. Dès qu'il put voir à l'intérieur, il se figea d'horreur devant le spectacle qu'il y découvrit. Gisant dans une mare de sang, l'inspectrice Julie Samson regardait le plafond, un couteau planté en plein ventre. Landreville s'appuya au cadre de la porte pour ne pas tomber. Il fut pris d'une nausée soudaine. Il courut à la salle de bain et vomit tout ce qu'il avait dans le ventre. Il tremblait de tous ses membres. Jamais il n'avait ressenti un tel dégoût devant un meurtre aussi sordide. D'une main mal assurée, il réussit à composer le numéro de son ami Gagné, qui d'une voix endormie répondit.

— Marc, c'est moi. Vite, viens me rejoindre chez Julie. Elle a été assassinée.

Tout ce que Gagné trouva d'intelligent à dire fut :

— Merde !

Vingt minutes plus tard, les deux hommes, anéantis par ce meurtre qui les touchait directement, bataillaient pour reprendre leurs esprits.

— Ils sont venus chercher la femme de Ferrara. J'aurais dû me méfier et ne pas la laisser seule avec Julie. C'était trop risqué.

Gagné fit appel à ses confrères de la criminelle pour qu'ils fassent le nécessaire. Il se retira dans le corridor pour fournir les détails.

— C'est la petite Samson, de l'antigang, qui vient de déguster. Je vous préviens, ce n'est pas joli. Landreville est dévasté. Il ne la détestait pas, tu sais. J'ai appelé le poste du coin. Dès qu'ils envoient une patrouille, je conduis le patron au bureau. Passez l'appartement au crible, que rien ne vous échappe.

Il revint vers son ami.

— Allez, viens. Tu ne peux rien pour elle maintenant. Nous serons plus utiles au bureau pour venger sa mort.

Landreville se laissa conduire sans résister. Il ne parlait pas. Gagné, ne sachant lui-même que dire, préférait qu'il en fût ainsi. Il détestait les longues discussions sur les pourquoi et les comment de l'existence. Pour cet homme bon et simple, la vie et la mort, même affreuse comme celle de Julie, ne s'expliquaient pas. Ces choses arrivaient, un point c'est tout. Au bureau, l'indignation atteignit son paroxysme à l'arrivée des deux amis. En silence, chacun s'approcha pour donner l'accolade à son patron. Pas un mot ne fut échangé. Ne pouvant retenir son émotion, Gagné se réfugia dans les toilettes pour renifler sa peine sans témoin. D'une voix douce, presque musicale, Landreville annonça :

— Dans cinq minutes, nous allons tenir une réunion du service. Soyez-y tous !

Jamais réunion de policiers, pourtant habitués à côtoyer la mort, ne fut plus triste. La seule femme de l'équipe présente à la réunion pleurait en silence. Elle ne se donnait même pas la peine d'essuyer ses larmes qui tombaient, abondantes, sur son chemisier bleu. Les hommes fixaient le mur devant eux, évitant ainsi de regarder leur patron, assis au bout de la table. On aurait dit qu'ils ressentaient tous une certaine culpabilité face aux événements. Landreville commença :

— Mes amis, nous venons d'apprendre une nouvelle bouleversante pour chacun de nous. Julie était aimée et respectée de tous. Sa mort nous touche tous directement. À travers elle, c'est notre équipe qui est visée. Vous le savez, je perds plus qu'une collaboratrice. Je perds la femme que j'aimais. J'ai besoin de chacun de vous pour m'aider à venger sa mort.

Plusieurs mouchoirs firent leur apparition. Dans ce monde d'hommes, où la rudesse apparente servait très souvent à camoufler les sentiments véritables, pleurer avait quelque chose de honteux. Alors, les durs de la brigade se mouchaient comme une bande d'allergiques aux prises avec une vague de pollen printanier. Lentement, Landreville continua de parler.

— Je vous dois à tous des excuses pour mon silence des derniers jours. Aussi, je vais tenter de me racheter en vous informant, en grande primeur, de deux nouvelles importantes qui nous concernent.

Les têtes se tournèrent vers lui. Certains continuaient de le regarder à travers leurs mouchoirs.

— Dans quelques heures, plus précisément à onze heures ce matin, nos collègues de la GRC vont tenir un point de presse à leur quartier général. Le commandant Murray, que vous connaissez au moins de nom, va annoncer que Manuel Hernandez, du cartel mexicain, qui séjournait à Montréal depuis quelque temps a été arrêté, hier après-midi, à l'aéroport international de Fort Worth Dallas. Hernandez qui se dirigeait vers Mexico ne se doutait pas qu'il tomberait dans un piège habilement tendu par les forces policières des deux côtés de la frontière. Avec ce que les Américains ont contre lui, il risque de rester au frais pour un long moment. Quant à moi, je préfère le voir là-bas. Vous connaissez ma passion pour nos lois complaisantes. Je n'en dis pas davantage.

La nouvelle eut l'effet d'un baume sur une plaie mal soignée. Gagné ne put retenir sa joie.

— Tiens, le Mexicain ! Dans les gencives. Crève, espèce de truand.

— Ce n'est pas tout, continua Landreville, avec un faible sourire. Murray va également annoncer qu'hier, en fin d'après-midi, ses services ont effectué une importante saisie d'héroïne pure dans un entrepôt de Ville d'Anjou. En provenance du Mexique, transitant par les États-Unis, cette drogue était destinée au marché canadien.

Il leur raconta, en détail, les événements de la veille. Gagné leva la main.

— Pourquoi n'avons-nous pas participé à cette saisie ?

— Notre participation a été discrète, mais essentielle. Sans Julie, rien n'aurait été possible. Je ne peux malheureusement en dire plus pour le moment.

Revenons à l'assassinat de Julie. La question à laquelle nous devons répondre est la suivante : « Pourquoi la bande de Ferrara est-elle prête à tuer un policier pour récupérer Elsa Ferrara ? »

— La réponse me semble évidente, risqua Gagné. Le mari ne veut pas qu'elle raconte des choses qui pourraient l'incriminer. J'ai la conviction que la photo de sa fille a été l'élément qui a déclenché sa révolte contre Renato. En forçant l'appartement de Julie, ses hommes, ou ceux du Sombrero, retrouvaient la dangereuse rebelle, mais en même temps ils avaient un témoin gênant : Julie.

Landreville écoutait son ami, en hochant la tête pour montrer son approbation.

— Je ne pense pas que ce meurtre soit le fruit du travail des hommes de l'Italien, poursuivit Gagné. D'abord, il savait que sa femme aurait sûrement reconnu les tueurs. Depuis le temps qu'elle est mariée avec Renato, elle a certainement croisé la plupart d'entre eux. Donc, par mesure de prudence, il aura confié le sale boulot à d'autres. De plus, je parierais gros qu'ils n'ont pas tué Julie devant la femme. Jamais elle n'aurait supporté cette horreur. Ensuite, une autre raison justifiait ce meurtre, aux yeux de Ferrara. Tu es la seule autre personne à savoir que sa femme était là. Alors, c'est ta parole contre la sienne. Tu peux être convaincu qu'il aura dix témoins qui jureront que sa femme n'a jamais quitté le foyer conjugal.

Landreville intervint.

— Tu as raison, Marc, mais tu oublies Elsa Ferrara. Je suis certain qu'elle témoignera contre lui. J'ai demandé un mandat de perquisition contre Ferrara. Dans trente minutes, branle-bas de combat. Nous investissons la maison de Renato. Je suis certain que nous n'y retrouverons pas sa femme, mais je veux qu'il sache que nous ne le lâcherons plus d'une semelle.

Landreville dessina le plan de la maison et du terrain au tableau.

— Marc, prends la maison d'assaut par le parc. Je m'occuperai de la façade. Aucun coup de feu à moins de légitime défense. Si vous devez tirer, visez les jambes. Questions ? O.K. Départ dans trente minutes.

Les trois voitures banalisées firent le trajet rapidement. Comme convenu, Gagné et ses hommes passèrent par le stationnement, derrière l'église. Ils ne se soucièrent pas de la pelouse. Ils garèrent les deux voitures près de la haie de cèdres qui séparait le jardin du parc. À l'avant, Landreville fut surpris de ne pas voir de gardiens. Ses hommes se déployèrent de chaque côté de la résidence. Il s'avança vers la porte qui s'ouvrit avant même qu'il n'ait eu le temps de toucher la poignée de laiton. Ferrara, sûr de lui, le regardait avec mépris.

— En voilà des manières, capitaine. Vous vouliez me voir ?

La question était posée d'une voix ironique.

— Oui, j'ai des nouvelles de votre fille. Je suis certain que votre épouse aimerait les entendre.

Ferrara ne s'attendait pas à entendre parler de sa fille. Il eut un moment d'hésitation. Sa voix le trahissait.

— Que savez-vous ?

Landreville se fit insistant.

— Pas sans votre femme, répondit-il sèchement.

— Malheureusement, ma femme est très malade. Toute cette histoire d'enlèvement l'a bouleversée immensément. Elle est à l'extérieur du pays.

Sans y être invité, Landreville entra dans le salon. Il s'installa dans un fauteuil et fit signe à Ferrara de le rejoindre. Au même moment, Gagné et ses hommes arrivaient par la cuisine.

— Ça va, les gars. Regroupez-vous à l'extérieur et attendez de mes nouvelles.

Une fois seul avec Renato, il durcit le ton.

— Maintenant nous allons causer comme deux adultes raisonnables. D'abord, laisse-moi te dire que tu as commis une grave erreur en tuant ma collègue qui gardait ta femme chez elle.

Cette nouvelle sembla confondre l'Italien. Il fixa Landreville comme pour s'assurer qu'il avait bien entendu.

— De quoi parles-tu ?

— Tu m'as bien compris. Tes hommes, ou ceux d'une bande amie, ont tué ma collègue Julie Samson lorsqu'ils sont allés chercher ta femme qu'elle gardait, à ma demande, dans son appartement.

— Comment peux-tu divaguer ainsi ? Ma femme est en cure à l'extérieur du pays. Elle est à la clinique du professeur Torelli, éminent psychiatre italien. Elle s'est envolée pour Aruba il y a trois jours. Moi, je peux prouver tout ce que j'avance.

La provocation n'eut pas l'effet escompté. Landreville savait que le coup avait été bien pensé.

— Évidemment que tu le peux, Renato. Tous tes hommes vont jurer que tu dis la vérité et je suis certain qu'à Aruba je ne trouverai rien d'intéressant. Mais vois-tu, tu as oublié un détail, un tout petit détail. Regarde bien cette photo, elle va sûrement t'intéresser au plus au point.

Landreville lança la photo de la fillette sur le guéridon. Lorsqu'il découvrit comment sa fille était abusée, le père perdit toute contenance. Ses mains tremblaient. Il devint livide.

— Belle saloperie, n'est-ce pas ?

Ferrara fixait toujours la photo, pris d'épouvante devant tant d'horreur. Il respirait difficilement.

— Imagine maintenant comment ta femme a réagi en voyant cette photo. C'est la raison pour laquelle elle est venue chez moi. Elle a réussi à tromper tes hommes qui la gardaient prisonnière. Si ta femme est à Aruba, mon cher Renato, elle n'y est pas depuis trois jours et, surtout, elle ne s'y est pas rendue librement.

— Tu auras beaucoup de problèmes à prouver ça, petit flic de mes deux.

La haine se lisait dans ses yeux.

— Je ne le crois pas. Vois-tu, Renato, tu as la gueule plus rapide que le cerveau. À ton avis, comment penses-tu que j'ai obtenu cette photo ?

Ferrara ne répondit pas.

— C'est ton épouse qui me l'a apportée. Alors, tes histoires d'Aruba, tu peux les raconter à d'autres, pas à moi. J'ai un mandat d'arrestation contre toi, mon petit futé, sous deux chefs d'accusation. Premièrement, pour l'enlèvement de ta femme, puis pour complicité de meurtre contre la policière Julie Samson. Désormais, tout ce que tu diras pourra être retenu contre toi lors du procès.

— Jamais tu ne réussiras à convaincre un juge que ma femme t'a remis cette photo.

— Tu veux parier ? D'abord, cette photo n'est pas l'original. C'est un des nombreux doubles que notre laboratoire a produits. La photo reçue était dans une enveloppe. Or, ces deux pièces à conviction comportent des empreintes digitales. Celles d'une inconnue, celles de ton gardien qui a remis l'enveloppe à ta femme, celles de ta femme et les miennes. Pour ton gardien Giovani, ç'a été un jeu d'enfant d'identifier ses empreintes, il est fiché chez nous. Donc, qui selon toi était le messager ou, plus exactement, la messagère ? Ta femme, Elsa Ferrara, ordure ! Alors, si, comme tu l'affirmes, ta femme est bel et bien à Aruba, nous allons lui demander de revenir au pays afin de faire la lumière sur toute cette affaire. Évidemment, si elle est libre de ses mouvements. Allez, viens ! Tu vas goûter les joies du cachot. Tu pourras réfléchir à ton avenir, tu n'auras que ça à faire toute la journée.

— Je veux voir mon avocat.

— T'énerve pas. Tu le verras assez tôt. Pour l'instant, j'ai d'autres choses à faire. Si je ne retrouve pas ta fille d'ici peu, elle ressemblera plus à un morceau d'emmenthal qu'à un être humain. Le traitement qu'elle subit pendant que tu fais le con menace non seulement sa santé, mais sa vie. J'espère que ceux qui la détiennent connaissent leur affaire. Sinon, elle risque de crever d'une surdose.

Sans attendre de réaction, il poussa son prisonnier devant lui jusqu'à l'extérieur.

— O.K., les gars, coffrez-moi cette vermine.

Faisant signe à Gagné, il l'attira à l'écart.

— Voici le mandat. Une fois en tôle, laisse-lui voir son avocat. Je te rejoins dans une heure. La maison demeure sous surveillance jour et nuit. Sur réception, tout son courrier sur mon bureau.

La chaleur, qu'aucun vent n'atténuait, était à peine supportable. Landreville eut soudain envie d'une bière bien froide.

22

À la radio, les manchettes de tous les bulletins de nouvelles ne cessaient de parler des deux coups d'éclat de la Gendarmerie canadienne. On évaluait le butin saisi entre quarante et cinquante millions de dollars. L'arrestation de Hernandez, présenté comme un des barons mexicains de la drogue, était racontée avec force détails. À croire que les journalistes ne l'avaient pas lâché d'une semelle depuis son départ de Montréal. Dans tout ce battage médiatique, pas un mot sur la brigade antigang de Landreville. On vantait la collaboration de la DEA américaine qui avait facilité la tâche de l'équipe de Murray. C'est ce dernier qui devait vivre son moment d'exaltation. Devant tant de caméras et de journalistes, il devenait tellement facile de donner congé à l'humilité. Cette pensée fit sourire Landreville. Il se promit de téléphoner à son collègue pour le féliciter de sa grande perspicacité. Lorsqu'il arriva au bureau, la secrétaire lui fit savoir que Gamache voulait le voir sans délai.

— Il est complètement fou de rage. On dirait que le succès des fédéraux le rend jaloux, dit-elle.

Sans se presser, il se rendit à l'étage supérieur en empruntant l'escalier de secours.

— Le patron désire me voir ?

Madame Lanctôt, la secrétaire de Gamache, aimait bien Landreville. Elle le considérait un peu comme son fils, même si l'écart d'âge entre eux n'était pas si grand. En le voyant, elle ne put retenir un fou rire.

— Mais qu'est-ce que vous avez bien pu lui faire ? questionna-t-elle, curieuse. Il est dans un état démentiel. Il vous demande toutes les cinq minutes.

Landreville haussa les épaules en signe d'incompréhension. Elle l'annonça.

— Enfin ! Où étiez-vous ? Je vous cherche depuis ce matin.

— Nous venons d'arrêter Renato Ferrara.

La déclaration de Landreville eut l'effet d'un uppercut. Gamache dut s'asseoir pour respirer.

— Quoi !

Il n'avait pas crié. Tout simplement un balbutiement, comme un malade qui agonise.

— Vous avez…

Il regardait son adjoint comme s'il s'attendait à ce que celui-ci lui dise que c'était une blague.

— Vous n'avez pas l'air content, patron ?

— Pourquoi ne m'avez-vous pas prévenu de tout ce qui se passait. De quoi aurai-je l'air devant le ministre ? Il est furieux de ne pas avoir été alerté.

Landreville n'avait pas le goût de rire. Il se leva, mit les deux poings sur le bureau et, fixant Gamache droit dans les yeux, lui dit :

— Dites de ma part au ministre d'aller se faire foutre. Dites-lui que s'il n'est pas content de mon travail qu'il me fiche à la porte. Pendant que j'y suis, je vais vous le dire, pourquoi je n'ai prévenu personne de ce qui se tramait. Imaginez-vous, cher patron, qu'il y a parmi nous un petit fumier qui prévient la pègre de toutes nos démarches. C'est ce qui explique plusieurs de nos difficultés à atteindre nos objectifs.

Gamache le regardait maintenant d'un air traqué.

— Je vais vous dire autre chose, notre brave ministre est un incompétent de la plus rare espèce. En plus d'être une nullité, c'est un pédéraste que fait chanter la mafia. Pourquoi pensez-vous que presque tous ceux que nous arrêtons, après des mois de travail acharné, s'en tirent avec des peines bidon. Deux ans avec sursis. Travaux communautaires. Tout ça pour des bandits notoires, sous le fallacieux prétexte qu'ils ne représentent aucun danger pour la société. Mon cul la justice ! Comme si tout ce beau tableau n'était pas assez dégueulasse, il semblerait qu'une personne bien en vue des forces policières serait de mèche avec la pègre montréalaise. En échange de sommes importantes, déposées dans un compte à numéro dans une banque suisse, cette dite personne vendrait des renseignements capitaux. Ainsi prévenue, cette merdouilleuse pègre peut planifier ses opérations en toute sécurité. Vous comprenez pourquoi je me ferme la gueule sur mes activités.

Gamache avait du mal à respirer. Une sueur abondante coulait sur son front. Il n'avait pas la force de prendre son mouchoir pour s'éponger. D'une voix à peine audible, il demanda :

— Vous avez des noms ?

Landreville le regarda avec mépris.

— Je n'ai pas des noms commme vous le demandez, j'ai un nom. J'ai le nom de celui qui a un compte au Crédit suisse de Fribourg. Oui, le compte « Velours 22 ». J'ai même sa photo, une liasse de billets de banque à la main, photo prise lors d'une de ses visites sur les lieux. J'ai aussi des photos prises dans un grand hôtel de Vienne. Toute la pornographie du monde n'est rien face au dégoût que m'inspirent ces photos.

Haletant, il s'arrêta de crier. D'un geste vif, il lança les trois photos sur le bureau.

— Vous me faites pitié.

Gamache ne regarda même pas les photos. Il venait de comprendre qu'il était piégé comme il n'était pas possible de l'être. Dans un flash, le pauvre homme pensa non pas à l'erreur énorme qu'il avait commise, mais au désastre qui l'attendait. Le procès, la prison, la honte, la déchéance sociale, toutes ces images se succédaient dans son esprit comme un film se déroulant à toute allure. Il voyait sa femme et ses enfants mis au ban de la bonne société qu'ils fréquentaient. Cette seule pensée l'horrifiait. Lui qui, malgré ses humbles origines, avait mis des années d'efforts et d'humiliations pour se hisser au niveau des plus grands, verrait tout ce travail balayé du revers de la main par un petit policier sans envergure. L'épouvante qu'il éprouvait, à la vue de l'abîme qui l'attendait, le fouetta.

— Écoutez, Landreville, asseyez-vous, nous allons discuter calmement de tout cela. Ces photos ont été trafiquées de toutes pièces. Voyons, vous ne pensez pas un instant que j'ai pu commettre une telle monstruosité ?

— Depuis que j'ai appris votre traîtrise, j'ai supplié le ciel, malgré mon peu de foi, que toute cette merde ne soit qu'un mauvais rêve. Hélas ! le ciel ne m'a pas écouté. Interpol m'a confirmé l'existence de votre compte en Suisse. Comme si tout cela n'était pas assez, j'ai un témoin qui peut corroborer tout ce que j'avance. Ce témoin, vous le connaissez très bien. Il s'agit de Lachance. Vous vous souvenez de ces deux policiers qui nous ont quittés l'an dernier. Lui et Hétu n'étaient en fait que des agents doubles.

Ce mensonge, avoué tout de go, acheva d'assommer Gamache. Il tomba dans le piège comme un enfant sans expérience. Landreville continua.

— Lachance, grâce à ses qualités exceptionnelles, était devenu le secrétaire de Ruben. Vous connaissez bien Jack Ruben, n'est-ce pas ? Alors, vous comprenez pourquoi le ciel ne pouvait exaucer ma demande. Devant tant de preuves accablantes, mon cas était désespéré.

Comme un boxeur roué de coups, Gamache sentait le sol vaciller sous lui. Il avait la gorge serrée. Il voulait parler mais les mots lui manquaient.

— Martin, Martin, je vous en supplie…

Il s'arrêta. L'air lui faisait défaut. Puis, péniblement, il poursuivit :

— Pensez à ma femme, à mes enfants. J'ai de l'argent, beaucoup d'argent. Je vous le donne. Tout ce que j'ai est à vous. Vous serez riche…

Il ne put continuer. Le regard terrible que Landreville fixait sur lui l'en empêcha.

— Vous me dégoûtez.

Sur ces mots, Landreville sortit en claquant la porte. Il avait à peine atteint la sortie de secours pour rejoindre son bureau qu'un coup de feu déchira le silence feutré de la salle d'attente.

— Mon Dieu ! cria la secrétaire, qu'est-ce que c'est ?

Landreville revint sur ses pas. Il ordonna à madame Lanctôt de ne pas entrer dans le bureau.

— Vite, appelez une ambulance ! Que personne n'entre ici.

Lorsqu'il fit irruption dans le bureau de son patron, la scène qu'il y découvrit ne le surprit pas. La cervelle éclatée, Gamache, étendu de tout son long sur la moquette souillée de sang, ne respirait déjà plus. La balle de fort calibre de son arme l'avait tué instantanément. Landreville reprit, par mesure de discrétion, les photos froissées que le mort avait encore dans la main.

La nouvelle de la mort de Gamache se répandit comme une traînée de poudre. Afin d'éviter les commérages inutiles dans ce genre de décès, il fut convenu d'émettre un communiqué officiel, attribuant la mort à une cause inconnue, et d'instituer une enquête pour faire la lumière sur les circonstances entourant l'affaire. Landreville fit un effort surhumain pour prendre le contrôle de la situation. Gamache relevant directement du ministre de l'Intérieur, celui-ci devait être prévenu sur-le-champ. Cette démarche lui répugnait. Comment réagirait ce ministre corrompu ? Dans le contexte des opérations menées, aussi bien par son escouade que par les autres corps policiers, il craignait que le ministre, lui aussi acoquiné avec la pègre, vienne bousiller tous leurs efforts. Landreville devait bouger vite et, surtout, dans la bonne direction. Il consulta longuement l'annuaire téléphonique gouvernemental. Il y trouva enfin le numéro qu'il cherchait. Il le composa. Il dut patienter avant qu'on ne lui réponde. Enfin, il entendit une voix féminine :

— Bonjour, bureau du premier ministre.

— Bonjour, madame. Ici, le capitaine Landreville de la brigade antigang de Montréal. Je souhaiterais parler au premier ministre, c'est de la plus haute importance.

La femme hésita. Finalement, elle répondit :

— Un moment, capitaine, je vous passe monsieur Bertucci, son chef de cabinet.

Landreville n'eut pas le temps d'intervenir. Encore là, il dut s'armer de patience car on le fit poireauter de longues minutes. Une voix ennuyée répondit :

— Ici Bertucci. C'est à quel sujet, capitaine ?

— Écoutez, je dois parler au premier ministre lui-même, c'est extrêmement urgent et important.

L'autre parut agacé.

— Laissez-moi en juger, je vous prie. Le premier ministre est très occupé, vous savez.

Landreville commençait à s'impatienter.

— Oui, je sais. Mais je vous répète qu'il faut que je lui parle dans les plus brefs délais, sinon un scandale politique très grave risque de l'éclabousser.

— N'exagérons rien quand même...

Le chef de cabinet ne put continuer. Landreville l'interrompit.

— Je vous aurez prévenu. Si d'ici trente minutes je n'ai pas parlé à votre patron, vous serez responsable des conséquences de ce qui s'est passé aujourd'hui. Salut !

Il raccrocha, les nerfs en boule. Il remonta à l'étage supérieur. Les gars du labo finissaient leur sale boulot. Le corps de Gamache reposait maintenant sur une civière, enveloppé dans une sorte de sac de plastique blanchâtre. Il leur fit signe de s'approcher.

— Silence absolu, les gars. Rien ne doit transpirer avant la soirée. Il faut prévenir la famille et les hautes autorités. Compris ?

Il allait partir lorsque Gagné courut vers lui.

— Descends vite à ton bureau, le premier ministre veut te parler.

Sans hâte, il revint à son bureau sans répondre aux mille questions de son adjoint.

— Oui, Landreville à l'appareil.

— Un instant, je vous passe le premier ministre.

On décrocha l'appareil. Landreville entendit des voix qui terminaient une conversation.

— Oui, j'écoute. Vous êtes là, capitaine ?

— Oui, monsieur. Je m'excuse de vous déranger, mais j'ai une mauvaise nouvelle à vous annoncer. Le commandant Gamache, que vous connaissez, vient de se suicider dans son bureau.

Il y eut un silence au bout du fil.

— Vous avez prévenu le ministre de l'Intérieur ?

— Non. C'est la raison pour laquelle je tenais à vous parler personnellement. Je ne peux le prévenir, puisque nous le soupçonnons de complicité avec des membres haut placés de la pègre.

Landreville sentit son interlocuteur très nerveux.

— Ce sont là de très graves accusations, capitaine. J'espère que vous en êtes conscient.

— Tout à fait. C'est d'ailleurs pour des raisons de complicité que le commandant Gamache s'est enlevé la vie. Nous ne pourrons taire ces raisons très longtemps aux journalistes. En ce qui concerne le ministre, je sais par un agent double qu'on le fait chanter à cause de son penchant sexuel pour les jeunes garçons. Au moindre faux pas de sa part, on le menace de tout révéler aux journaux. C'est la raison pour laquelle il protégeait Gamache tout en étant au courant de ses liens avec la pègre.

— Nous voilà dans de beaux draps. Que suggérez-vous ?

— Je suis policier, monsieur. Je connais mal les répercussions politiques d'une telle situation. Mais ce que je veux éviter absolument à ce moment crucial de nos enquêtes, c'est de me retrouver avec une autre taupe à la place de Gamache. C'est d'autant plus important que nous venons d'arrêter Renato Ferrara.

— Je comprends. Écoutez, capitaine, laissez-moi réfléchir à tout cela. Je vous reviendrai dès que possible.

— Très bien, monsieur.

À peine dix minutes plus tard, la secrétaire le prévint qu'on le demandait à nouveau au téléphone. Cette fois, c'était le chef de cabinet, Bertucci.

— Dites-moi, capitaine, qui va enquêter sur le suicide, car je présume qu'il y aura une enquête interne ?

— Je devrai contacter la Sûreté du Québec. Normalement, c'est elle qui enquête.

— Alors, laissez-nous faire. Nous communiquerons nous-mêmes avec les responsables. De plus, nous nous chargerons de prévenir la famille Gamache. Ce sera plus protocolaire ainsi.

— Très bien, monsieur.

Songeur, il laissa tomber le combiné. « Tout de même curieuse, cette démarche », pensa-t-il.

Gagné le tira de sa rêverie.

— Il s'est fait sauter la cervelle, n'est-ce pas ?

Landreville aquiesça.

— Tu le savais depuis longtemps ?

— C'est Lachance qui m'a prévenu.

— Quoi ! s'écria Gagné, indigné.

— Ecoute, Marc, sans lui, il ne serait rien arrivé avec Hernandez ni avec la saisie de drogue de la GRC. Il m'a refilé toute l'information. Tu comprendras qu'à cause de Gamache, j'ai dû la boucler. Autrement, il aurait alerté ses petits amis. De toute manière, nous n'aurions pu rien faire, puisque nous n'étions pas sur notre territoire. L'important, c'est que le travail ait été fait.

— Oui, mais tu admettras qu'il est plutôt frustrant de voir Murray se pavaner en héros alors que c'est toi qui l'as alimenté.

— Je comprends, mais il ne pouvait faire autrement. Je lui avais ordonné de ne rien dire à mon sujet. Au fait, où en es-tu avec Ferrara ?

— Il a vu ses avocats. Ils ont passé une heure avec lui. Ils réclament, tu le devineras sans peine, qu'on le relâche tout de suite. Tu es certain de ton affaire ? Je t'assure que le Renato est équipé en avocats. Notre jeune avocat de la couronne ne fera pas long feu devant eux.

— Sois tranquille, je leur réserve une petite surprise. Qui est l'avocat de la couronne ?

— C'est une jeune femme. Je crois qu'elle s'appelle Diane Dancause.

— Elle ne connaît pas sa chance. Malgré son jeune âge, elle va terrasser le méchant Ferrara et toute sa meute avocassière. Dis-lui qu'elle demande audience le plus tôt possible pour casser la demande de relâcher Ferrara. Dès que la date sera fixée, qu'elle vienne me voir, je l'aiderai à élaborer sa plaidoirie.

— À vos ordres, maître, ironisa Gagné.

Plus sérieux, il poursuivit :

— Pour la petite Ferrara, qu'est-ce qu'on fait ?

— Je ne sais vraiment pas comment m'orienter. Si j'en crois Lachance, les différents groupes que contrôle Ruben n'ont rien à voir dans cet enlèvement. Si nous sommes face à un acte isolé, tu peux être assuré que nous ne sommes pas sortis de l'auberge. Du côté des documents retrouvés chez Gino, rien de neuf ?

— En tout cas, rien qui justifierait son meurtre. De la petite misère quotidienne de jeunes qui déposent un téléviseur, bien souvent volé, en échange de l'argent nécessaire à leurs doses. Nous avons tout épluché deux fois plutôt qu'une. Ce qui n'était pas réclamé était aussitôt vendu au plus offrant. Dans ce monde, moins il y a de paperasse, mieux c'est. De toute façon, laisse-moi te dire que le Gino en question n'avait rien d'un académicien. C'est à peine s'il savait écrire. Non, plus j'y pense, plus je suis convaincu que nous passons sans cesse à côté de la vérité sans la voir.

— Vous avez bien observé la photo ?

— À la loupe. Toute l'équipe l'a scrutée, à l'envers à l'endroit, sans rien découvrir de spécial. La fillette est sur un vieux divan, le bras appuyé sur une boîte afin qu'on puisse bien voir les piqûres qu'on lui a faites. C'est mince comme information. L'expert en photo pense que la boîte est un vieux téléviseur qu'on aurait utilisé comme moyen de fortune. Une analyse de la calligraphie de l'adresse sur l'enveloppe conclut qu'il s'agit peut-être de l'écriture d'une femme, probablement européenne, puisque la façon de former les lettres est différente de celle qu'on connaît en Amérique.

— Peut-être que Renato avait une maîtresse qu'il a laissé tomber.

— Si tel était le cas, il aurait réagi sans délai. Non, je pense fermement que lorsque nous saurons qui a tué Gino et le père Ferrara, nous aurons l'auteur de ce kidnapping. Il y a un lien entre les deux, j'en suis convaincu.

— Peut-être as-tu raison. Ce que j'aimerais savoir, c'est qui de Gino ou de Ferrara était la cible ? Si nous avions la réponse à cette question, nous pourrions mieux canaliser nos énergies. Vois-tu, si le vieil Italien était l'homme à abattre, nous pourrions penser que le coup venait de la bande à Ruben. Cette manœuvre aurait eu comme objectif d'inciter Renato de faire partie du nouveau front commun. Mais Lachance est formel, Ruben n'a rien à voir dans ces deux crimes ni dans l'affaire de la petite.

— Tu peux te fier à ce traître ?

— Marc, je connais tes sentiments à son endroit, mais tu dois admettre que, jusqu'ici, il ne nous a pas menti. Quant à l'autre hypothèse, à savoir que Gino était visé, j'ai du mal à comprendre qu'on l'aurait tué pour un vulgaire téléviseur ou un ordinateur. Pour descendre quelqu'un comme lui, il faut plus que cela, comme une haine viscérale que seul un tel geste peut calmer.

— J'ignore si tu as raison, mais notre belle société ne se complique pas tant la vie. Regarde autour de toi, les jeunes jouent du couteau pour un rien, alors, pour eux, un fusil ou un couteau, où est la différence ? Si Gino avait refusé de l'argent à un paumé en manque de stup, ne penses-tu pas que ce serait là un motif suffisant pour se venger ?

— Vrai, sauf que tu oublies ta théorie de départ : le lien entre les deux cas. Il est possible qu'un vulgaire plouc ait liquidé Gino et, que voyant le vieux Ferrara, il l'ait liquidé également pour faire disparaître un témoin, mais je vois mal un plouc enlever une fillette et la piquer à l'héroïne seulement pour le plaisir. Non, ceux qui ont agi avaient un motif très profond qui les guidait. Selon moi, la ou les personnes que nous recherchons ne gravitent pas directement autour de Gino. Ces personnes seraient dans une deuxième circonférence, si tu comprends ce que je veux dire. Par exemple, j'ai un fils ou une fille qui se drogue et je connais celui qui vend cette saleté à mon enfant. Qu'est-ce que je fais ? Deux possibilités. Comme la plupart des gens, je ferme ma gueule. J'endure en silence ce malheur qui s'abat sur ma famille. J'essaie d'amener mon enfant à se prendre en main, à se désintoxiquer avec l'aide de spécialistes. Si je réussis, c'est le bonheur total et j'aurai la chance de passer pour un père modèle. Dans l'autre cas, j'assiste, impuissant, à la déchéance de mon enfant. Comme un thermomètre exposé à la chaleur, mon niveau de haine augmente de plus en plus. Alors, la majorité silencieuse se résignera. Abreuvée de slogans, comme « la drogue est un phénomène de société » ou autres clichés vides de sens, elle finira par se convaincre qu'au loto de la vie, elle n'avait pas le bon numéro. Mais peut-être se trouve-t-il dans cette majorité une personne qui n'accepte pas cette merde. C'est cette piste qu'il faut explorer. Trouver un révolté, un être avide de vengeance, voilà ce que nous devons chercher.

— Facile à dire, mais nous allons essayer, concéda

Gagné sans enthousiasme.

La sonnerie du téléphone interrompit leur conversation. La secrétaire annonça Murray, des fédéraux.

—Salut, la vedette, ironisa Landreville. Ton chapeau n'est pas trop petit pour ta grosse tête ?

—Très drôle, vieux jaloux. Tu envies mon talent, n'est-ce pas ? Trêve de plaisanterie. J'ai une mauvaise nouvelle pour toi.

—Au point où j'en suis, une de plus ne changera pas grand-chose à ma vie. Qu'est-ce qu'il y a ?

—Nous venons de retrouver le corps d'un de tes hommes.

Landreville sursauta.

—Quoi !

—Écoute, Martin, je ne sais pas s'il était encore chez toi ou en cavale, mais il s'agit de Hétu. Je t'assure qu'ils l'ont bien organisé. Le concierge de notre immeuble a retrouvé son corps près des containers à déchets dans la ruelle. On lui a coulé la tête dans un bloc de béton. Sur le bloc, ils ont collé une étiquette sur laquelle il est écrit : « Lui ne parlera pas. »

—Assez original, en effet. Pour agir ainsi, la nervosité doit faire rage dans le poulailler. On s'occupe du bétonné. De ton côté, l'enquête se déroule bien ?

—Pas facile, mais ça roule. Dis donc, il y a du grabuge chez toi. La rumeur veut...

—Murray, ce n'est pas une rumeur, coupa Landreville. Aussi je voudrais te demander un peu de discrétion, j'en ai jusque-là de toute cette embrouille.

—Je te comprends. Compte sur moi. Je te donne des nouvelles.

Lorsque Gagné apprit la mort de Hétu, il serait exagéré d'affirmer qu'il en fut très peiné. Sa réaction fut brève.

—Il a récolté ce qu'il a semé.

Comme éloge funèbre, on pouvait facilement trouver mieux.

23

Le lendemain matin, Landreville fut surpris de retrouver, bien installé dans son bureau, le commandant Allard, ancien haut gradé de la Sûreté du Québec, maintenant à la retraite. En voyant le policier, il sourit.

— Salut Martin ! Surpris de me voir ?

— Pour être franc, un peu, oui. Mais laissez-moi deviner le but de votre visite. Je parie que vous êtes chargé de l'enquête sur le suicide de Gamache ? Je brûle ?

— On ne peut rien te cacher, petit futé. C'est le premier ministre qui m'a demandé de prendre l'affaire en main. C'est assez délicat si j'en juge par la nervosité que cette mort a provoquée à Québec.

Landreville comprit qu'Allard avait rencontré les hautes autorités, qui lui avaient donné des directives très précises pour mener cette enquête. Il sentit son visiteur un peu mal à l'aise.

— Tu peux me raconter ce qui s'est passé ?

— Oui, mais je ne suis pas convaincu que c'est ce que vous voulez entendre.

— Écoute, Martin, ne me complique pas la tâche inutilement. J'ai toujours apprécié la compétence et la droiture dont tu fais preuve dans l'exercice de tes fonctions. Tête de cochon, oui, mais correct. Alors, essayons d'être réalistes tous les deux, ce sera plus facile, tu ne crois pas ?

— On verra bien, répondit Landreville, prudent.

Il fit alors le récit de ce qu'il savait depuis sa rencontre avec Lachance. Tout y passa, de la pédérastie du ministre aux trahisons de Gamache, sans oublier les photos compromettantes. Allard écoutait sans broncher. Landreville parla longtemps, d'une voix pausée, sans imager son récit d'expressions trahissant son indignation.

— Voilà, conclut-il, tout est là.

Allard se leva et marcha longtemps dans le bureau. À le regarder déambuler, un quidam aurait pensé qu'il n'avait rien compris de ce qu'il venait d'entendre et qu'il répétait en lui-même tout ce qu'on lui avait dit pour s'assurer que tout y était.

— Pourquoi as-tu agi ainsi ?

— Je ne comprends pas.

Bien au contraire, Landreville comprenait très bien le sens de la question.

— Pourquoi n'as-tu pas prévenu ses supérieurs ?

— Pour deux raisons. La première est évidente, le ministre est dangereux. La deuxième l'est tout autant pour moi. J'ai eu cet incompétent sur les bras pendant des années. À la limite, je pouvais composer avec sa nullité en lui fournissant un minimum d'informations. Pour le reste, je l'ignorais. Sa nullité n'avait d'égal que sa fatuité. Aussi, lors des points de presse, je lui laissais la vedette et il se couvrait de ridicule devant les journalistes. Mais quand j'ai su qu'en plus c'était lui qui révélait nos secrets d'opérations, j'ai vu rouge. S'il avait fallu qu'il apprenne ce qui se tramait pour Hernandez et le trafic d'héroïne, nous aurions tout raté. De plus, je voulais m'assurer que tout ce que je savais était fondé.

— Tu te doutais bien qu'en étant découvert, il y avait de fortes chances qu'il se suicide ?

— À vrai dire, j'y ai pensé mais, poltron comme il était, je me suis dit qu'il n'en aurait jamais le courage. Vous voyez comme on se trompe parfois.

L'autre ne répondit pas. Il continuait de marcher.

— Embêtant, très embêtant. Tu as les photos ?

Landreville ouvrit un tiroir. Il en sortit une enveloppe qu'il lui tendit. Allard les regarda longtemps. Puis, comme s'il se réveillait, il demanda :

— J'imagine que tu en as d'autres ?

— Pourquoi en aurais-je ?

— Martin, tu vas m'écouter jusqu'au bout. Ce que j'ai à te dire est très grave. Tu sais, dans la vie, il y a des événements qui nous dépassent. Des choses qu'il est mieux de ne pas expliquer, parce qu'elles touchent un monde complexe qui obéit à des règles que le commun des mortels n'a pas intérêt à connaître. Or, vois-tu, la mort de Gamache est justement un de ces événements. Si la vérité, en ce qui concerne ses liens avec le monde interlope, était connue, il risquerait d'y avoir des problèmes très graves qui menaceraient l'équilibre politique du Québec. Au moment où je te parle, le ministre des Finances négocie un emprunt très important pour la province. Il y a également de très sérieux pourparlers en cours pour des investissements énormes, qui, s'ils se concrétisent, se traduiront par des centaines d'emplois pour les gens d'ici. Il suffirait d'une étincelle pour que la paix fragile avec les Autochtones ne soit compromise.

Landreville sursauta.

— Que viennent faire les Autochtones dans la mort de Gamache ? Je rêve ou quoi, vous fabulez, mon cher commandant ?

— Pas du tout. Fais-moi confiance, je sais de quoi je parle. Tu sais qu'il y a toujours de nombreux contentieux entre les Autochtones et les gouvernements. Depuis quelques semaines, ils menacent de monter encore une fois aux barricades, si la Sûreté s'acharne contre eux.

— Merde ! Ils y vont un peu fort, non ? Comme si le fait de faire respecter la loi était un acharnement.

— C'est délicat, comprends-moi bien. Si nous lions la mort de Gamache à la pègre, cette dernière, en plus d'étaler publiquement les problèmens sexuels du ministre, va provoquer, de concert avec les deux réserves que tu connais, des problèmes sérieux. Blocages de routes, provocations avec les Blancs, émeutes bien orchestrées et fin du fin, manifestations au siège de l'ONU à New York et au Parlement européen de Strasbourg. Ces manifestations dénonceront le harcèlement des policiers à leur endroit. Je n'ai pas besoin de te dire tout le tort que ferait cette turbulence aux démarches en cours.

Landreville écoutait l'ancien policier avec une stupeur non dissimulée.

— Vous n'êtes pas sérieux, commandant ? Dites-moi que j'hallucine, que je vais me réveiller. Ce n'est pas possible que notre justice soit malade à ce point.

— Martin, le monde a bien changé depuis quelques années. Au début de nos carrières, les problèmes auxquels on faisait face n'étaient rien en comparaison de ce qu'on vit aujourd'hui. Nos dirigeants politiques sont soumis à des pressions extrêmement fortes. Ils ne peuvent gouverner sans tenir compte d'une foule d'impératifs, hors de leur contrôle. Les banquiers dirigent le monde et nous ne pouvons y échapper.

— Bref, conclut Landreville, le chantage de la pègre sur nos politiciens a raison de la justice sociale. C'est au plus fort la poche, comme le disait, avec son gros bon sens, mon défunt père. Alors, qu'attendez-vous de moi ?

— Si nous pouvions nous entendre pour attribuer ce décès au surmenage, au surplus énorme de travail auquel Gamache était confronté, aux longues heures de travail qu'il devait faire chaque jour. Vous voyez un peu le topo ? Ce serait tellement plus simple pour tout le monde. D'abord, sa femme ne serait pas accablée par ce scandale. La pauvre ne s'en remettrait jamais. Ses enfants, dont un est juge, ne l'oublions pas, ne méritent pas un tel coup du sort. Mais surtout, la paix sociale serait garantie, ce qui laisserait aux autorités le temps de terminer leur travail. De toute façon, Gamache est mort. Il s'est lui-même fait justice. Qu'aurions-nous à gagner en agitant toute cette fange ?

— Commandant, je vous sais assez intelligent pour ne pas être dupe de ce qui se passe. Quand un corps policier devient la béquille d'un gouvernement, nous sommes en pleine dictature. N'est-ce pas votre avis ?

— On ne me demande pas mon avis. J'ai des ordres. J'ai été formé ainsi, j'obéis aux ordres de mes supérieurs. Tu devrais faire de même, ce serait beaucoup plus sage.

— Vous me menacez ?

— Non, Martin, je ne te menace pas. J'essaie de te faire entendre raison, c'est tout.

— Comment pouvez-vous obéir aux ordres de vos supérieurs lorsque vous savez que ces ordres vont à l'encontre des lois qu'ils ont eux-mêmes votées. Vous devenez complice d'une imposture. Et si je refuse cette mascarade ?

— J'en serais très peiné, crois-moi, mais les impératifs de l'État sont plus importants que nos objectifs personnels. Pour répondre directement à ta question, nous exigerions ta démission, puis nous abolirions ton escouade en laissant entendre que ce qui s'y passe n'est pas clair et qu'une enquête interne s'impose. Je dirigerais moi-même cette enquête et nous trouverions bien quelques raisons qui la justifieraient.

Allard se cala dans le fauteuil et fixa Landreville d'un œil dur. En réalité, cet homme, habitué aux voltiges de la diplomatie, ne prisait guère le côté rustre du comportement de Landreville. Pour ce dernier, formé à l'action dès ses premiers jours dans le milieu, le plus court chemin d'un point à un autre demeurait la ligne droite. Aussi, la rectitude politique n'était pour lui que pure hypocrisie. Landreville se leva à son tour et, moqueur, regarda Allard.

— Comment préférez-vous que nous agissions ? Vous me fichez à la porte ou je démissionne ? Je vous laisse le choix des armes.

Les traits d'Allard se durcirent. Il était, de toute évidence, très contrarié par la réaction de Landreville. Pour sa propre réputation, il aurait souhaité réussir la mission qu'on lui avait confiée, d'autant plus qu'il espérait, depuis sa retraite, un poste à l'étranger comme représentant du Québec. Cet âne buté de Landreville n'aidait en rien sa cause. Il devint plus sec.

— Très bien. Pour ton propre bien, je crois qu'il serait plus avantageux que tu remettes ta démission. Tu es admissible à la retraite, tu n'y perdras rien. Je ferai de mon mieux pour qu'on t'octroie une généreuse prime de départ. Après tant d'années de service, c'est bien le moins que l'État puisse faire pour toi.

— L'État ne me doit aucune faveur. On m'a versé un salaire que je trouve raisonnable et je n'attends rien de qui que ce soit. Dans ce cas, je ferai parvenir ma démission au premier ministre lui-même. Du même coup, je lui laisserai savoir ce que je pense de sa conduite dans cette affaire. Aussi, tant qu'à y être, je convoquerai demain matin les journalistes que j'ai côtoyés depuis si longtemps. Je leur ferai part des raisons qui motivent ma démission. Ça vous va ?

La question fit bondir Allard.

— Tu n'y penses pas, espèce d'entêté ! s'exclama-t-il, indigné. D'abord, le premier ministre n'a que faire de tes commentaires. Ensuite, tu n'as pas le droit de convoquer les journalistes dans les locaux de ton service. Est-ce clair ?

— Qui vous a dit que je les convoquerai ici ? Devenu simple citoyen, j'imagine qu'en ce pays, j'ai encore le droit à la libre expression, non ? Dans le cas contraire, serions-nous en pleine dictature sans que je le sache ?

Le ton montait entre les deux hommes. Landreville sentit que son interlocuteur paniquait. Ses lèvres tremblaient, comme s'il essayait de parler sans pouvoir articuler un mot. On aurait dit un novice qui aurait accidentellement amorcé une bombe et qui se serait vu subitement condamné à sauter avec elle.

— Commandant, me pensez-vous stupide à ce point ? Avez-vous imaginé un seul instant que j'allais vous remettre ma démission si facilement ? J'ai un travail à terminer avant de prendre ma retraite et personne au monde ne m'empêchera de le faire. Ni vous ni personne. Continuez votre enquête, mais en faisant éclater la vérité au grand jour. Je ne deviendrai jamais complice de ces ordures qui veulent sauver des assassins. J'ai assez de preuves pour condamner la conduite de Gamache. Ferrara est coffré. Il subira son procès comme tous les criminels. Vous pouvez parier qu'il sera reconnu coupable. J'ai possédé Hernandez comme un enfant. J'aurai les autres d'ici peu. Puis, pendant que nous y sommes, je vais vous révéler un petit secret. Si jamais je perdais la vie dans des circonstances douteuses, soyez assuré que tout ce que je sais ne sera pas enterré avec moi. J'ai déjà pris des précautions pour qu'un document complet soit envoyé à des journalistes très au fait de ce qui se passe dans notre milieu. Ils se feront un plaisir fou de tout divulguer dans les journaux. Imaginez un instant leur jouissance. Mon dossier n'est pas de la dynamite mais une bombe nucléaire. Alors, si vous ne voulez pas, vous aussi, en recevoir plein la gueule, accomplissez votre besogne correctement, sinon je vous aurai prévenu.

N'en pouvant plus, Allard se leva et d'une voix éteinte lui dit :

— Tu entendras parler de moi.

Il tourna les talons et sortit en claquant la porte. Une fois seul, Landreville réalisa qu'il n'en avait plus pour longtemps à rester à son poste. On ne menace pas impunément les hautes autorités politiques. Il lui fallait conclure, dans les plus brefs délais, l'affaire Ferrara. Sinon, lui aussi serait écarté comme tant d'autres depuis quelques mois. Il fit venir la jeune avocate responsable du dossier. Il passa deux heures avec elle à lui fournir toutes les informations qu'il possédait. Le juge avait convoqué les parties le vendredi suivant, soit dans deux jours. Il était impossible de devancer la date. Landreville dut se résigner et prendre son mal en patience. Il demanda à Gagné de passer dans son bureau.

— Marc, le nom de Bertucci, Franco Bertucci, te dit-il quelque chose ?

— Bertucci, ce n'est pas un politicien italien ?

Landreville sourit.

— Ce n'est pas de lui qu'il s'agit. En fait, c'est le chef de cabinet du premier ministre. J'aimerais que tu fasses une discrète recherche sur ce monsieur. Ses origines, ses études, les différents postes qu'il a occupés avant de se retrouver à Québec. Tu vois le topo ?

— Tu crois qu'il est mouillé ?

— Je n'en sais rien. J'aime bien savoir à qui j'ai affaire. Je n'ai pas le plaisir de connaître ce monsieur. Alors, je suis prudent. Vois avec nos collègues fédéraux s'ils n'auraient pas un paragraphe ou deux sur ce personnage.

— D'accord, je m'en occupe. Pour la fillette Ferrara, c'est un boulot de moine que tu nous as confié. Ce qu'il ne faut pas faire pour gagner sa croûte !

— À qui le dis-tu !

— T'as des emmerdes avec les politiciens ? s'enquit Gagné.

— Penses-tu ? Ces braves gens ne me veulent que du bien. S'ils ne m'ont pas viré d'ici un mois, je serai le plus surpris des hommes.

— Merdique à ce point.

— Tu ne saurais imaginer, mon cher ami. Alors, aussi bien frapper pendant que j'ai encore la masse dans les mains.

Les deux hommes se quittèrent, conscients de la gravité de la situation.

24

Le soleil se couchait lentement au-delà des montagnes entourant Montpelier. Lachance avait déjà bu trois bières et l'étrange bonhomme qu'il avait rencontré à Burlington n'était pas encore revenu. Sans être vraiment inquiet, il commençait à se poser quelques questions. La situation de demandeur dans laquelle il se trouvait le laissait mal à l'aise. Si les Américains refusaient sa requête de citoyenneté, il pouvait dire adieu à sa pension de vieillesse. Nul doute que la bande de Ruben le recherchait activement et que sa peau ne valait plus un cent. Perdu dans ses réflexions, il ne fit pas attention à la jeune femme qui prit place à sa table. La terrasse étant fort achalandée, il crut un moment qu'elle cherchait une chaise libre.

— Je prendrais bien une bière aussi, dit-elle dans un français très coulant.

Il la regarda, surpris.

— Vous êtes des services...

Il n'eut pas le temps de terminer sa question. Déjà, elle avait mis un doigt sur ses lèvres.

— Tut, tut. Un homme de classe ne pose jamais de questions personnelles à une femme lorsqu'il n'a pas encore fait sa connaissance. Monsieur Lachance, je présume ?

Elle souriait, malicieuse.

— Oui, c'est moi. Pardonnez mon indiscrétion mais je suis un peu nerveux.

— Je comprends, mais rassurez-vous, ici, personne ne vous veut de mal. N'est-ce pas que le soleil est magnifique aujourd'hui ? J'aime la nature et je pense que, nulle part ailleurs qu'au Vermont, on ne pourrait trouver plus beau coin de pays. Ici, tout respire la beauté.

— En vous regardant, je ne peux être que d'accord avec vous, répondit-il.

Elle ne s'attendait pas à ce compliment. Elle rougit légèrement. La serveuse apporta la consommation. La jeune femme profita de cette interruption pour reprendre possession de ses moyens.

— Il faudra que je me méfie de vous, les Latins sont d'éternels romantiques.

— Vous ne l'êtes pas ? Je pensais que toutes les femmes l'étaient et, d'après mes lectures, elles reprochent souvent aux hommes de ne pas l'être suffisamment. Je serais très déçu que vous ne le soyez pas.

— On peut dire que vous ne perdez pas de temps, monsieur Lachance.

— Claude, je vous en prie, appelez-moi Claude. Je dois m'habituer aux us et coutumes de votre pays. Selon l'étrange personnage que j'ai rencontré avant vous, il semblerait qu'ici on appelle même les centenaires par leur prénom. C'est vrai ?

Elle riait maintenant aux éclats.

— Ce cher Fred, quel original ! Il n'a pas son pareil pour raconter des histoires toutes plus étranges les unes que les autres. En un sens, il a raison. Dans ce pays, on ne peut pas dire que la politesse et la délicatesse soient de mise. Vous savez, le cow-boy n'est pas très loin dans la généalogie de mes concitoyens.

— Vous n'avez rien d'une descendante western, où avez-vous appris le français ?

— Chez vous, à Montréal. Mon père y a été consul pendant trois ans. Ensuite, il a été nommé ambassadeur au Maroc. J'ai eu tout le loisir d'étudier en français. J'aime beaucoup cette langue.

— Pourquoi êtes-vous ici ?

Lachance la regardait les yeux pleins de questions.

— Ne paniquez pas. J'ai comme mission d'être votre guide pour la soirée. À moins que vous préfériez que je vous conduise à votre hôtel ?

— J'ignore pourquoi, j'ai comme l'impression que vous ne m'avez pas tout dit. Est-ce possible ?

La jeune femme détourna les yeux un bref moment. Il n'en fallut pas plus à Lachance pour comprendre qu'il s'était fait avoir.

— Pourquoi ne me dites-vous pas la vérité ?

— Venez, je vous ai réservé une chambre au Hilton. Vous y serez très bien. Prenez une douche, ensuite nous irons dîner chez Armando, c'est un bon restaurant italien. Les pâtes y sont délicieuses, sans parler des escalopes.

Elle voulut mettre un peu de gaieté dans sa voix afin de détendre l'atmosphère, mais elle manquait de conviction. Sans entrain, Lachance la suivit. La chambre qu'on lui avait retenue était spacieuse. De la fenêtre, la vue donnait sur les montagnes qui se découpaient dans des couleurs allant du pourpre au bleu foncé dans les derniers instants de clarté. En ouvrant la porte du garde-robe, Lachance fut étonné d'y trouver un complet, une chemise et une cravate dont les couleurs se mariaient parfaitement entre elles. Comble de l'attention, un slip, Tommy Hillfiger, qu'on aurait dit taillé dans un drapeau américain, reposait sur le bord de la baignoire. Un petite note y était épinglée. « *Je souhaite sincèrement que tout soit à votre satisfaction. Nancy* ». Il prit sa douche rapidement et, vêtu de ses nouveaux vêtements, il descendit dans le hall.

— Je vous dois des excuses. Tout absorbé par mes malheurs, j'ai oublié de vous demander votre nom tout à l'heure. Pardonnez-moi.

— Ce n'est rien, voyons. Cette couleur vous va à ravir. J'étais certaine de ne pas me tromper. Vous savez, j'ai l'habitude. Quand j'habitais avec mes parents, c'est moi qui choisissais les vêtements de mon père. Le pauvre, il n'a aucune notion des couleurs. Vous aimez ?

— Oui, beaucoup.

Puis, hésitant, il continua :

— Écoutez, Nancy, j'aimerais profiter au maximum de cette soirée en votre compagnie. Alors, aussi bien me dire tout de suite ce que vous me cachez. Je crois que je serai moins inquiet.

— Puisque vous insistez. Venez dans le parc juste au coin de la rue. Nous y serons plus à l'aise pour parler.

Ils s'assirent en retrait sur un banc d'où ils pouvaient voir l'animation de la rue. Nancy hésita un long moment avant de parler.

— D'abord, je dois vous dire qu'avant de donner suite à votre demande, nous devons être certains que les renseignements que vous nous avez communiqués sont exacts. Quelques jours tout au plus.

Elle lui raconta le piège imaginé par Landreville pour permettre aux agents du DEA de l'arrêter sans se buter aux lois d'un autre pays.

— Donnons-lui une chance de réussir, voulez-vous ?

Lachance l'écoutait sans broncher. Il imaginait facilement les efforts qui devaient être déployés à Montréal pour le retracer. Si jamais on le retrouvait, le procès ne durerait pas longtemps. Il ne put s'empêcher de frissonner en songeant au traitement que lui réserveraient les Asiatiques chargés de ce genre de besogne.

— En plus, il y a l'héroïne. C'est une opération très délicate. Ne me compliquez pas le travail, je vous en prie. C'est une question de prudence. Soyez patient.

— Vous me cachez quelque chose, n'est-ce pas, demanda Lachance ?

Elle fit une pause pour respirer profondément.

— Malgré l'importance que nous accordons à l'arrestation de Hernandez, ce n'est pas lui qui nous intéresse. Je ne travaille pas pour la DEA mais bien pour la CIA.

Lachance ne fut pas surpris outre mesure par cette déclaration.

— Vous lisez, tout comme moi, les journaux. Vous n'êtes pas sans savoir que l'Inde et le Pakistan se livrent, depuis quelques mois, une lutte à base d'intimidation nucléaire. Ce qui est encore plus troublant dans cette surenchère stupide, c'est que le vrai responsable de la création de ces deux nouvelles puissances nucléaires est le Canada. C'est le Canada qui a vendu à ces deux pays les fameux réacteurs Candu, tout en feignant d'ignorer que ces derniers permettraient aux spécialistes d'en arriver là où ils en sont aujourd'hui. Votre premier ministre clame son innocence sur tous les toits en criant bien fort que le Canada n'y est pour rien et que ce sont les autres pays qui n'ont pas tenu parole. Comme si on pouvait croire ce que disent les politiciens. Même en signant des traités, ils sont les premiers à ne pas les respecter. Mais ce ne sont pas ces pays qui nous inquiètent pour le moment. Nous savons que l'Iran et l'Irak travaillent d'arrache-pied pour arriver à des résultats identiques. Le problème vient de l'ancienne URSS qui solde actuellement, sur le marché noir, du matériel nucléaire pouvant être utilisé par ces pays. Le malheur, c'est que beaucoup de ce matériel transite par le Canada grâce à une pègre soviétique qui y est bien implantée.

— Oui, je sais. Je connais personnellement Chopov qui s'active beaucoup dans ce domaine.

— C'est lui que nous voulons neutraliser.

— Vite dit, mais plus difficile à faire.

Nancy détourna les yeux.

— Il y a pourtant un moyen infaillible d'y arriver.

Elle ne le regardait pas. En l'observant de profil, il la trouva très belle.

— Vous savez que vous êtes très belle, mademoiselle.

La remarque la mit mal à l'aise. Elle se retourna vers lui, le visage crispé par ce qu'elle avait à lui demander. Elle n'eut pas le temps d'ouvrir la bouche.

— Alors, vous désirez que je le tue, n'est-ce pas ? Ma liberté contre un crime. Vous savez, j'ai quitté le milieu parce que les crimes qu'on commettait et que je ne dénonçais pas me dégoûtaient. Je me suis alors convaincu qu'une vie, avec tous ces crimes sur la conscience, ne valait pas la peine d'être vécue. Maintenant, voilà qu'on me demande de devenir directement responsable d'un crime avec la bénédiction de la CIA.

— Serez-vous plus satisfait de vous si jamais Chopov parvient à ses fins et que les bombes qu'il aura contribué à mettre au point tuent des milliers d'innocents ?

Lachance ne répondit pas. Il se tenait la tête dans les mains. Soudain, il demanda :

— Vous avez déjà tué quelqu'un ?

— Non.

— Si, un jour, votre travail vous obligeait à tuer, le feriez-vous ?

Elle hésita.

— Probablement.

— Si, un jour, je peux connaître la paix, j'imagine qu'il me faudra oublier beaucoup de choses, si jamais j'en suis capable. Vous voulez ma réponse maintenant ?

— Je dois rencontrer mes patrons demain matin.

— Dans ce cas, inutile de gâcher les quelques heures qu'il nous reste. J'accepte si on me promet que ce sera la dernière condition qu'on imposera à ma liberté.

— Je puis vous le promettre. J'ai vu vos papiers officiels. C'est même moi qui ai choisi votre nouveau nom. Désormais, vous vous appellerez David Green. David en souvenir de mon grand-père et Green pour le Vermont que j'aime tant. Ça vous plaît ?

— Tout en vous me plaît, répondit-il en la regardant sérieusement. Vous savez à quoi je pense en ce moment ?

— Je préfère ne pas le savoir. Venez, allons manger. J'ai une faim de loup. Ce soir, c'est moi qui régale.

Elle le prit par la main et ils quittèrent le parc.

Le lendemain matin, Lachance dormait profondément lorsqu'on frappa à sa porte. Ce brutal réveil le mit de mauvaise humeur, d'autant plus que la veille il avait quelque peu abusé du chianti. Il ouvrit. Deux jeunes hommes, bâtis comme des armoires à glace, le regardaient en souriant. Ils ne parlaient pas français.

— Mal au bloc ? s'enquit le plus grand, moqueur.

— Un peu, oui. Qui êtes-vous ?

— Des collègues de Nancy. Je m'appelle Ted. Voici mon copain Clyde. Nous devons vous conduire dans un endroit sûr.

Ils les fit entrer. Deux minutes plus tard, un garçon

apportait un copieux déjeuner. Sa douche prise et rasé de frais, Lachance se sentit mieux. Il s'habilla et revint vers ses visiteurs.

— Alors, ça va mieux maintenant ?

— Ouais, grogna Lachance.

Sans montrer plus de sympathie, Ted, qui semblait le leader, dit :

— Bon, allons-y !

Ils quittèrent Montpelier en empruntant une route de campagne. Quelques kilomètres plus au nord, ils traversèrent un pont et longèrent la rivière pendant plusieurs minutes. Ils débouchèrent finalement sur un chemin de terre qui serpentait dans une forêt de pins qui les conduisit à une jolie maison que dissimulaient des arbres magnifiques.

— Ici, nous serons tranquilles, dit Ted.

L'endroit était idéal pour la détente. La maison rappelait celles des pionniers qui avaient défriché le pays. Ils s'y installèrent comme si leur séjour devait durer longtemps.

— Bon, mettons-nous au travail. Ne perdons pas de temps.

— Fred m'a raconté ce que tu savais de Chopov. Il semblerait qu'il ne crache pas sur la vodka ?

— En effet, j'ai quelquefois l'impression qu'il a l'estomac en plomb.

— Très intéressant. Voici notre plan. Selon ce que tu nous as dit, il est beurré presque tous les soirs. Tu sais où il habite ?

— Oui, à Côte Saint-Luc. C'est une banlieue cossue à l'ouest de Montréal. Il a un luxueux appartement au deuxième étage d'un complexe résidentiel très sélect. On dit qu'il a payé une petite fortune pour cette piaule.

— Il y a des gardiens ?

— Non, seulement un concierge dans le hall.

— Où stationne-t-il son auto ?

— Je ne sais pas. Probablement qu'il y a un garage souterrain. C'est à vérifier.

— Que fait-il de ses journées ?

— Il passe le plus clair de son temps chez Jack Ruben, le chef du holding, si je peux dire. Jack a ses bureaux à côté de son appartement. C'est là que se décident tous les coups. Comme l'édifice lui appartient, tous ses collègues stationnent en bas, dans le parking du sous-sol.

— Il est surveillé ?

— Oui, des caméras de télé sont reliées au bureau du gardien au rez-de-chaussée. Ce dernier est armé et communique avec le bureau de Ruben dès qu'il y a quelque chose d'anormal.

— Bon, ça va. Il faudra que tu trouves un moyen d'agir sans être vu des caméras. Le garage est l'endroit idéal pour réussir ta mission car, selon ce que tu as raconté à Fred, Chopov est souvent ivre quand il y descend. Aussi bien profiter de l'aubaine.

Il fit un signe à son collègue qui sortit de sa poche un revolver et le déposa sur la table.

— C'est une arme russe, un Nagant, calibre 7,62. Un joujou comme celui-là ne pardonne pas. Les balles qu'il utilise sont très spéciales. Elles brûlent leurs cibles de façon très spectaculaire. De plus, une caractéristique intéressante de cette arme, c'est l'absence de détonation lorsqu'on appuie sur la détente. Elle produit un bruit mat, comme étouffé, à peine audible à cent mètres.

Lachance était fasciné par le sang-froid de l'agent. Il parlait de tuer sans la moindre émotion. Étrange métier tout de même que celui d'agent secret.

— Bon, voici notre plan. Nous devons simuler le suicide et c'est ici que ton action devient capitale. Aussi bien te le dire carrément, si jamais tu ratais ton coup, ou que tu sois pris, n'attends aucune aide de notre part. C'est cruel, mais c'est le prix à payer pour un échec dans notre milieu. Mais, trêve de pessimisme. Commençons par le début. L'arme qui est sur la table est celle que tu utiliseras. Elle servira aussi à ton entraînement. Tu devras apprendre à la charger, à débloquer le dispositif de sécurité et, surtout, à l'utiliser rapidement et de la façon requise pour qu'on ne doute pas un instant du suicide. C'est mon collègue Clyde qui se chargera de ta formation. Il est expert en balistique. Questions ?

Lachance fit signe que non.

— Très bien, je vous laisse tous les deux. Je reviendrai dès que nous aurons le feu vert.

Pendant de longues heures, Claude Lachance dut faire et refaire chacun des gestes qu'il devrait effectuer pour réussir sa mission. Clyde ne tolérait aucune erreur, si minime fût-elle. L'entraînement se poursuivit jusque tard en soirée. Il dormit comme un enfant tellement il était fatigué. Le lendemain, il reprit tout l'exercice depuis le début. L'Américain demeurait intraitable. Dès qu'il ne respectait pas les directives, il devait tout recommencer. Ted revint le troisième jour.

— Nous pouvons y aller. Tu suis le plan scrupuleusement. Chopov doit se suicider au garage de son bureau, ce sera plus facile pour toi. Prends le temps qu'il faut pour que les conditions idéales soient réunies. S'il n'est pas ivre le premier soir, attends le lendemain. Dès que ta mission est accomplie, tu communiques avec notre agent à ce numéro. Mémorise-le, il ne faut laisser traîner aucun papier. Puis, tu prends le premier vol pour La Guardia à New York. Avant de quitter Dorval, donne ton numéro de vol à notre agent montréalais. Quand tu arriveras à New York quelqu'un te contactera et te donnera nos directives. Voici ton billet ainsi que de l'argent dont tu as besoin. Bonne chance !

Lachance quitta le Vermont et arriva à Montréal dans la soirée. Il logea dans un motel anonyme de Brossard et essaya tant bien que mal de se reposer. Tôt, le lendemain, il se gara près de l'appartement de Chopov à Côte Saint-Luc. Vers dix heures, à son grand soulagement, il reconnut la grosse Mercedes de Chopov qui sortait du garage. Il la suivit de loin. Une fois assuré que le Russe se dirigeait vers les bureaux de Jack Ruben, il poussa un grand soupir de soulagement. Ne restait maintenant qu'à attendre. Il revint au motel et s'écrasa devant le téléviseur, histoire de tromper l'ennui. Au bulletin de nouvelles, il fut sidéré en voyant des images des funérailles civiques de l'agent Julie Samson, morte assassinée quelques jours plus tôt. Il reconnut Landreville, qui pleurait sans se donner la peine d'essuyer les larmes qui coulaient sur ses joues. Cette nouvelle le révolta. Il venait de trouver la motivation qui lui manquait pour réussir sa mission.

Lachance connaissait les habitudes de Chopov. Il ne quittait jamais le bureau de Ruben avant une ou deux heures du matin. À cause du décalage horaire avec Moscou, c'est à ce moment qu'il pouvait communiquer le plus facilement avec ses contacts. Le problème, c'est que, à ces heures matinales, il était plus souvent qu'autrement dans un état d'ivresse si avancé que son élocution rendait ses conversations difficilement compréhensibles. Très souvent, ses interlocuteurs lui raccrochaient la ligne au nez. Cet affront, du moins, c'est ainsi que Chopov interprétait ce geste, le rendait absolument furieux. Il pouvait briser tout ce qui lui tombait sous la main. Doté d'une force herculéenne, il devenait, dans ces moments de démence, tout à fait incontrôlable. Afin de prévenir les drames, Ruben faisait appel à deux gorilles asiatiques qui réussissaient à le calmer en lui administrant une sorte de prise, puisée dans le répertoire des arts martiaux coréens. Il s'endormait alors et ils le transportaient dans sa voiture où il pouvait ronfler jusqu'à l'aube. Il rentrait ensuite chez lui, ne se souvenant pas de ce qui lui était arrivé la veille.

Connaissant les lieux comme le fond de sa poche, Lachance avait réussi à s'introduire dans le garage en évitant le balayage des caméras. Il faut dire que, à cette heure tardive, le gardien pensait plus à son lit qu'à observer l'écran du moniteur. Ce qui facilitait le travail de l'ex-policier, c'est que la Mercedes de Chopov était garée près d'une colonne de béton qui empêchait la caméra de voir tout le véhicule. Une fois à l'intérieur, Lachance s'était tapi à même le sol, derrière la voiture d'un des locataires. Il évitait ainsi d'être découvert par les gars de Ruben qui entraient et sortaient à tout moment. Son plan était risqué. Quand la porte de l'ascenseur s'ouvrirait, deux choses pouvaient se produire. La première : Chopov serait seul. Tout absorbé qu'il serait à trouver la serrure, Lachance aurait le temps de se glisser derrière lui sans que l'autre ne découvre sa présence. Dès que la portière serait ouverte, il lui serait facile de manœuver. L'autre possibilité, c'est qu'il soit tellement beurré que les gardes le descendent, l'installent dans l'auto en se moquant du gros porc. Ils quitteraient ensuite les lieux dans leur auto, trop heureux de regagner leur lit. Lachance souhaitait ardemment que les choses se passent ainsi. Il regarda sa montre. Elle indiquait deux heures et trente. De toute évidence, la soirée se prolongeait. Était-ce la vodka ou le travail ? Il le saurait dans peu de temps. Dix minutes plus tard, des voix lui parvinrent de la cage d'ascenseur. Il se cala davantage sur le sol froid du garage. Les deux Chinois traînaient le Russe en riant aux éclats. L'un d'eux ouvrit la portière et, après bien des efforts, ils l'installèrent tant bien que mal sur la banquette. D'où il était, Lachance ne voyait rien, mais il avait assisté tellement de fois à ce triste spectacle que rien du rituel ne lui échappait. Quelques minutes plus tard, il entendit des portières s'ouvrir, un moteur démarrer puis, finalement, le crissement des pneus de l'auto qui quittait le garage en vitesse. Le silence revint. Il risqua un œil autour de lui. Dès que la caméra eut dépassé la zone où il se cachait, il courut vers l'auto. De cet endroit, il pouvait travailler en paix à cause de la colonne qui bloquait la vue. Il vit Chopov, bien écrasé sur la banquette, la chemise maculée de vomissures. La scène était dégoûtante. Il chercha les clefs. Elles étaient sur le tableau de bord, devant le volant. Il mit des gants de médecin et s'en empara. Il contourna ensuite la voiture, puis ouvrit la portière opposée. Il sortit l'arme de sa veste. Brièvement, il repassa dans son esprit les directives de Bob. « Tu appuies le canon de l'arme sur la tempe droite. Tu laisses un angle d'environ dix degrés entre la base du canon et le haut. Autrement, si le canon est posé trop à plat, n'importe quel médecin légiste se rendra vite compte qu'il s'agit d'un meurtre. » Clyde lui avait fait répéter le geste maintes fois sur sa propre tempe. Lachance avait mémorisé l'angle requis comme un automate. L'autre précaution à ne pas négliger : les éclaboussures de sang. Il déplia une grande feuille de matière plastique qu'il s'attacha autour du cou. Muni de ce tablier de fortune, il pouvait maintenant passer à l'action. Il referma la portière et se glissa sur la banquette arrière. Délicatement, il posa l'arme sur la tempe de sa victime, vérifia rigoureusement l'angle du canon et la trajectoire normale de la main d'un désespéré commettant ce geste. Satisfait, il appuya sur la détente. Un bruit mat, à peine plus fort que celui que ferait un gros livre qu'on laisserait tomber à plat sur le sol, se fit entendre. La cervelle éclatée laissait couler un déluge de sang. Lachance se hâta car la nausée s'emparait de lui. Il prit la main de Chopov. Laborieusement, il réussit à y mettre l'arme. Il hissa ensuite la main tenant l'arme à la hauteur de ce qui était il y a quelques secondes la tête et la laissa retomber. Le bras s'écrasa, inerte, sur la banquette tandis que l'arme glissait sur le plancher de l'auto. Lachance referma les portières comme elles l'étaient à son arrivée. Il enleva son tablier qu'il plia en évitant de laisser tomber du sang sur le sol. Il fit de même avec ses gants. Un dernier coup d'œil à ses vêtements le rassura. Aucune trace de sang. Il glissa le tout dans un sac qu'il emporta avec lui. Il prit l'escalier de secours jusqu'au rez-de-chaussée. À cette heure tardive, la porte ne s'ouvrait que de l'intérieur. Il poussa la barre horizontale et sortit en longeant le mur de l'édifice. Il marcha très rapidement vers son auto garée à trois rues de là. Il démarra en vitesse. À cette heure de la nuit, il lui était inutile de trouver un lit. Il prit la route de l'aéroport. En chemin, il aperçut un restaurant ouvert toute la nuit. Il s'y arrêta et trompa le temps devant un café.

À onze heures, perdu dans la foule des voyageurs, il marchait lentement dans l'aéroport La Guardia lorsqu'il reconnut Nancy qui, souriante, s'avançait vers lui. Elle l'embrassa sur les joues à la française.

— Ça va ?

— Plutôt fatigué, mais ça pourrait être pire.

— Tout s'est déroulé comme prévu ?

— Oui, répondit-il sèchement, j'aimerais ne plus entendre parler de cette affaire.

— Je comprends. Viens, nous allons déjeuner et je t'expliquerai le déroulement des prochaines étapes.

Ils trouvèrent une table dans un restaurant où les

odeurs de graisse laissaient deviner la qualité de la cuisine. Ils ne prirent qu'une bière.

— Bon, voici tous les documents dont tu auras besoin pour vivre paisiblement dans ton nouveau pays. Passeport, document officiel de naissance, en un mot, le kit du parfait petit Américain. Ton avion décolle dans deux heures. Tu te rendras à Denver, Colorado. Ce sera ta ville d'adoption pour les prochains mois. Un appartement t'y attend ainsi qu'un collègue, qui t'aidera à trouver un emploi. Je m'excuse de ne pas t'avoir laissé choisir la ville, mais c'est pour ta propre sécurité. Nous veillerons sur toi encore quelque temps, histoire de te faire oublier. Tu comprends ?

Lachance fit signe que oui.

— Tu as tout le temps de consulter tes papiers et de te familiariser avec les tenants et aboutissants de ta nouvelle vie. Bon, voilà. Mon travail est terminé. Comme au théâtre je te dis « merde ». Prends soin de toi.

Lachance ne répondit pas. Il la regardait comme si elle allait se dissoudre. Il voulut prendre sa main, mais elle se leva rapidement.

— C'est mieux ainsi, Claude.

Elle tourna les talons et quitta la salle presque au pas de course. Une vie finissait, une nouvelle commençait.

25

L'honorable juge, Hélène Gadoury, fit son entrée dans la salle. Les avocats la saluèrent comme le veut le protocole. Sans perdre un instant, elle déclara :

— Monsieur Renato Ferrara, vous êtes accusé d'avoir gardé votre femme prisonnière dans sa propre maison. Elle s'en serait évadée pour se réfugier chez le capitaine Landreville de l'escouade antigang. Puis, vous l'auriez kidnappée dans l'appartement de la policière Julie Samson, assassinée la semaine dernière. C'est cette dernière qui assurait sa surveillance. Finalement, contre son gré, vous l'auriez envoyée dans l'île d'Aruba sous prétexte qu'elle y subirait un traitement pour sa dépression nerveuse. Son médecin serait le professeur Torelli.

Puis, s'adressant à l'avocat de la défense, elle dit :

— Maître Bramante, vous avez la parole.

L'élégant avocat se leva et, d'un geste théâtral, replaça sa toge méticuleusement.

— Merci, Votre Honneur. Les accusations que les forces de l'ordre portent contre mon client sont un abus de pouvoir. C'est du harcèlement pur et simple envers un brave père de famille qui est en butte à un problème extrêmement grave. On a kidnappé sa fille unique et cet enlèvement, vous le comprendrez très bien, a boulevervé la vie de ce couple paisible. Or, qu'a fait la police pour résoudre ce crime ? Rien, strictement rien, sinon accabler le père d'accusations plus farfelues les unes que les autres.

La juge l'interrompit.

— Venez-en aux faits, maître.

— J'y arrive, Votre Honneur. J'aimerais citer un premier témoin. Monsieur Renato Ferrara.

L'Italien se leva et s'installa confortablement dans le box des témoins. Le greffier procéda au rituel serment. Bramante poursuivit.

— Monsieur Ferrara, pourriez-vous raconter à la Cour comment les événements se sont déroulés depuis la disparition de votre fille.

Renato respira profondément, se racla la gorge plusieurs fois avant de commencer.

— Votre Honneur, l'enlèvement de notre fille unique, Monica, a détruit notre vie. Ma femme, qui est d'une nature très sensible, a subi un choc terrible en apprenant cette horrible nouvelle. Comme tous bons citoyens, nous avons fait appel aux policiers, sans résultats jusqu'ici. Chaque journée sans nouvelle aggravait la santé mentale de mon épouse, déjà très éprouvée, car elle a toujours été un peu dépressive. Inquiet de la voir dépérir ainsi, j'ai consulté le professeur Torelli, un grand ami de mon père. Il m'a conseillé de lui confier ma femme afin qu'il puisse évaluer son état. De plus, il m'a demandé de ne pas la laisser seule un instant. C'est pourquoi, mon employé, Giovanni, qu'elle connaissait depuis longtemps, était chargé de la surveiller. Dans son état, le pire pouvait survenir. J'aurais bien aimé que ma mère s'en occupe, mais, étant donné son grand âge et sa santé fragile, je m'en suis abstenu à regret. Le lundi matin, j'ai nolisé un avion privé pour conduire Elsa à la clinique du professeur Torelli, où elle est actuellement. Voilà, c'est ce que j'ai à dire.

Maître Bramante se fit cérémonieux. Il raccompagna Ferrara à son siège, puis, s'adressant à la juge, il poursuivit, grandiloquent :

— Est-ce là le témoignage d'un mari cruel ? D'un époux sans cœur qui commettrait le crime infâme de garder sa propre femme prisonnière ? J'aimerais, maintenant, Votre Honneur, citer monsieur Giovanni Rossi à la barre des témoins.

Le vieil homme se leva lentement. Mal à l'aise, il mit un certain temps à s'asseoir dans le box. Lorsque le greffier lui tendit la bible, il répondit en italien.

— Votre Honneur, monsieur Rossi parle très peu la langue française. Aussi vous demanderai-je la plus grande patience à son endroit. Je devrai parler très lentement et peut-être traduire quelques mots en italien s'il ne comprend pas.

La juge opina d'un signe de tête.

— Giovanni, mon ami, qu'est-ce que tu faisais chez madame Ferrara ?

— Je regardais.

— Tu veux dire que tu la surveillais, n'est-ce pas ?

Giovanni fit un grand signe pour montrer son accord. L'avocat poursuivit :

— Est-ce que madame Ferrara était attachée ?

Pour bien se faire comprendre du témoin, Bramante lui montra ses poignets entrecroisés. L'homme sursauta. D'un geste indigné, il répondit par la négative.

— Tu lui apportais ses repas ?

— Oui.

— Elle mangeait bien ? poursuivit Bramante en mimant le geste.

L'autre l'imita. Avec ses doigts, il montra qu'elle ne mangeait pas beaucoup.

— Quand a-t-elle quitté la maison pour prendre l'avion ?

L'avocat de la défense avait bien préparé son scénario. Il montra un calendrier à son témoin. Le vieil homme le regarda rapidement, puis pointa une date du doigt.

— Votre Honneur, je demanderais au greffier de vous dire quel jour de la semaine Giovanni vient de me montrer.

Le greffier s'approcha et confirma que le lundi était bien le jour désigné.

— Giovanni, à quelle heure est-elle partie de la maison ?

— À dix heures, lundi matin, répondit le gardien.

— Voilà, Votre Honneur. Je n'ai rien d'autre à ajouter. Vous voyez bien que toute cette affaire est une histoire montée par la police afin de discréditer mon client. Devant la limpidité de ces preuves, je demande à la Cour de libérer mon client.

— Maître Dancause, vous avez la parole.

La jeune femme se leva. Elle se pencha vers Landreville et lui dit quelque chose à l'oreille.

— Votre Honneur, j'aimerais montrer à la Cour cette enveloppe. Elle constituera une pièce à conviction importante. Je demanderais au greffier de prendre un morceau de tissu pour la toucher. Un mouchoir fera l'affaire.

Le greffier prit l'enveloppe et la déposa sur une table, à gauche du juge. La jeune avocate se tourna ensuite vers Landreville.

— Capitaine, voulez-vous prendre place, s'il vous plaît ?

On procéda au même rituel que pour le témoin précédent.

— Capitaine Landreville, comment avez-vous obtenu cette enveloppe ?

— C'est madame Ferrara qui me l'a remise.

— Où madame Ferrara vous l'a-t-elle remise ?

— À mon appartement.

— Et quand cela ?

— Le lundi 26 juillet. Il était vingt-trois heures exactement. Je rentrais du travail.

— Voudriez-vous raconter à la Cour ce qui s'est passé ce soir-là ?

Landreville raconta ce qu'il avait vécu. Il n'avait pas terminé son récit que déjà Bramante s'était levé.

— Objection, Votre Honneur. On ne peut retenir un témoignage aussi farfelu, puisque j'ai cité un témoin à la barre qui a juré que le lundi en question madame Ferrara était à Aruba.

— Objection rejetée. Continuez, capitaine, dit la juge.

Landreville termina son récit et s'arrêta avec l'arrivée de l'épouse de Ferrara chez sa collègue Julie.

— Comment pouvons-nous être assurés que vous dites la vérité, capitaine ? poursuivit l'avocate.

Landreville enchaîna :

— Le lendemain, après le constat de l'enlèvement de madame Ferrara et de l'assassinat de la policière Samson, j'ai demandé au laboratoire de prendre les empreintes digitales sur l'enveloppe.

— Et quels ont été les résultats ?

— Entre autres empreintes, celles de madame Ferrara s'y trouvent. Si, comme l'affirme son mari, elle était à Aruba, ses empreintes ne s'y trouveraient pas.

— Comment pouvez-vous en être certain ?

— Si vous regardez l'enveloppe attentivement, vous remarquerez, dans le coin droit, une date qui y est imprimée. C'est une machine-robot qui indique cette date lors du tri du courrier. Cette machine vérifie en même temps si l'affranchissement est conforme aux normes. Or, cette date est le 22 juillet.

— Et où se fait ce travail de vérification ?

— Dans un centre régional de Postes Canada.

— Ensuite que se passe-t-il ?

— Le courrier est regroupé par bureau de poste de quartier, puis acheminé par camion. Donc, dans le cas qui nous occupe, cette lettre est arrivée au bureau de poste de Saint-Léonard le vendredi 23 juillet en fin d'après-midi. Il en est toujours ainsi pour le courrier devant être distribué le lendemain. Comme le lendemain était un samedi et qu'il n'y a pas de livraison pendant le week-end ou les jours fériés, cette lettre n'a pu être livrée que le lundi.

— Alors, madame Ferrara a pu recevoir la lettre avant son départ ?

La question rendit Bramante nerveux.

— Si, comme le dit le témoin, madame Ferrara a quitté sa résidence vers dix heures, c'est impossible.

— Pourquoi donc ?

— Parce que, dans ce quartier, le facteur ne distribue jamais le courrier avant l'après-midi, puisque c'est la fin de sa ronde. Vous pouvez vérifier ces informations auprès du maître de poste du quartier, c'est lui qui me les a fournies.

— Merci, capitaine. Je n'ai pas d'autres questions.

La juge se tourna vers Bramante qui discutait à voix basse avec son client.

— Maître Bramante, vous désirez questionner le témoin ?

— Non, Votre Honneur. Je demanderais la permission de suspendre la séance pour trente minutes environ. J'aimerais m'entretenir avec mon client.

La juge parut ennuyée par la requête.

— Demande acceptée. Trente minutes maximum.

Ferrara semblait très perturbé par la tournure des événements.

Trente minutes plus tard, tout le monde revint à sa place. Bramante prit la parole.

— Votre Honneur, je demanderais à monsieur Ferrara de venir témoigner.

Ferrara revint au box.

— Monsieur Ferrara, vous avez entendu le capitaine Landreville parler de cette lettre. pourquoi n'avez-vous pas jugé bon de m'en parler ?

— Je n'en ai pas vu la nécessité, puisque cela n'a pas de rapport avec le départ de ma femme.

— Pourriez-vous dire à la Cour ce qui s'est passé exactement ?

— J'étais à mon bureau de la rue Langelier. J'y ai reçu trois appels touchant ce qui nous occupe ici. Le premier, de la compagnie de qui j'ai nolisé l'avion. À cause d'ennuis mécaniques, un responsable m'annonçait que le départ était retardé de plusieurs heures. On me disait de ne pas m'inquiéter car ma femme pourrait s'installer, en attendant, au salon VIP où le personnel prendrait bien soin d'elle. Le deuxième appel était de Giovanni. Vers deux heures, deux heures trente. Il venait de recevoir le courrier et me disait qu'il y avait une lettre adressée à ma femme. Comme je n'ouvre jamais son courrier, j'ai tout simplement demandé à Giovanni d'aller la lui porter avant son départ. Finalement, le troisième appel était également de Giovanni. C'est là qu'il m'a appris le désespoir de ma femme, lorsque, en ouvrant l'enveloppe, elle a découvert la photo de notre fille. Je lui ai alors ordonné d'aller la remettre en mains propres au capitaine Landreville. J'ai moi-même téléphoné à son bureau pour le prévenir. Il n'y était pas. Alors, en désespoir de cause, j'ai donné son adresse personnelle à Giovanni, en lui disant de glisser l'enveloppe sous la porte de son appartement. Ce n'est pas plus sorcier que ça.

Landreville demeurait, malgré sa rage, fasciné par la facilité avec laquelle Ferrara débitait tous ces mensonges. Il était impossible d'atteindre une telle perfection dans la fourberie sans un talent incroyable.

— Maître Dancause, vous voulez questionner le témoin ?

— Non, Votre Honneur. Nous maintenons notre version des faits et nous allons prouver tout de suite que ce que vient de raconter monsieur Ferrara n'est qu'un tissu de mensonges fabriqué pour tromper la Cour. Avec votre permission, j'aimerais appeler un dernier témoin.

Cette requête ne manqua pas d'inquiéter Bramante. Il se pencha à nouveau vers son client qui haussa les épaules pour bien marquer son ignorance quant à l'identité de ce témoin surprise.

— Votre Honneur, poursuivit l'avocate, étant donné le grand âge du témoin, je sollicite de la Cour la permission d'envoyer le capitaine Landreville à sa rencontre.

— Permission accordée, répondit la juge.

Sans se presser, même avec une certaine lenteur bien calculée, Landreville sortit de la salle d'audience. En passant près de Ferrara, il le toisa malicieusement. L'assurance du policier, pour ne pas parler de son arrogance, sema un vent de panique chez Bramante. Ce dernier sentait confusément que l'issue de sa cause dépendait de ce témoin inconnu. Finalement, la porte s'ouvrit sur un étrange couple. Droit, comme s'il conduisait sa fille à l'autel pour son mariage, Landreville avait à son bras une femme, tout de noir vêtue, à l'italienne. Elle avait le visage recouvert d'un voile transparent. Elle avançait très lentement, tellement que le policier devait s'arrêter à chaque mètre pour lui permettre de le suivre. Les gens qui se trouvaient dans la salle assistèrent alors à une scène absolument inusitée. Ferrara, d'un geste imprévisible, partit à la course vers cette femme. D'une voix désespérée, il cria :

— Mamma ! Mamma ! Non, ne fais pas ça ! Tu ne peux pas me faire ça. Mamma, sono tuo figlio Renato. Tu ne peux pas trahir ton fils.

Les journalistes qui couvraient l'audience n'en revenaient pas. Du jamais vu dans les annales de la justice, qu'une mère de mafioso incrimine son propre fils. Sans se soucier de lui, maintenant à genoux près d'elle, madame Ferrara mère continua son chemin jusqu'au box des témoins. Landreville l'aida à s'asseoir, puis reprit sa place. Sans qu'on le lui demande, la vieille femme releva le voile qui recouvrait son visage. Elle était pâle, les traits tirés par un manque évident de sommeil. Malgré sa fatigue, ses yeux noirs semblaient animés d'une énergie incroyable. Imperturbable, elle regardait son fils, encore à genoux dans l'allée, qui gémissait à fendre l'âme. On aurait dit que cette manifestation d'émotions l'agaçait au plus haut point. Bramante essayait, tant bien que mal, de ramener son client à une attitude un peu moins gênante. La juge dut intervenir.

— À l'ordre, s'il vous plaît ! À l'ordre, s'il vous plaît ! Je demande à l'accusé de reprendre sa place.

Aidé du greffier et de son avocat, Renato Ferrara tituba jusqu'à sa chaise. Une fois assis, il se cacha la figure dans ses bras en se couchant sur la table. De longs hoquets déchiraient le silence plein de tension qui régnait dans la salle. Madame Ferrara prêta serment d'une voix ferme, presque autoritaire. Maître Dancause lui parla avec beaucoup d'égards.

— Madame Ferrara, je comprends l'immense drame que vous vivez en ce moment. Votre fils est accusé du crime que vous savez ; votre bru, que vous aimez beaucoup, en est la victime. De plus, comme si ce malheur n'était pas suffisant, votre petite-fille, que vous adorez, a disparu depuis longtemps. Aussi, afin de ne pas abuser de votre bonne volonté, je serai brève. Pourriez-vous dire à la Cour quand vous avez vu votre bru pour la dernière fois ?

— Non, hurla Renato d'une voix brisée par un pathétique mélange de terreur et de haine. Tu ne peux pas me trahir !

— Silence ! ordonna la juge, sinon je fais évacuer la salle.

La mère regarda son fils. Sans même tourner son regard vers l'avocate, elle répondit :

— Mardi à midi, lorsque mon fils l'a conduite à l'aéroport. J'habite la maison voisine. Vers dix heures, mardi matin, il m'a fait venir chez lui pour que je prépare la valise d'Elsa. En entrant dans sa chambre, j'ai vu la pauvre petite, couchée sur le lit, complètement inconsciente, probablement sous l'effet d'un médicament quelconque. J'ai essayé de la réveiller sans résultat. J'ai grondé Renato mais il m'a répondu grossièrement. Jamais il ne m'avait parlé ainsi. Lorsqu'un enfant ose traiter sa mère de cette façon, il est capable de tous les crimes. À cause de lui, son père est mort. À cause de lui, sa fille va peut-être mourir. À cause de lui, sa propre femme, la mère de sa fille, est gardée prisonnière comme une criminelle, droguée et envoyée dans un pays étranger contre son gré.

Des larmes coulaient maintenant sur les joues ridées de la vieille mère. Pour elle, le comportement de son fils n'avait aucune excuse. Il avait attaqué la famille, son dernier refuge dans ce monde bouleversé. Elle s'arrêta de parler. Elle sortit un mouchoir d'une manche de sa robe et se cacha les yeux, comme si elle voulait pleurer sa honte à l'abri des regards. La juge intervint immédiatement :

— L'accusation est maintenue envers Renato Ferrara. Toute demande de libération conditionnelle est refusée. De plus, l'accusé a deux jours pour prendre les moyens nécessaires pour que sa femme, madame Elsa Ferrara, revienne au pays. Passé ce délai, je demanderai personnellement au gouvernement canadien de prendre les mesures nécessaires pour satisfaire à cette exigence de la Cour.

Puis, s'adressant à Bramante, elle poursuivit d'un ton qui ne souffrait aucune réplique.

— Maître, faites bien comprendre à votre client que si, d'aventure, il arrivait quelque chose de fâcheux à madame Ferrara, il en serait tenu pour personnellement responsable. Quant à vous, monsieur Rossi, vous êtes accusé de faux témoignage et d'outrage au tribunal. Qu'on l'arrête.

Elle frappa d'un geste impatient le bureau de son marteau de bois, puis, en trombe, elle quitta la salle. Les journalistes se ruèrent vers la mère de Renato. Landrevile eut toutes les peines du monde à la soustraire à cette meute affamée. Pendant ce temps, menottes aux poignets, Rossi et son patron Renato étaient conduits par les policiers hors des lieux. Dans l'auto qui ramenait madame Ferrara, chez elle, Landreville ne savait trop que dire. Il lui semblait que, après des moments aussi pénibles, seul un silence respectueux s'imposait. En descendant de voiture, la vieille femme prit les deux mains du policier.

— Je vous en supplie, capitaine, ne me laissez pas mourir avant d'avoir revu ma petite Monica. Jurez-moi que vous la retrouverez.

— Ce sera peut-être ma dernière mission, mais je vous jure que je ferai l'impossible pour la retrouver.

Un faible sourire éclaira brièvement le visage de la grand-mère.

— *Grazie.*

Refusant toute aide, elle regagna sa résidence où l'attendaient deux servantes en pleurs.

26

La nouvelle que Ferrara allait rester en prison en attendant son procès fut accueillie comme une grande victoire au quartier général. Après tous les déboires encaissés au cours des derniers mois, l'équipe commençait à recueillir les fruits d'un travail ardu. Le nettoyage allait bon train. Hernandez, aux mains des Américains, aurait du mal à s'en sortir. L'importante saisie effectuée par les collègues fédéraux permettait à tous de prendre un peu de répit dans la tourmente. Et maintenant, le fait que Ferrara était sous les verrous changeait encore la donne. Comment l'ennemi allait-il redéployer ses forces dans ce nouveau contexte ? C'était là le principal sujet de conversation des membres de la brigade. On sentait une effervescence qu'on n'avait pas connue depuis longtemps. Landreville marchait sur un nuage, tellement il était satisfait de la tournure des événements. En entrant chez lui, ce soir-là, il découvrit son appartement sens dessus dessous. Un fouillis indescriptible y régnait. Les livres de la bibliothèque traînaient partout sur le plancher. Il était facile de constater qu'on les avait feuilletés un à un à la recherche d'un document. Sa chambre n'avait pas échappé aux fouilles méticuleuses des intrus. Prenant son courage à deux mains, le capitaine s'affaira à tout remettre en place. Malgré le travail que lui occasionnait cette visite, il souriait d'aise à la seule pensée qu'Allard était tombé aussi bêtement dans le piège. Ce que les visiteurs cherchaient n'était rien d'autre que le document qu'il destinait aux journalistes s'il lui arrivait un malheur. Maintenant, il devait résoudre un autre problème. Qui avait confié l'enquête à Allard ? Était-ce le premier ministre lui-même ou son chef de cabinet ? S'il fallait que...

La sonnerie du téléphone mit une fin abrupte à sa réflexion.

— Martin, Marc à l'appareil. Tu ne peux imaginer ce qui vient d'arriver. Assieds-toi, sinon tu risques de tomber. Andréi Chopov vient d'être assassiné dans sa voiture.

— Quoi !

— Le concierge de l'immeuble vient de nous prévenir. J'ai des gars sur les lieux. La meilleure, c'est que son auto est dans le stationnement souterrain du Siena. Une vraie aubaine.

— J'arrive.

Sur les lieux, il se fit raconter le déroulement des événements. Un couple, locataire d'un appartement de l'édifice, avait fait la macabre découverte en garant son auto au retour d'un spectacle. La femme, en larmes, n'arrivait pas à se calmer. Landreville prit le mari à l'écart.

— Lorsque vous avez découvert le corps, qu'avez-vous fait ?

— Nous sommes montés en hâte dans le hall, prévenir le concierge.

— Il a téléphoné immédiatement à la police ?

— Non, il a parlé à une personne qui est descendue tout de suite.

— Vous connaissez cet homme ?

— Le concierge m'a dit qu'il est le propriétaire de l'édifice.

— Qu'est-ce qu'il a fait ?

— Il est descendu seul au garage. Il est remonté environ cinq minutes plus tard. D'autres hommes sont venus, puis ils sont repartis après avoir discuté avec le propriétaire.

— Selon vous, combien de temps s'est écoulé entre votre découverte et le moment où on a appelé les policiers ?

— Environ trente minutes. C'est le concierge qui a téléphoné.

— Merci. Vous pouvez regagner votre appartement avec votre femme. Je pense qu'elle a besoin de se reposer.

Il s'approcha ensuite de la voiture où travaillaient les gars du laboratoire. Gagné fit un premier bilan.

— À première vue, ça ressemble à un suicide. L'autopsie en dira plus long.

— D'accord. Dis au toubib qu'il se bouge. J'aimerais avoir son verdict au petit jour. Attends-moi avant de partir. J'en ai pour quelques minutes.

Sans laisser le temps à son adjoint de poser une question, Landreville prit l'ascenseur. En regardant le tableau, il comprit qu'il ne pourrait monter jusqu'à l'étage occupé par Ruben. Seule une clé en permettait l'accès. Il dut se résigner à s'arrêter au rez-de-chaussée. Il fit signe au concierge de s'approcher.

— Vous avez la clé pour monter chez Ruben ?

— Non, je dois téléphoner pour annoncer les visiteurs.

— Dans ce cas, annoncez-moi.

— Qui êtes-vous ?

Le policier lui mit son insigne sous le nez. L'autre parla brièvement au téléphone.

— Monsieur Ruben va descendre.

Cette démarche de Ruben ne le surprit pas outre mesure. De toute évidence, il ne voulait pas le voir chez lui. La porte de l'ascenseur s'ouvrit et Jack Ruben s'avança. Il portait un élégant vêtement d'intérieur de velours noir. Ses cheveux bien ondulés brillaient d'un gris argenté. Bien droit, sûr de lui, il tendit la main au policier.

— Vous désirez me voir, capitaine ?

— J'aurais préféré le calme de votre appartement, mais puisque vous le voulez ainsi, nous causerons ici.

D'un signe de tête, Ruben congédia le concierge. Courtois, il désigna un divan à Landreville.

— Nous serons très bien ici.

— D'abord, permettez-moi de vous offrir mes plus sincères condoléances. Vous êtes durement éprouvé depuis quelques jours.

— Je ne comprends pas ce que vous dites.

— Il est bien connu que le malheur brouille les esprits, aussi, je vais mettre les points sur les i. D'abord Hernandez. Ensuite, une petite perquisition vous prive d'une somme colossale, faute de drogue à vendre. Une quinzaine de vos dévoués collaborateurs dont Casonato sont au frais. Hier, Ferrara, aujourd'hui Chopov. Vous voyez, Ruben, le filet se resserre. Présentez mes respects à monsieur Zeng. Assurez-le qu'il aura de mes nouvelles bientôt. Quant à vous, cher ami, vous êtes le suivant sur ma liste. Sur ce, je vous quitte. Passez une bonne nuit.

Désinvolte, il se leva et alla retrouver Marc Gagné au parking.

— Maintenant que notre nuit est foutue, aussi bien en profiter pour faire le point sur nos affaires.

— À l'heure qu'il est, tous les bars sont fermés. Si tu as faim, je connais un endroit où on sert le meilleur smoked meat en ville. Tu es preneur ?

— Pourquoi pas. Allons-y !

Installés devant une copieuse assiette de viande fumante et de frites bien arrosées de ketchup, les deux amis vivaient un instant de bonheur juvénile.

— Il ne manque que deux filles en robes à crinoline et je retrouve ma jeunesse, lança Landreville à son collègue.

Ils revinrent très vite à leurs préoccupations.

— Tu crois au suicide de Chopov ? demanda Gagné.

— Je n'en ai pas la moindre idée. Je ne connaissais pas le bonhomme. S'il s'est fait sauter la cervelle, il devait avoir de sérieux problèmes avec ses camarades. Ça nous fait tout de même un truand de moins à pourchasser.

— C'est toujours ça de pris. Et le Ruben, qu'est-ce qu'il avait à dire ?

— Rien. En fait, il n'a pas eu le temps de parler. Je lui ai offert mes condoléances en plus de lui dire qu'il est le prochain sur ma liste. Il n'a pas semblé apprécier ma sollicitude à son endroit. Tu peux me croire, je lui réserve un chien de ma chienne à celui-là. Bon, revenons à nos moutons. Quoi de neuf sur le chef de cabinet Bertucci ?

— Oh ! tout un numéro que ce mec. Tu parles d'un culotté. Monsieur ne vit pas de l'aide sociale, crois-moi. D'abord, il habite un magnifique appartement dans l'édifice le plus chic de Québec, sur Grande-Allée. À deux mille par mois, tu imagines la piaule. Ensuite, il conduit une vulgaire Ferrari d'un jaune tape-à-l'œil qui ne manque pas d'attirer les regards. Tu sais combien coûtent ces bagnoles ? Près de trois cent mille. Ça n'a aucun sens. Moi qui sue comme un damné pour payer ma Ford tape-cul. Merde ! Il n'y a pas de justice. Comme si ce n'était pas assez, le signore fait la bombe dans les discothèques de Québec. Il est plus connu que Casanova dans son temps. Selon mes sources, il se paie toutes les plus belles filles de la ville. C'est à peine s'il a le temps de remettre son pantalon. Mais ce qu'il y a de plus intéressant à son sujet, c'est qu'il réussit tous ces exploits avec un salaire de soixante quinze mille dollars par année. On devrait le nommer d'office ministre des Finances, il ferait fureur.

— Il a probablement hérité d'un parent ?

— Nous n'avons rien trouvé à ce chapitre. J'ai moi-même vérifié au Revenu. Son salaire est tout ce qu'il déclare chaque année depuis cinq ans.

— Tu sais bien, Marc, que je ne peux utiliser cette information contre lui. On va me mettre la Charte des droits sur la gueule.

— C'est vrai, mais au moins, tu sais qu'il y a anguille sous roche. J'ai passé son arbre généalogique au peigne fin. De ce côté, pas de Crésus au cimetière. Tous de braves paysans du sud de l'Italie. Son père, décédé l'an dernier, travaillait comme simple cordonnier dans une échoppe de la rue Jean-Talon. Admets qu'il y a mieux comme profession si tu aspires à la richesse. Le fils n'a fait aucune étude spéciale. Un secondaire sans grands succès. Il bosse en politique depuis fort longtemps. D'abord au municipal, ensuite on le retrouve à Ottawa, où il passe d'un ministère à l'autre, toujours dans l'entourage d'un ministre ayant des budgets importants : la Défense nationale, les Transports, les Travaux publics. Au provincial, avant de se retrouver chez le premier ministre, il est passé à l'Immigration. Il a profité de son séjour à ce ministère pour se rendre plusieurs fois à Hong Kong parce qu'il pilotait un dossier sur les investisseurs asiatiques qui désiraient venir au Canada. Sans se mouiller, je parierais ma chemise qu'il a favorisé l'accès au pays de plusieurs immigrants qui nous font des problèmes actuellement. Je pense que son fric, c'est de là qu'il le tire. Voilà ce que j'ai pu trouver pour l'instant. Je continue ?

— Non, laisse tomber. Je pense en avoir suffisamment. Et pour la jeune Monica ?

— Quel merdier que cette affaire ! J'ai suivi ta piste. Selon les dossiers que nous avons retracés, comme européens, il n'y a que des Italiens. Après vérifications, rien du bras vengeur que tu recherches. Je t'assure que nous tournons en rond de ce côté.

— C'est tout de même étrange qu'on n'arrive pas à trouver une piste. Il faut qu'il y ait une solution. Le problème, c'est qu'elle doit être si évidente qu'on ne la remarque même pas.

— Pendant que j'y pense, madame Ferrarra arrive cet après-midi. Un diplomate canadien la raccompagne. Elle demeurera sous la protection de la Cour jusqu'à la fin du procès.

— Parfait. Dis-moi, au sujet de la petite, toujours pas de nouvelle photo ?

— Non.

— Je ne sais pas pourquoi mais je suis de plus en plus convaincu que les personnes qui l'ont kidnappée ne savent plus trop que faire avec elle. Ils voudraient bien s'en débarrasser mais ne savent pas comment.

— Pourquoi penses-tu ça ?

— Je l'ignore. S'ils avaient voulu faire du chantage, ils auraient envoyé une missive demandant de l'argent. Ils auraient certainement utilisé l'arme de la photo qui a une force de persuasion évidente. Non, rien de tout cela. Une seule photo, point final. Étrange tout de même. C'est la raison pour laquelle je pense à la vengeance. Quelqu'un, quelque part, déteste Ferrara au point de s'attaquer à sa fille pour le faire souffrir. Remarque qu'il y a une foule de personnes qui le détestent, mais les professionnels du crime n'agissent pas ainsi. Il faut que ce soit quelqu'un de l'extérieur. Ce qui me tracasse dans cette affaire, c'est le lien entre le kidnapping de l'enfant et le double assassinat de la rue Beaubien. Qui était visé, Riggi ou le grand-père ? Si j'opte pour Riggi, je suis piégé parce qu'il m'est impossible de trouver un lien logique entre lui et la fillette. Si, par contre, j'y vais pour le grand-père, le lien est facile à faire, trop facile. Ce serait un cas patent de vengeance contre Renato. Mais qui, à part quelqu'un de l'intérieur, pouvait savoir qu'il se trouvait chez Riggi ? Or, selon mes sources, dignes de foi, je te le fais remarquer, le milieu n'a rien à voir ni dans le meurtre du vieux ni dans l'enlèvement de la petite fille Ferrara.

Gagné suivait le raisonnement de son patron d'un air ennuyé. Il prenait plus d'intérêt à déguster son sandwich qu'à essayer de comprendre. Tout en mâchonnant ses frites, il résuma son point de vue.

— Tu m'as raconté ton histoire au moins cinq fois. J'ai suivi tes pistes sans succès. Tu m'as parlé de haine incontrôlée. J'ai vérifié tous les dossiers de Riggi, surtout ceux touchant les Européens. Alors, rien, moins que rien, sinon quelques pauvres fils de paysans calabrais en mal de drogue et un petit truand belge que les Jags ont refroidi il y a quelque temps.

Landreville sursauta.

— Qu'est-ce que tu dis ? C'est de Van Houtten que tu parles ?

— Oui. Qu'est-ce qui t'énerve ?

— Tu as une copie de la photo ?

Gagné fouilla dans sa poche de veston. Il tendit la photo à Landreville.

— Merde ! Merde ! Et merde encore ! C'est là qu'elle est, la fille ! J'aurais dû m'en douter. Tu as vérifié chez eux ?

— Pas moi personnellement. Je pense que Lebrun s'est rendu sur place. De toute façon, il n'a rien trouvé d'anormal.

— Téléphone-lui, tout de suite, je veux lui parler.

Gagné s'exécuta. Lorsqu'il eut Lebrun en ligne, il passa l'appareil à Martin.

— Lebrun, c'est toi qui as vérifié chez les Van Houtten ?

— Oui.

— Comment cela s'est-il passé ?

— Ils habitent dans l'est…

— Oui, je sais. Ce qui m'intéresse, c'est la maison.

— Ben, je n'y suis pas entré. J'ai rencontré le bonhomme sur la route qui mène à la rue Sherbrooke. Il allait à l'épicerie avec sa vieille fourgonnette. Nous avons parlé un peu. Tout m'a semblé normal. Il m'a dit que sa femme était très malade. Elle souffre d'un cancer très avancé. Il avait l'air épuisé, le pauvre. J'imagine qu'il veille sur sa femme.

— Tu imagines, tu imagines. Pauvre con ! Combien de fois faudra-t-il te dire qu'il faut vérifier les faits, pas les imaginer.

Furieux, Landreville raccrocha. Il regarda la photo en se grattant la tête. Soudain, il éclata.

— Le téléviseur ! C'est le téléviseur des Van Houtten, cria-t-il, hors de lui.

Les quelques noctambules qui occupaient les tables voisines, se retournèrent dans sa direction, l'implorant du regard de se calmer.

— Écoute, fit-il à voix basse, quand je suis allé chez eux leur annoncer la mort de leur fils, j'ai découvert une maison d'une pauvreté déconcertante. Presque pas de meubles. Sur le plancher du salon, il y avait un téléviseur noir et blanc, posé à même le sol. C'est celui-ci, j'en suis certain. Viens, nous allons leur rendre une visite nocturne.

Ils sortirent au pas de course du restaurant. Les rues désertes facilitèrent leur trajet vers l'est de la ville. Dès qu'un feu devenait rouge, Landreville allumait le gyrophare pour signaler sa présence. Il communiqua avec le quartier général.

— Tenez une ambulance prête à entrer en action immédiatement. Qu'elle attende, tous phares éteints, près de la rue Hogan, dans l'est. Je donnerai mes instructions au moment opportun.

Arrivé sur place, Landreville eut du mal à reconnaître les lieux. Il dut faire marche arrière à deux reprises. Finalement, il s'orienta. Il allait s'engager sur la route menant à la maison des Van Houtten lorsqu'il aperçut une lourde chaîne qui en interdisait l'accès. Une pancarte y était accrochée et on pouvait lire, écrit à la hâte : ENTRÉE PRIVÉE. Il coupa le moteur et descendit de voiture. Il allait enjamber la chaîne lorsqu'il distingua une silhouette plus loin au bord du fossé.

— Arrêtez tout de suite, sinon mon mari tue la petite.

Les deux hommes obéirent. La femme continua.

— Retournez à votre voiture et écoutez-moi.

— Madame Van Houtten, je suis le capitaine Landreville. Ne faites pas de bêtise. Soyez raisonnable. Rendez-nous la fillette, elle doit être très malade.

— Écoutez-moi bien, capitaine. Si vous voulez revoir cette enfant vivante, vous allez faire tout ce que je vous dis. À la moindre tentative pour cerner la maison, mon mari lui loge une balle dans la tête. Vous m'avez compris ?

— Oui, que voulez-vous ?

— Je veux que les journalistes des journaux, de la télévision et de la radio viennent ici dès qu'il fera jour. Je veux leur dire moi-même pourquoi nous avons fait cela. Je veux que le monde entier sache où sont les vrais criminels. Je vais les démasquer sans craindre leurs représailles. Pour nous, la vie est finie. Si vous refusez d'accéder à ma demande, je fais un signe et mon mari appuie sur la détente. Vous serez responsable de sa mort. Compris ?

— Oui, j'ai bien compris. Ne commettez pas l'irréparable, nous allons convoquer les journalistes.

La femme ne répondit pas. Landreville la vit reculer lentement vers la maison qu'on distinguait à peine au bout de la route. Il remonta dans la voiture.

— Elle est capable de la tuer. Ces gens sont désespérés. Leur fils a été tué de façon ignoble en tentant de voler de la drogue aux Jags. Je pense que c'est cette drogue qu'elle a utilisée pour piquer la petite. Elle a probablement une arme que son fils cachait chez elle. Si nous tentons la moindre action, je ne donne pas cher pour la vie de l'enfant. Convoque tout ce qu'il y a de journalistes pour six heures. Demande à l'ambulance de s'approcher et fais-en venir deux autres, on ne sait jamais. Il est presque cinq heures, nous avons une heure pour nous organiser. Il me faut du renfort discret. Pas d'uniforme. Tous en civil, comme des journalistes. Il faut éviter de les faire paniquer.

Pendant que Gagné hurlait les ordres au téléphone, Landreville sortit prendre l'air. Une faible lueur annonçait le jour à l'horizon. Il regardait droit devant lui sans rien voir de précis. La femme était certainement encore là, cachée derrière un bosquet, épiant chacun de ses gestes. S'il commettait une imprudence, elle donnerait le signal qu'attendait son mari. La chaîne qui barrait la route était neuve. La visite de l'agent Lebrun avait sans doute éveillé les soupçons du couple, qui s'était ainsi protégé des importuns. Une auto-patrouille du poste de l'est s'arrêta près de l'entrée. Les deux agents s'approchèrent de Landreville.

— Vous avez besoin d'aide, capitaine ? Le quartier général nous a ordonné de venir vous prêter main-forte.

— Merci, les gars. Tout à l'heure, ce sera la ruée des médias. Il y aura foule. Dès qu'une auto ou un camion se pointe, vous dirigez la circulation afin d'éviter de bloquer la rue Sherbrooke. Défense absolue, à qui que ce soit, de s'aventurer sur le terrain qui mène à cette maison. Si d'aventure une tête chaude met en péril la vie de l'enfant qui est gardée prisonnière, je lui tire dans les jambes. Que le message soit clair pour tous.

Ils se mirent en position dans la rue. Pour l'instant, les choses se déroulaient au ralenti. Peu à peu, une faible lueur se dessinait à l'horizon. De gros nuages gris s'étiraient d'est en ouest, comme s'ils avaient peine à se réveiller. Les néons des enseignes pâlissaient lentement. La circulation commençait à s'animer. Deux voitures arrivèrent, puis ce fut la cohue. Par chance, le renfort demandé arrivait lui aussi. Gagné donnait les ordres, tout en s'occupant lui-même de diriger les autos. Un camion de Radio-Canada klaxonnait pour se frayer un passage. Il était évident que l'affaire du rapt de l'enfant du tristement célèbre Renato Ferrara soulevait beaucoup d'intérêt. Un homme s'approcha de Landreville. Il reconnut Yves Lacombe, l'as des bulletins de nouvelles.

— Bonjour capitaine. Pourquoi cette convocation ?

— Monsieur Lacombe, je vous prie de croire que je m'en serais bien passé. Ce sont les auteurs du kidnapping qui exigent de vous parler avant de nous rendre la petite. Si je n'avais pas satisfait à cette exigence, ils menaçaient de tuer la fille.

— Vous croyez qu'ils l'auraient fait ?

— Sans aucun doute.

Au même moment, un coup de feu éclata dans la maison des Van Houtten. Landreville courut, inquiet, au-delà de la chaîne. À sa grande indignation, il découvrit un photographe de journal à potins qui rampait vers lui dans le fossé bordant la route.

— Triple imbécile, hurla-t-il en l'accrochant par le gilet. Tu veux que je t'assomme ? Sans ménagement, il le poussa devant lui jusqu'à l'auto. Il ouvrit la portière et le fit monter de force sur la banquette arrière.

— Bouge d'ici et je t'ouvre le crâne à coups de poing.

Il monta sur le capot de l'auto et, plaçant ses mains en cornet autour de sa bouche, il cria aux journalistes de se taire.

— Mesdames, messieurs, afin d'éviter le pire, je vous ordonne de ne pas tenter de vous approcher de la maison. S'il y a un autre dégourdi qui imite l'imbécile que je viens d'arrêter, il devra répondre de son acte devant les tribunaux. Une vie humaine est en danger. À la moindre maladresse de votre part, le pire est à craindre.

Les questions fusaient de toutes parts. Histoire de perdre le moins de temps possible en explications, Landreville fit le point sur la raison de la convocation. Il attendait maintenant un signe de la femme avant de connaître la suite des événements. Il revint à son poste d'observation rouge de rage. Lacombe y était encore.

— Aucun signe de vie ?

— J'ai vu la porte moustiquaire s'entrouvrir. Je pense qu'il y a quelqu'un qui observe de cet endroit.

— Bon, à nous d'agir maintenant.

Il courut à la voiture et, ouvrant le coffre, il en sortit un mégaphone. L'appareil à la main, il revint à son poste. Il s'avança à environ trois mètres au-delà de la limite permise. Il porta le mégaphone à sa bouche.

— Madame Van Houtten, tel que convenu j'ai convoqué les journalistes. Nous vous attendons. Comment voulez-vous procéder ?

Un lourd silence se fit parmi les curieux. On entendait seulement le bruit des autos circulant sur la rue voisine. Nerveux, Landreville fixait la porte de la maison. Rien ne bougeait sinon les rideaux de la fenêtre qui se balançaient au vent. Le temps semblait figé. Soudain, la porte s'ouvrit lentement et la femme sortit sur la galerie. Elle était incroyablement amaigrie. Méfiante, elle regarda autour d'elle. Alors, presque en glissant ses pieds sur le sol, elle s'avança vers Landreville. Pris de pitié, celui-ci marcha dans sa direction. Arrivé à sa hauteur, il lui offrit son bras. Elle s'y appuya et continua sa marche.

— Vite, apportez un banc ou une chaise, cria-t-il.

Une femme arriva à la course avec une chaise de jardin qu'elle déplia devant madame Van Houtten. Le policier l'installa aussi confortablement qu'il le put. En touchant son bras pour l'aider, il fut terrifié par la maigreur de la femme. Elle n'avait que les os sous la peau. Il se pencha vers elle.

— Vous pouvez utiliser ce mégaphone pour parler. Je vais le tenir devant votre bouche.

Elle fit un signe de la tête.

— Capitaine, j'ai encore assez d'énergie pour parler sans aide. Je vous remercie.

Le policier fit signe aux journalistes de garder le plus grand silence. Sans être incommodée par les lumières des caméras qui la mitraillaient, elle s'adressa à la foule.

— Je m'excuse de vous avoir dérangés ainsi. Nous sommes de pauvres gens peu habitués à ce genre de manifestation. Mais nous sommes, mon mari et moi, convaincus que ce que nous avons vécu doit être dénoncé publiquement. Des personnes ignobles, des criminels notoires détruisent chaque jour le bonheur fragile de nos familles. Nous avions un fils qui était notre plus grande joie. C'était un enfant d'une grande douceur et d'une grande bonté pour nous. Peu à peu, tout a changé. Tout a basculé dans l'absurde. À l'école qu'il fréquentait, il a été initié, par des vauriens, à la drogue, cette peste moderne qui brise tant de vies. Il est alors devenu grossier, dur, même cruel envers nous. Malgré nos exhortations, nos supplications, il restait dans son esclavage. Il nous arrachait le peu d'argent que mon mari gagnait. Puis il a vendu les quelques meubles que nous possédions. Il m'a arraché même des doigts mon alliance de mariage pour la vendre à ce brigand, ce criminel de Gino Riggi. Cet être sans âme, qui, en retour, lui fournissait la drogue qui pourrissait son corps et son âme. Nous sommes allés le supplier de ne plus en vendre à Philippe. Nous l'avons imploré, supplié sans réussir à éveiller en lui la moindre compassion. Il a ri de nous en nous mettant à la porte.

Elle avait le visage rougi par l'indignation. Ses yeux fiévreux regardaient droit devant elle sans broncher. Elle s'arrêta pour reprendre son souffle.

— Puis l'inévitable s'est produit. Philippe a volé de la drogue à un groupe de bandits qu'il fréquentait. Pour le punir, il l'ont tué comme un animal qui aurait eu la rage. Cette drogue, Philippe l'avait cachée ici. Elle y est encore. Il avait caché également une arme et des munitions. C'est quand nous avons découvert tout ça que nous avons eu l'idée de venger notre fils. Nous avons décidé de faire justice nous-mêmes parce que nous n'avons plus rien à espérer de la justice officielle. Elle est corrompue, comme les hommes qui font les lois. Notre plan a merveilleusement réussi, puisqu'en plus de tuer Riggi, nous avons liquidé le vieux Ferrara qui se trouvait là par hasard. Nous ne regrettons rien de ce que nous avons fait. Ces deux êtres ne méritaient pas de vivre. Par leur commerce infect, ils ont détruit trop de vies d'enfant et rendu tant de parents si malheureux. Nous avons assisté aux funérailles de Ferrara, anonymes, dans la foule des curieux. Lorsque j'ai vu sa petite fille, si mignonne, entre sa mère et son père, j'ai étouffé de rage devant tant d'injustice. Pourquoi ce bandit pouvait-il se glorifier d'avoir une fillette si belle, si à l'abri de son commerce destructeur ? C'est alors que j'ai eu l'idée de l'enlever afin qu'ils connaissent tous ce qu'est la souffrance que leur commerce impose à des milliers d'innocents. Les parents qui m'écoutent actuellement, les parents qui traversent encore ces épreuves dévastatrices comprendront ma révolte. Nous avons donc enlevé la fillette et nous l'avons gardée ici, nuit et jour. Nous avons envoyé une photo à sa mère. Une photo de sa fille, montrant son bras droit, piqué en plusieurs endroits, par l'aiguille d'une seringue ne contenant aucune drogue. Nous voulions que sa mère prenne conscience que la douleur causée aux autres pouvait, un jour, atteindre sa propre fille.

Puis, se tournant vers Landreville, Madame Van Houtten lui dit :

— Capitaine, les piqûres que vous avez vues sur la photo ont été faites par une aiguille de seringue aseptisée. L'enfant n'a reçu aucune drogue. Le subterfuge n'avait pour but que d'atteindre ses parents afin qu'ils comprennent tout le mal qu'ils font aux autres. J'ai terminé. Je retourne chercher la petite à la maison. Que personne ne bouge d'ici.

Les journalistes, retenus par un cordon de policiers, criaient des questions que la pauvre femme n'écoutait pas. Sans se préoccuper d'eux, elle se leva et rentra dans sa maison. Landreville, comme figé sur place, avait du mal à digérer ce qu'il venait d'entendre. Qu'un plan aussi bien élaboré que celui-là ait été ourdi par un couple aussi humble le stupéfiait. Qu'il réussisse à ce point dépassait l'imagination la plus débridée. Il fut brutalement sorti de ses réflexions par un coup de feu.

— Encore un con qui s'est infiltré ! cria-t-il.

Il allait s'élancer vers la maison lorsque la porte s'ouvrit. Madame Van Houtten, encore plus courbée s'avança, tenant la petite Ferrara par la main. L'enfant ne semblait pas effrayée. Elle regardait la pauvre femme tristement. L'étrange couple continuait sa progression vers le policier. Tout à coup, on vit se détacher de la foule une femme vêtue de noir. Elle marchait, elle aussi, péniblement sur la route de terre. Elle tendit les bras à la fillette qui reconnut sa grand-mère. Sans courir, comme s'il lui était pénible de quitter sa géôlière, la petite alla se blottir dans les bras tendus vers elle. Cette scène émouvante de retrouvailles n'échappa pas aux caméras. Pas plus que la scène suivante. Madame Ferrara, tout en serrant contre elle sa petite-fille, s'approcha de madame Van Houtten. Les deux femmes se regardèrent un instant, comme des héroïnes d'une pièce de Corneille, puis, contre toute attente, la vieille Italienne s'agenouilla devant l'autre, baisant ses mains osseuses de ses lèvres mouillées de larmes. Dans un français laborieux, elle lui demanda pardon pour le mal que sa famille lui avait fait. Des ambulanciers précédés par un médecin s'approchèrent de la petite.

— Elle va très bien, dit madame Van Houtten, soyez sans crainte. Elle a bien mangé. Nous sommes même devenues amies.

Elle salua la fillette puis, s'adressant à Landreville elle dit :

— Capitaine, vous pouvez maintenant m'arrêter. En plus de ce que vous savez, je viens de tuer mon mari. Je ne pouvais tolérer qu'il souffre toute sa vie pour les crimes que je l'ai forcé à commettre. C'était un homme trop bon pour vos prisons. Quant à moi, il me reste si peu de temps à vivre que je n'ai que faire de vos procès. Justice est faite !

En criant ces mots, elle s'effondra, inconsciente, sur le sol.

27

Les jours qui suivirent ces événements furent fertiles en activités de toutes sortes. Les médias étaient acharnés. Chacun voulait parler à la fillette qui demeurait dans un endroit secret sous garde policière. Landreville ne savait plus où se cacher, tellement on le harcelait de tous côtés pour des entrevues. La nuit précédente, il avait reçu un appel de Barrymore, son ami américain. Les deux hommes avaient discuté longuement de l'affaire Chopov. Landreville ne cessait de repenser à cette conversation en lisant le rapport de Senécal, le médecin légiste, qui avait pratiqué l'autopsie. Ce dernier entra sans frapper comme à son habitude.

— Salut, Martin ! Satisfait de mon travail ?

— Salut, doc !

— Tu n'as pas l'air dans ton assiette ?

— Disons que les derniers jours ont été assez occupés. Dis-moi, tu es certain de tes conclusions ?

— Tu sembles contrarié que je n'accepte pas la thèse du suicide de Chopov.

— Pour être franc, ça m'emmerde un peu. Mais j'aimerais que tu m'expliques ton raisonnement.

— Dans ce genre d'affaire, je constate les faits.

Ensuite, je raisonne, comme tu dis. Que nous disent les faits ? Sur la banquette du conducteur gît un homme mort, tué par balle à la tête. L'arme est tombée sur le plancher après le coup de feu. L'angle de tir est le même que si l'homme s'était suicidé. Jusque-là, c'est le suicide parfait. Ce qui me tracasse par contre, c'est le sang. Il y en a partout dans la voiture, c'est normal quand un crâne éclate comme ç'a été le cas. Je dis qu'il y en a partout, sauf à un endroit. Sur le dossier de la banquette arrière, à droite du chauffeur, et il n'y en a pas non plus sur la vitre du même endroit. Étrange, n'est-ce pas ?

— Qu'est-ce que ça prouve ?

— Tout simplement qu'un obstacle a empêché le sang d'atteindre ces endroits. Cet obstacle ne peut être que le tueur.

— Peut-être qu'à l'impact, la tête s'était déjà affaissée, ce qui expliquerait tout ?

— Oui, mais, si ton hypothèse se tient, comment expliques-tu alors que le sang ait éclaboussé la lunette arrière ? Si la tête s'était affaissée il n'y en aurait pas là, ça, c'est certain.

— Il y a des jours où j'aimerais mieux travailler avec des idiots. Les génies dans ton genre, à qui rien n'échappe, me donnent des ulcères.

— Martin, je te connais depuis assez de temps pour savoir que tu as une idée derrière la tête. Qu'est-ce qui se passe ?

— J'aimerais te poser une question. Se pourrait-il que ce détail qui motive ta conclusion puisse échapper à un toubib moins brillant que toi ?

— Oui, c'est possible. À un jeune sans expérience, ou encore, à un vieux croulant qui songe plus à sa retraite qu'au travail bien fait.

— Ou encore, à un excellent légiste qui a eu un moment de distraction ?

— Évidemment, personne n'est à l'abri de l'erreur.

— Robert, je vais te parler sans détour. Hier, j'ai reçu un appel de la CIA. C'est eux qui ont liquidé Chopov. Tu n'as pas été dupe de la mise en scène qu'ils ont imaginée. D'ailleurs, mon collègue américain te présente ses respects devant tant de compétence. Les Américains souhaitent vivement que la thèse du suicide soit retenue. Le Chopov en question était le fournisseur attitré de pièces servant à la construction d'armes atomiques pour l'Iran et l'Irak. Sa disparition ralentira cette escalade et permettra à Interpol de suivre la trace d'un successeur éventuel qui ne manquera pas de surgir sous peu. Quant à moi, commencer une enquête sur cette mort, alors que je sais qui a fait le coup, ne m'enchante guère. Je n'aime pas laisser de dossiers en suspens. Si une telle décision trouble ta conscience au point d'en perdre le sommeil, oublie ce que je t'ai demandé.

— Ma conscience ! Quelle conscience ? Tu sais fort bien qu'elle n'intervient jamais dans le boulot. J'aurai omis un détail, voilà tout. L'erreur est humaine. Satisfait ?

— Merci, je te revaudrai ça.

— Tu recevras le nouveau rapport demain. Prends bien soin de détruire celui-ci.

Le docteur parti, Landreville fit venir Marc Gagné.

— Elsa Ferrara est arrivée ?

— Oui, il y a une heure. Je t'assure qu'elle a été joyeusement soignée, l'épouse Ferrara. Selon le médecin canadien qui l'accompagnait, on l'a proprement bourrée de tranquillisants, tous plus puissants les uns que les autres. Elle est hospitalisée à Santa Cabrini. Sa chambre est mieux gardée qu'une banque. En passant, sa belle-mère et la petite sont avec elle. Je crois que de l'avoir retrouvée vivante est le meilleur remède pour sa guérison.

— Tant mieux. J'irai la voir lorsqu'elle sera plus forte. Nous devons préparer le procès de son mari. Pendant que je l'ai dans les câbles celui-là, je ne veux pas le perdre. À propos, Senécal m'a fait un rapport préliminaire sur Chopov. Selon lui, le suicide ne fait pas de doute.

— S'il le dit, ce doit être vrai.

Gagné souriait.

— Tu n'es pas d'accord avec son verdict ?

— Qui suis-je pour mettre en doute les conclusions d'un légiste aussi réputé ?

— Bon, ça va. Disons que je lui ai un peu forcé la main. C'est mieux ainsi.

Gagné allait répondre lorsque la secrétaire fit son entrée dans le bureau.

— J'ai l'hôpital en ligne, c'est au sujet de madame Van Houtten.

Landreville prit l'appareil. Il écouta son interlocuteur sans l'interrompre. Il termina :

— Merci docteur, nous ferons le nécessaire.

Puis il raccrocha.

— Madame Van Houtten vient de mourir.

Gagné hocha la tête et résuma sa pensée :

— Pauvre femme, je crois que c'est beaucoup mieux comme ça. Elle n'aura pas à subir tous les emmerdements d'un procès sous la loupe des médias.

Il faisait allusion aux tribunes téléphoniques où les animateurs excitaient l'opinion publique sur le bien-fondé des actions commises par le couple.

— Oui, tu as raison. Maintenant, je dois me rendre au bureau du premier ministre. J'ai un rendez-vous important, semble-t-il, avec son chef de cabinet. Je t'assure que, celui-là, je ne l'ai pas en haute estime. J'ai comme l'impression qu'il m'a préparé un coup fourré de première. Je pense que ma patience sera mise à rude épreuve. Je t'en donne des nouvelles demain matin.

Une fois dans son auto, Landreville essaya d'imaginer les différents scénarios auxquels il pourrait être confronté pendant cette entrevue. De guerre lasse, il laissa de côté ces réflexions pessimistes et se concentra sur un concerto de Vivaldi. Au bureau du premier ministre, une secrétaire lui demanda de patienter. L'attente dura quinze bonnes minutes. Finalement, un bonhomme dans la jeune quarantaine, les cheveux frisés, s'avança. Hautain, il regarda le policier puis lui dit :

— Venez, mon bureau est de ce côté.

Il n'avait même pas daigné lui tendre la main. Landreville ne s'en offusqua pas mais il comprit que la rencontre serait houleuse. Bertucci lui désigna une chaise et s'assit sur le bord du bureau.

— Bon, ne perdons pas de temps. Le premier ministre a remplacé son ministre de l'Intérieur. Le nouveau ministre Delage a prêté serment ce matin et il est entré immédiatement en fonction. Sa première tâche a été de nommer un successeur intérimaire à Gamache. Cette personne a un mandat bien précis qu'elle doit réaliser dans les plus brefs délais. Vous serez le premier à le rencontrer. Dorénavant, il sera le grand patron de tout le service. Sur ce, je vous laisse.

Il sortit, sans plus de formalités. Malgré sa grande perspicacité, Landreville n'aurait jamais pu imaginer ce scénario. À son grand étonnement, il reconnut tout de suite le successeur de Gamache.

— Salut, Martin ! Le monde est bien petit, n'est-ce pas ?

Allard, l'ancien directeur de la Sûreté, reprenait du galon. Landreville ne put cacher sa surprise.

— La retraite a été de courte durée, mon cher commandant. Ne vous tuez pas au boulot, vous savez qu'on ne peut apporter son or au paradis.

Allard fit mine de ne pas avoir entendu.

— Ecoute-moi bien, Landreville. J'ai un mandat que je dois accomplir dès que possible. Il y a déjà eu trop de laxisme dans ton service. Il est grand temps qu'on règle les problèmes. Tes bravades envers l'autorité sont finies. Tu es muté au poste de quartier numéro douze, au nord de la ville. Tu y seras l'adjoint de Perron, que je connais bien. Il a toute la poigne nécessaire pour te mettre au pas. Je t'annonce du même souffle que la brigade que tu diriges sera dissoute à compter de demain. Les effectifs seront transférés à la Sûreté qui a une brigade effectuant les mêmes enquêtes. Nous éviterons ainsi les doublements qui coûtent très cher aux contribuables et compliquent le travail inutilement. J'en ferai moi-même l'annonce officielle au personnel demain matin. Tu as des questions ?

Landreville se leva lentement. D'une voix sourde, il dit :

— Dites à Perron que je ne me présenterai pas à son poste de quartier ni demain ni jamais. Dites au petit minable de Bertucci qui vous a donné ce mandat odieux d'aller au diable. Quant à vous, arriviste sans scrupules, je vous crie tout le dégoût que m'inspire votre conduite ignoble. On vient de remplacer une couleuvre par un cobra. Je vous annonce que j'entame dès maintenant les démarches nécessaires pour prendre ma retraite le plus tôt possible. En attendant, je suis en vacances.

Sur ces paroles, il tourna les talons et sortit. Le lendemain soir, sans avoir dit mot à qui que ce soit, il prit l'avion pour Paris. Il ne revint qu'un mois plus tard. À son retour, Gagné le mit au courant des derniers événements. Son escouade était maintenant démantelée. Tout le personnel avait refusé d'être muté à la Sûreté. Conséquemment, chacun avait été muté à l'intérieur des différents postes de quartier. C'est la mort dans l'âme que les collègues s'étaient résignés à cette décision. Landreville eut un plus grand choc encore lorsqu'il apprit que le procès de Ferrara avait été remis à une date indéterminée. L'avocate de la couronne qui avait le dossier venait d'être remplacée par un illustre inconnu, nouvellement recruté. Le rouleau compresseur était bel et bien en marche. Rien ne résisterait à cette magouille, savamment orchestrée. Comble de l'ironie, deux jours plus tard, il apprenait par le journal que Renato Ferrara venait d'être remis en liberté moyennant une caution de cent mille dollars. Aucune mention de conditions spéciales lui défendant de voir sa femme ou sa mère. Écœuré, déprimé par tant de lâcheté, Landreville se retira dans son chalet des Laurentides.

Septembre débutait bien. Les premiers jours furent presque plus chauds que les pires journées de juillet. Les arbres, sur les flancs des montagnes, n'avaient pas encore connu les gelées nocturnes, aussi gardaient-ils le vert de leur feuillage comme aux beaux jours de l'été. En ce mercredi matin, le soleil annonçait encore une merveilleuse température. Landreville quitta son chalet. Sa montre marquait cinq heures du matin. Il prit l'autoroute, direction sud. À la sortie 35, il se dirigea vers l'ouest. Au bout de cinq kilomètres, la route bifurquait. Un panneau de signalisation indiquait la direction du club de golf The Elms, situé à trois kilomètres à droite. Ce club privé, très sélect, était en grande majorité fréquenté par une clientèle juive très aisée. C'est là que Jack Ruben avait ses habitudes. En effet, trois fois la semaine, lorsque le temps le permettait, il s'y présentait à six heures exactement. Pendant qu'un préposé mettait son sac à l'arrière de sa voiturette, il prenait une bouchée à la cafétéria du club. Puis, sans jamais déroger à sa routine, il amorçait seul sa ronde de golf. Il détestait jouer avec d'autres personnes. Le babillage stupide des golfeurs l'empêchait de se concentrer. Ce matin-là ne fut pas différent. Ruben s'approcha du premier tertre de départ, sortit son bâton, et plaça méticuleusement la balle sur le tee. Après quelques exercices d'assouplissement, il se concentra sur sa position. Il s'élança et frappa la balle qui décrivit un arc parfait pour atterrir en plein centre de l'allée. Le préposé qui le regardait, lui cria :

— Bravo ! Bonne partie, monsieur Ruben.

Satisfait, Jack Ruben remonta dans la voiturette et descendit la pente pour continuer sa ronde. Pendant ce temps, Martin Landreville avait garé son auto sur un chemin de terre qu'empruntaient les tracteurs au moment de la récolte. L'herbe coupée sentait bon le thym. Il s'avança jusqu'à une clôture qu'on avait érigée avec de grosses pierres, ramassées dans les champs voisins. De cet endroit, il avait une vue imprenable du tertre de départ du trou numéro six, une normale trois avec un vert en plongée, protégé par un étang sur le devant. Ce trou demandait beaucoup de précision. Landreville ouvrit le long coffre de bois vernis qu'il avait apporté. Il en sortit d'abord une crosse en bois lisse comme de la laque. Il y passa plusieurs fois la main pour en apprécier le fini satiné. Puis il prit le canon de l'arme qu'il fixa avec d'infinies précautions. Il enclencha le mécanisme pour bien s'assurer que tout était parfait. Il appuya sur la détente plusieurs fois, ce qui produisit un bruit métallique d'une grande pureté. Finalement, il installa le silencieux qu'il vissa avec un plaisir évident. Le fusil Springfield Armory M 14, arme semi-automatique de calibre .308, n'attendait plus que les munitions. Landreville y introduisit les cartouches puis procéda à une dernière inspection. Satisfait, il se coucha sur le dos dans l'herbe odorante et attendit.

Dix minutes plus tard, le bruit de la voiturette se fit entendre. Ruben avait cinq minutes de retard. Landreville en conclut que sa ronde de golf ne se déroulait pas aussi bien que celles auxquelles il avait assisté en secret. En se levânt, il reconnut Ruben à trente mètres de lui. Celui-ci regardait le vert à ses pieds. Il sortit un fer de son sac, regarda les arbres pour mesurer la force du vent, puis, se ravisant, en sortit un autre, plus adéquat pour la distance à franchir. Très absorbé, il regardait tantôt sa balle, tantôt le vert. Finalement, dans un élan très fluide, il frappa la balle. Il la suivit lontemps des yeux. Au sourire qu'il affichait, nul doute que le coup était réussi. Alors qu'il se retournait pour regagner sa voiturette, il se figea en voyant l'arme que Landreville pointait en sa direction. Il n'eut pas le temps de protester. Atteint à la poitrine, il s'écrasa sans vie sur le sol. Landreville vit la balle au loin sur le vert. Elle n'était qu'à un mètre du trou.

— Dommage, un si beau coup !

Achevé d'imprimer en février 1999 chez

VEILLEUX
IMPRESSION À DEMANDE INC.

à Longueuil, Québec